CW01646942

LES ÂMES FÉROCES

DE LA MÊME AUTRICE

Blizzard
Prix des libraires 2022
prix Libr'à nous 2022
prix Summer 2022
prix Talent Cultura 2021
prix À livre ou verre 2021
Coup de cœur des lycéens de la fondation Prince-Pierre-de-Monaco
Éditions de l'Olivier, 2021
et *« Points », n° P5624*

Marie Vingtras

LES ÂMES FÉROCES

Éditions de l'Olivier

ISBN 979-10-414-1322-5

© Éditions de l'Olivier, 2024.

Le Code de la propriété intellectuelle interdit les copies ou reproductions destinées à une utilisation collective. Toute représentation ou reproduction intégrale ou partielle faite par quelque procédé que ce soit, sans le consentement de l'auteur ou de ses ayants cause, est illicite et constitue une contrefaçon sanctionnée par les articles L. 335-2 et suivants du Code de la propriété intellectuelle.

À Damien

Ici, la nuit est belle. Pas d'enseignes à profusion pour attirer les touristes, pas de néons déréglés qui clignotent, pas de lumières artificielles qui absorbent celle des étoiles. Seuls quelques lampadaires curieusement disposés à intervalles irréguliers ponctuent son chemin. Elle avance de tache de lumière en tache de lumière et, de l'une à l'autre, elle disparaît presque entièrement. Elle est alors exactement ce qu'elle paraît être : la fille qui glisse le long des murs, calme, discrète. La fille qui s'efface, la fille qu'on oublie. Elle est celle qui emballe les courses au supermarché, celle qui rend la monnaie, celle qui garde les enfants. Elle est celle qui écoute toujours en classe même si parfois son esprit s'échappe au-dessus des toits jusqu'à cet océan qu'elle n'a jamais vu. Elle est celle que tous pensent connaître parce qu'ils savent son prénom et le nom de ses parents. Ils ont échangé quelques mots, elle a peut-être même esquissé un sourire en les croisant. Elle était là hier, elle sera là demain, se disent-ils, parce qu'ici rien ne change, c'est ce qui fait tout le charme de cette ville. Pourtant personne ne voit à quel point cette fille frémit. Elle n'est en réalité qu'un long frémissement, un corps qui tressaille, une douleur lancinante dans la poitrine et cette question qu'elle voudrait crier à tous ceux qui l'approchent : savez-vous seulement qui je suis ?

Printemps

Je n'ai rien vu venir. Rien dans l'air n'avait changé, il n'y avait eu aucun signe avant-coureur, aucun indice. Une vie en moins, ça ne fait pas dévier la marche du monde. À cet instant, tout ce que je me demandais c'était à quel endroit je pourrais emmener Janis quelques jours pour lui changer les idées et il ne me venait qu'une envie de pêcher qui n'allait pas lui plaire. À vrai dire, je ne sais jamais vraiment ce qui pourrait la satisfaire. Quand je me risque à lui poser la question, elle me répond *tu le sais bien* et moi, ce que je sais, c'est que régler ce problème-là n'est pas dans mes cordes alors je lui mens en lui disant qu'on trouvera une solution. Si la lâcheté est un défaut masculin, Dieu s'est bien fourvoyé avec moi. J'étais dehors, profitant du soleil dont mon bureau sans fenêtre me privait, les yeux fermés juste assez pour laisser passer un rai de lumière et j'essayais de respirer profondément : inspiration en gonflant le ventre au maximum, puis expiration le plus lentement possible, en laissant s'échapper un *sss* monocorde comme le sifflement d'un serpent. La colère était censée s'éloigner et si Janis y croyait, ça m'allait aussi. J'ai laissé le soleil me réchauffer doucement, je me sentais presque bien. Il était 15 heures, nous étions le 26 avril

2017. La date restera gravée dans ma mémoire, à moins qu'elle ne soit chassée par une autre date pire encore. Avec le genre humain, on n'est jamais sûr de rien. J'ai inspiré puis expiré encore deux fois et quand j'ai rouvert les yeux, des gamins passaient à vélo en rigolant. *La shérif roupille ! La shérif roupille !* a crié le plus petit. J'ai fait mine de sortir mon arme et il a rigolé de plus belle. C'est comme ça que ça se passe ici. Les gens font semblant d'avoir peur et ils peuvent faire semblant parce qu'il ne se passe jamais rien. À croire que la criminalité s'est arrêtée un jour aux portes de la ville, a pesé le pour et le contre et s'est dit que finalement ça n'en valait pas la peine, qu'il n'y avait pas assez de potentiel sur place pour perdre son temps. C'est une vraie bizarrerie du comté, cette ville sans même un sac arraché dans la rue. Je me suis dit aussi que c'était déjà une belle journée de printemps, juste la bonne température avant les grosses chaleurs de l'été. Une légère brise faisait se balancer doucement l'enseigne du bureau et un crachotis provenait de la radio de mon véhicule. Je me suis installée sur le siège conducteur et j'ai répondu à Donegan. Sa voix était tellement hachée que j'ai essayé de régler la fréquence, mais rien n'y faisait, jusqu'à ce que je comprenne qu'en réalité, il pleurait. Donegan qui pleure, ça arrive plus souvent qu'on ne pourrait l'imaginer venant d'un adjoint du shérif. La plupart du temps, c'est le vendredi soir après le service, quand il a un peu trop bu et qu'il se lamente sur la seule petite copine qu'il ait jamais eue ou sur sa mère repartie en Irlande parce qu'elle avait le mal d'un pays qu'elle avait à peine connu. J'ai rarement vu un homme pleurer autant et surtout le faire aussi naturellement, comme s'il se vidangeait de sa peine, de manière mécanique, parce qu'il sait que ça lui fera du bien comme d'autres avalent des tonnes de nourriture ou s'abrutissent devant la télévision. Certains se remplissent, lui se déleste. Donegan et sa tête minuscule en proportion de son corps massif, presque rectangulaire, les épaules aussi larges que les hanches. Donegan qui pleure sans s'arrêter sur le seul verre de bourbon qu'il s'autorise par semaine en le faisant pivoter, quart de tour par quart de tour, inlassablement jusqu'à ce qu'il me donne le tournis et l'envie irrépressible d'immobiliser ses grosses pognes. Donegan qui pleure devant les clients du bar qui ont fini par s'habituer à le voir en larmes le vendredi soir parce qu'ils savent que c'est son moment de relâche et que de toute façon il ne se passera rien de grave. En fin de soirée, quand son visage est rouge et encore ruisselant de larmes, il sort son mouchoir de batiste tiré de la collection que sa mère lui a laissée avant de partir. Il faut croire qu'elle connaissait bien son garçon. Il s'essuie consciencieusement les yeux puis ses joues roses de bambin et quand il a terminé, il nous regarde et nous dit dans un large sourire *ça va mieux maintenant*, ce à quoi Sean lui répond tout aussi invariablement *je veux bien te croire, mais avec toute l'eau que t'as perdue, je comprends pas que tu sois toujours aussi gros*. Ça fait rire Donegan parce qu'il a bon caractère, même si Sean n'est pas exactement le type le plus bienveillant qui soit. Ses remarques ne le mettent jamais en rogne, ce qui est une bonne chose, j'aime autant qu'au moins un de mes adjoints n'ait pas le poing leste ou le doigt sur la détente en permanence. J'ai attendu un moment de silence entre deux sanglots et j'ai dit à Donegan de se calmer, pleurer alors qu'il était en service ne rassurerait personne. Je l'ai entendu renifler puis se moucher et il a fini par me dire, entre deux hoquets, qu'il était sur la rive du fleuve, près du pilier du vieux pont, à la sortie nord de la ville et que c'était affreux. Affreux, voilà un adjectif qui me renseignait si peu que j'ai soupiré. Moi qui rêvais de rentrer tôt, de prendre une bière sur la véranda pendant que Janis me préparerait des tacos, je n'avais plus qu'à aller voir ce qui avait mis Donegan dans cet état. Je n'ai pas utilisé la sirène comme l'aurait fait Sean, inutile d'alerter des gens qui s'ennuient et cherchent des sujets de distraction. J'ai appris à répondre aux questions des habitants de cette ville, à toutes les questions même les plus curieuses. Victor m'a conseillé d'en faire plus qu'aucun autre, de faire doublement mes preuves pour être acceptée ici. Une femme shérif c'est déjà compliqué, mais une femme shérif qui vit avec une autre femme, ça fait beaucoup pour une si petite ville. Avant de se décider à passer la main, il avait fait le tour des bars, des restaurants, des kermesses et des associations sportives, mais aussi des offices religieux même si ça lui plaisait nettement moins. Il avait essayé le « lobbying » pour leur faire passer la pilule en vantant mes mérites. Les gens ont fini par s'y habituer puisque c'était une décision de Victor Zulewski et qu'il avait passé trente-cinq ans de sa vie à veiller sur eux. Si je mets de côté les remarques des routiers de passage qui trouvent que je ressemble quand même beaucoup à un bonhomme, je n'ai pas à me plaindre, ils m'ont à peu près acceptée telle que je suis, à part le maire bien sûr. Parfois un saisonnier qui a trop bu me manque de respect pour voir comment je réagis, mais je ne me démonte pas. Avoir été élevée avec quatre frères, ça forge le caractère. Ce sont presque toujours des types qui vivent à l'extérieur de la ville, dans des mobile homes miteux montés sur des parpaings et qui détestent tout ce qui peut représenter la loi, même si ce n'est pas moi qui les ai relégués tels des chiens sur ces terrains pourris. Je les remets gentiment à leur place, les forts en gueule et ceux qui boivent trop, sans avoir besoin d'élever la voix, les pouces glissés dans les passants de mon pantalon, mon arme bien visible, juste ce qu'il faut de persuasion pour signifier qu'il vaut mieux passer son chemin. Le shérif est peut-être une femme mais elle vous en collera une belle s'il le faut. Après ça, les types me saluent à chaque fois qu'ils me croisent, jusqu'à ce qu'ils partent pour une autre ville, un autre boulot ingrat, un autre mobile home et un autre shérif aussi peu enclin que moi à se laisser marcher sur les pieds. Je me suis garée à l'entrée du pont, près de la voiture de Donegan, portière grande ouverte. C'était lui tout craché, j'étais sûre qu'il avait même laissé le moteur tourner. Je suis descendue vers la berge en me tenant aux branches des arbustes pour ne pas glisser sur la pente rocailleuse. Donegan s'est tourné vers moi et j'ai compris à son regard que quelque chose clochait. Il s'est avancé, il a essayé de parler mais sa lèvre inférieure tremblait tellement qu'il n'arrivait pas à articuler. Il a fait un geste comme s'il voulait la stabiliser, il s'est essuyé le nez du revers de la main et puis il a fini par désigner la berge un peu plus haut et par bégayer *c'est pas joli shérif*, sans rien ajouter comme s'il n'avait aucun autre mot en réserve. Je lui ai dit de remonter s'occuper de sa voiture et je me suis approchée du fleuve. Devant moi il y avait bien quelque chose qui détonnait au milieu des iris sauvages, une tache sombre qui paraissait fendre les herbes en deux. C'était un corps à moitié dans l'eau. Ses jambes nues flottaient, fines et blanches, légèrement déplacées par le courant, on les aurait crues vivantes, prêtes à donner le signal du départ. Le haut du corps était, par contraste, si inanimé que cela aurait pu être un assemblage de deux personnes, buste de cire et jambes de coton se balançant dans l'eau. Elle avait la tête inclinée sur le côté, sa chevelure mouillée couvrant son visage, et je n'avais pas besoin de la tourner vers moi pour savoir qui elle était. Ses cheveux étaient noirs avec des reflets bleutés, une couleur si intense qu'on ne pouvait pas l'oublier, comme un blond presque blanc ou un roux flamboyant. Je me suis accroupie et avec la pointe de mon stylo j'ai dégagé les cheveux de son visage. Je n'étais pas préparée à voir ce visage d'adolescente, paupières closes, lèvres aussi pâles que la peau. Une traînée de sang séché partait de l'arrière de son oreille et longeait sa mâchoire, soulignant l'ovale parfait de son visage. J'ai crié à Donegan d'appeler du renfort mais il ne bougeait pas, il regardait dans le vide. C'était son premier mort et, autant que je m'en souvienne, c'était le premier meurtre de cette ville depuis un paquet d'années. Cette bonne ville de Mercy, trois mille neuf cent soixante-quatorze âmes hier, trois mille neuf cent soixante-treize aujourd'hui. Une ville calme, endormie presque, avec ses deux clubs de bingo, son association de vétérans et sa shérif qui préfère les femmes.

J'ai essayé de respirer comme Janis me l'avait appris pour tenter de calmer mon cœur qui s'emballait mais je savais que les exercices de respiration avaient atteint leur limite. Je suis repartie vers Donegan en marchant dans mes propres pas pour ne pas polluer davantage les lieux. La berge était boueuse et les iris autour de moi déjà piétinés. Je n'étais même pas sûre qu'on puisse trouver des empreintes dans ce bazar. Donegan était immobile à côté de sa voiture, les bras croisés serrés contre son torse comme s'il tentait de se réchauffer. La radio émettait à l'intérieur et, d'où j'étais, j'entendais Sean râler parce que Donegan ne répondait pas et que, nom de Dieu, personne ne répondait dans ce foutu bled alors qu'il avait besoin des clés de la cellule pour coffrer un saisonnier qui avait injurié Mme Davis à l'épicerie. J'étais prête à parier que le type n'avait pas vraiment dépassé les bornes et que Sean avait voulu faire du zèle pour se faire bien voir au cas où, un jour, quelqu'un se déciderait enfin à faire élire un vrai shérif à ma place. J'ai baissé le volume de la radio et j'ai posé ma main sur l'épaule de Donegan pour qu'il revienne un peu sur terre. Il fallait qu'il appelle le légiste et qu'il trouve quelque chose pour couvrir la gamine. Il a levé la tête vers moi, sa lèvre inférieure avait cessé de trembler. *C'est la petite Jenkins, c'est ça ?* J'ai acquiescé et je lui ai dit que le moins que l'on pouvait faire pour cette pauvre gosse était de lui assurer un peu de dignité avant que toute la ville débarque. Il a frissonné comme s'il réintégrait son propre corps et il est allé me chercher une couverture de survie dans son coffre. J'ai souri en voyant un géant dans son genre m'obéir, mais je le soupçonnais de ne jamais s'être demandé si ça le gênait ou non. Victor l'avait formé en fermant les yeux sur ce qui aurait cloché pour un autre shérif. En plus des larmes, Donegan était émotif au point que sa voix déraillait lorsqu'il parlait, surtout s'il s'adressait à une femme, et il semblait préférable de ne pas lui laisser une arme entre les mains si on voulait éviter qu'il se blesse. Victor avait vu tout le reste en lui et il avait pensé que sa gentillesse et sa bonté d'âme seraient bienvenues, qu'on gagnait toujours à avoir quelqu'un capable d'éprouver de l'empathie dans les pires moments et de compenser la rudesse de certains de ses collègues. Si on le comparait à Sean, la réflexion était pleine de bon sens. Pendant que Donegan contactait le bureau du légiste et le poste, je suis redescendue et j'ai noté sur mon calepin le peu d'informations dont je disposais. Le fleuve rétrécissait à cet endroit, butant sur les piliers du pont, bouillonnant de rage de trouver des obstacles sur sa route. La rive opposée était à peine débroussaillée, c'était déjà la campagne. Il n'y avait aucune habitation proche, peu de trafic sur le pont, les habitants préféraient celui au sud de la ville, plus récent, plus sûr que cette vieille structure rouillée qui grinçait les jours de vent et dont la chaussée se transformait en patinoire les jours de pluie. Ce pont ne semblait mener à rien, à aucune destination qui mérite le déplacement. Petit à petit, les voitures sont arrivées, celle de Sean astiquée comme un sou neuf, celle de Sommers, le légiste du comté, si gros que je me suis demandé s'il allait réussir à sortir sa carcasse de son véhicule, et celle de son assistante, une jolie blonde dont les cheveux n'étaient pas du même blond que celui de Janis, c'était un blond cendré qui renvoyait moins la lumière. J'ai observé Sommers descendre la pente avec tant d'agilité que je me suis demandé si la perspective d'un cadavre ne lui donnait pas des ailes. Je lui ai fait un rapide topo et en s'agenouillant au sol, il s'est penché sur la tête de la petite, comme s'il s'apprêtait à recueillir une confidence d'adolescente, un secret qu'elle ne pouvait lui avouer qu'en tête à tête, dans l'intimité bucolique d'une bordure de fleuve. Et bien que ce confident ne m'ait pas semblé le candidat idéal, j'ai espéré de tout cœur qu'il parvienne à percevoir ce qu'aucun être humain ne pouvait plus entendre. Je suis remontée vers ma voiture, j'ai jeté un dernier coup d'œil à la scène, au pont d'un autre âge qui avait projeté son ombre sur elle. Les premiers badauds arrivaient et les garçons s'efforçaient de les maintenir à distance mais dans une ville de cette taille les informations vont toujours plus vite que la musique. Il fallait que je prévienne son père avant qu'un voyeur quelconque s'en charge, avide d'assister en direct à ce moment où tout bascule, ce moment où plus rien ne sera jamais comme avant, les choses privées de goût, le ciel sans éclat et votre vie subitement dépourvue de sens.

Ce n'était pas la première fois que je devais annoncer la mort d'une personne à ses proches, mais la première fois que je devais annoncer à un père la mort de sa fille. Quand j'ai débuté dans le métier, Victor insistait pour que je l'accompagne chaque fois qu'il y avait un décès afin que je m'y habitue. C'était, disait-il, le moment le plus pénible de ce travail parce que nous n'avions eu aucune utilité. L'incapacité à empêcher la mort et le rôle passif qui consistait à hocher la tête en exprimant sa compassion étaient désagréables, aussi gênants qu'un costume trop serré. Le plus souvent il s'agissait d'accidents de la route, de virages mal négociés, de chutes fatales, de suicides aussi avec une curieuse prédilection pour la pendaison, ce qui me paraissait être un moyen compliqué d'en finir. En fille de fermier le recours à une arme à feu pour se faire exploser la cervelle me paraissait plus simple. Après tout, nous sommes la nation des armes à feu. J'en avais moi-même déjà trois à quinze ans et si je devais en finir, je les utiliserais à coup sûr, plus facilement qu'une corde accrochée à une poutre. Une fois que Victor a quitté son poste je me suis chargée de cette tâche plutôt que de la laisser à Donegan, trop émotif, ou à Sean qui voyait des coupables partout. Janis me répète toujours de faire preuve de tact, à se demander si mon gabarit lui paraît incompatible avec toute idée de délicatesse mais je suppose qu'elle formule cette recommandation par superstition, pour se rassurer et se rappeler que je ne suis pas son mari, que je ne serai jamais comme lui. Ou bien elle le fait en se rappelant le policier qui avait recueilli sa déposition avec toute la patience du monde, penché sur elle à l'hôpital, prenant en note les quelques mots que la douleur lui permettait de murmurer.

La nuit était tombée quand je suis arrivée devant la maison de Seth. Quelqu'un s'était donné du mal pour lui donner un air champêtre mais elle tranchait avec les bungalows de la rue recouverts de crépi crème ou rose. Certains bardeaux de la façade manquaient, d'autres avaient été maintenus tant bien que mal avec du fil de fer quand quelques clous auraient pu faire l'affaire. La maison était isolée au bout de la rue, acculée contre le bois, entourée sur ses côtés par de larges bandes de terrain qui avaient dû être un jardin et dont il ne restait plus que les alignements de pierres blanches qui bordaient des parterres vides de plantes. La maison était silencieuse, tout le quartier retenait son souffle. J'ai inspiré, puis expiré le plus lentement possible et j'ai frappé à la porte en me préparant mentalement à ce qui m'attendait parce qu'on ne pouvait jamais savoir à coup sûr comment un être humain réagit à la perte. Seth m'a ouvert, il était vêtu d'une grosse chemise élimée au col, trop chaude pour le printemps, d'un pantalon délavé qui avait connu des jours meilleurs et il avait encore aux pieds ses gros brodequins de travail. Il a fixé mon insigne, s'est essuyé les mains sur ses poches arrière et il m'a juste dit *Lauren, Leo n'est toujours pas rentrée.* C'est pour ça que je suis là, ai-je répondu. Il a plissé les yeux comme si les lumières des réverbères étaient trop fortes. Son front était barré d'une ride horizontale, profonde et aussi nette que les deux traits verticaux qui hachaient ses joues. Il semblait naturellement soucieux, si loin de l'adolescent joyeux qui venait chercher Lloyd à la ferme au volant d'une voiture qu'il avait retapée pour repartir avec lui sur les chapeaux de roues, en faisant jaillir le gravier de l'allée, mais ça, c'était bien avant qu'il récupère le garage de son père, bien avant que la banque le lui reprenne. Sa femme était partie peu après en le laissant seul avec la petite et il était devenu homme à tout faire. Je lui ai demandé si je pouvais entrer et j'ai enlevé mon chapeau en espérant qu'il comprendrait ce que ce geste signifiait. Il a reculé et d'un geste il m'a désigné le salon et un vieux canapé défraîchi dont il avait remplacé un pied manquant par un annuaire écorné. Il y avait peu de meubles à part un gros buffet ouvragé d'un genre que je n'avais jamais vu, avec des pieds tournés et des personnages sculptés, des hommes avec des chapeaux à large bord et des femmes en jupons qui dansaient sur les montants du meuble. Il était fendu à plusieurs endroits, comme si on avait tenté de le débiter à la hache pour en faire du petit bois. Seth a surpris mon regard. *J'aime pas beaucoup ce meuble, il me rappelle de mauvais souvenirs mais Leo y tient, alors disons qu'il est un peu en sursis.* Il a haussé les épaules et m'a désigné le canapé avant de s'asseoir dans un vieux fauteuil qui a craqué sous son poids. Nous étions installés face à face et j'aurais donné n'importe quoi pour que Victor soit là, pour qu'il me signifie d'un regard, d'un hochement de tête, quand parler et quand s'arrêter, mais Victor est perdu dans son monde, un monde peuplé de souvenirs fuyants et de trous noirs. C'est à peine s'il me reconnaît quand je passe le voir, même s'il finit toujours par me dire avant que je parte, *vous savez, j'ai été shérif, madame, un sacré shérif même*, et je me contente de lui sourire. Je sais bien, monsieur. Un sacré shérif, il l'avait bien été. J'ai lissé machinalement le ruban de mon chapeau tandis que Seth regardait mes doigts nerveux sans briser le silence comme s'il savait que ce n'était pas son rôle. J'ai toussoté pour m'éclaircir la voix et puis je me suis lancée, en m'efforçant de parler le plus clairement possible parce que s'il y a bien une chose que j'ai apprise c'est que la famille n'entend toujours qu'une infime partie de l'annonce, le reste est inaudible et s'évanouit dans l'air, comme si aucune parole n'avait jamais été prononcée. Je lui ai dit le peu que je savais en réalité, qu'un membre de la famille devait venir identifier le corps et qu'à ma connaissance il n'y avait plus que lui. Je ne savais pas s'il avait bien saisi parce qu'il n'avait pas changé d'attitude, son visage n'exprimait rien. Il a méthodiquement passé plusieurs fois l'index sur le bout de l'accoudoir du fauteuil, là où le bois formait une volute. J'imagine qu'il venait du même endroit que le buffet. Sans lever les yeux, il m'a demandé comment je pouvais être aussi sûre qu'il s'agissait de Leo. C'est une petite ville et des jeunes filles avec une chevelure pareille, ça ne court pas les rues. Son corps a paru se relâcher d'un coup. Il a balayé la pièce du regard, moi comprise, et m'a finalement dit *bon, allons-y*. Pas de larmes, pas de cris, pas d'invectives, juste un homme épuisé qui n'imagine même plus se rebeller.

Seth a refusé que je l'emmène dans ma voiture et je l'ai laissé prendre son pick-up, même si ce n'était pas très raisonnable de le laisser conduire vu les circonstances. J'en ai profité pour appeler Janis et la prévenir que je rentrerais tard. Elle était déjà au courant de tout et ça m'a mis un sale goût dans la bouche de savoir que les mauvaises nouvelles circulent toujours plus vite que les bonnes. Je l'entendais se demander comment quelqu'un pouvait être assez dingue pour faire du mal à une adolescente. Elle cherchait encore à comprendre ce qui pouvait conduire un être humain à tant de sauvagerie alors qu'elle était mieux placée que quiconque pour savoir à quel point les hommes échappent à toute logique. Je n'ai jamais osé lui avouer qu'enfant, une partie de moi était obsédée par la mort au point que je me demandais si j'étais bien normale. C'était apparu très tôt, cette fascination. Quand mon père devait tuer une bête, je restais à côté de lui pour le voir manier le couteau, repérer comment une incision nette et précise dans le cou faisait cesser les cris presque aussi vite qu'ils avaient commencé. Au début, il était un peu embarrassé que ce soit moi qui me glisse à ses côtés et pas un de mes frères, mais il avait l'esprit pratique, il fallait que quelqu'un l'aide et il devait penser que le fait d'être élevée au milieu de garçons allait m'endurcir. Ça ne tenait pas trop la route si on considérait que Liam tournait de l'œil à la vue du sang et que ce trouillard de Lewis se tenait à distance des bêtes de peur de prendre un coup de sabot. Je suis sûre que si notre mère avait été en vie elle ne m'aurait jamais laissée assister à l'abattage, mais puisqu'elle n'était plus là et que mon père ne savait pas trop ce qu'une fille peut faire ou ne pas faire, il me laissait l'aider, et j'aimais d'autant plus ça que ça faisait enrager Lloyd en sa qualité d'aîné. À la ferme, il n'y avait personne pour s'étonner qu'une gamine de six ans tienne le seau pour récupérer le sang du cochon qu'on venait d'égorger ou qu'elle plonge les mains dans une bête tout juste morte pour en sortir des entrailles fumantes. Mon père disait que ça n'était jamais que le cycle de la vie et que même l'arbre abattu laissait quelque chose de lui-même qui pousserait à sa place, quelque chose de neuf mais c'était sûrement pour me consoler parce que ma mère était morte à ma naissance. Il disait que c'était un mal pour un bien, parce qu'au chagrin de l'avoir perdue s'était mêlée la joie de m'avoir. Et comme s'il fallait remercier le Seigneur de nous avoir pris notre mère, il nous traînait à l'office tous les dimanches et ça, ça me plaisait nettement moins que le travail à la ferme. Il fallait que je me lave, que je démêle la broussaille sur ma tête qui, même coupée court, ne ressemblait pas vraiment à des cheveux, que j'essaie de me déguiser en fille pour lui faire plaisir et c'était aussi incongru qu'enfiler un costume de clown. Je n'aimais pas le regard des autres. Les femmes qui plaignaient mon père, veuf avec cinq enfants, les hommes qui enviaient les bras pour l'aider et surtout le regard des enfants sur moi. Ce regard sur une fille qui avait l'air d'un garçon. Pas de taille, un cou trapu, des bras et des jambes solides, pas un corps féminin tel qu'ils l'imaginaient. Et tout ce qui allait avec était trop contraignant. Ne pas monter dans les arbres avec ma robe, ne pas écarter les jambes, ne pas injurier les garçons, ne pas les rosser quand ils me cherchaient des noises. Je ne me sentais à ma place que parmi mes frères, avec les animaux, courant la campagne dès que je posais un pied à terre le matin et m'effondrant de fatigue à la tombée du jour, des boules de bardane plein mes vêtements. J'ai été heureuse jusqu'aux premières règles. Il n'y avait plus personne pour m'expliquer ce qui m'arrivait et ce sang qui venait d'une partie de mon corps que je n'avais jamais explorée me terrifiait bien plus que celui des animaux que mon père égorgeait. Même Lloyd, quand il a compris ce qui se passait, est resté grave, il a arrêté de me houspiller, il a stoppé la tape humiliante derrière le crâne dont il me gratifiait chaque fois qu'il me croisait et a évité tout contact physique. Je n'étais plus le cinquième fils de la famille Hobler mais la représentante d'une espèce absente de la maison, une espèce qui visiblement effrayait les hommes.

J'ai garé ma voiture devant le service médico-légal de Hearst. Seth était déjà là, tassé sur le volant de son pick-up comme si ses mains étaient collées dessus et qu'il ne pouvait plus les détacher. Je me doutais bien qu'il n'avait aucune envie de descendre. Tant qu'il ne verrait pas son corps, elle serait toujours vivante quelque part, en train d'écouter de la musique avec une amie, de fumer une cigarette en douce ou de siroter un soda en regardant les garçons passer, sans avoir remarqué qu'il était tard, qu'il allait s'inquiéter pour elle. Elle pouvait être partout sur Terre mais pas étendue sur un plateau en métal aussi froid que son corps.

Il a tourné la tête vers moi, a murmuré quelque chose que je n'ai pas entendu et il a fini par sortir de sa voiture. Je l'ai accompagné le long d'un couloir aux néons grésillants jusqu'à la salle où Sommers avait préparé le corps pour l'identification. Ça empestait le désinfectant et une autre odeur sur laquelle je n'ai pas envie de m'attarder. Il se tenait debout devant un corps recouvert d'un drap, prêt à dévoiler au cours d'un talk-show les ingrédients mystères d'une recette de cuisine. Sommers s'est présenté, il a salué Jenkins et lui a demandé s'il était prêt. Il a soulevé lentement le haut du drap, comme s'il risquait de la réveiller, découvrant un visage crayeux, paupières lourdes et mèches brunes ondulantes telles des vagues. Seth a regardé son visage, il a froncé les sourcils et fait non de la tête. Sommers lui a demandé si c'était bien sa fille mais le père commençait à pleurer. Il a mis la main devant sa bouche pour étouffer un gémissement, des spasmes lui secouaient les épaules. Je l'ai pris doucement par le bras et je l'ai ramené vers la sortie, dans la nuit odorante, les trilles des oiseaux et le halo doré des lampadaires. À l'intérieur le silence, dehors la vie. Il a sorti sa blague à tabac, son papier et a essayé de se rouler une cigarette mais ses doigts ne lui obéissaient plus. Les brins de tabac ont fini par s'envoler dans la brise, la feuille a glissé vers le sol. Je lui ai tendu le paquet que j'ai toujours dans une poche de mon uniforme même si je ne suis pas fumeuse par respect pour Janis. Il a pris une cigarette, a mis ses mains en coupe autour de la flamme de l'allumette que je lui tendais et il m'a regardée sans rien dire, le bas de son visage éclairé, le haut dans l'ombre et sans doute une part de son âme disparue.

Janis m'attendait comme tous les soirs, assise sur notre véranda, un livre à portée de main. Je l'ai embrassée sur le front, rien de plus en public parce qu'il y a toujours quelqu'un dissimulé derrière un rideau pour épier ce curieux couple, la shérif taciturne et sa compagne. Elle m'a tendu une bière qu'elle venait de sortir de la glacière. J'ai décapsulé la bouteille et j'en ai vidé la moitié. J'avais besoin d'alcool à cet instant précis où les choses étaient floues et cotonneuses. Janis m'a souri, nous n'avions pas besoin de parler : je savais ce qui l'étreignait et elle savait ce qui me préoccupait. Chacune avec son fardeau, même si le sien sera toujours le plus lourd des deux. J'ai regardé son visage, rond comme celui d'une enfant, ses joues roses, ses lèvres si joliment dessinées que j'ai toujours envie de poser mon index à l'horizontale sous le creux de sa lèvre inférieure, ses yeux gris aux curieux reflets argentés qui ressemblent à du mercure et sa peau, si pâle et lisse en comparaison du reste. J'ai pris sa main elle aussi intacte et de mon pouce j'ai caressé la naissance de son poignet, jusqu'à la frontière irrégulière qui marquait le début d'un territoire sauvage, là où la peau devenait plus épaisse, les replis de la chair dépassant à peine de la manche de sa chemise. Cette partie du corps qu'elle dissimulait à tous les regards excepté au mien. Elle savait que je l'aimais tout entière, les parties lisses et les autres si furieusement abîmées qu'elles avaient l'apparence d'un papier kraft chiffonné. Elle n'était pas un choix par défaut mais mon choix, conscient et assumé. Lorsque la nuit est devenue fraîche, que l'obscurité n'a plus été trouée que par les phares des quelques voitures qui passaient encore dans notre rue, nous sommes rentrées dans la maison. Nous avons dîné sur la table basse, devant la télé, puisque nous n'avions pas d'enfants à qui donner l'exemple d'un repas familial à la table de la salle à manger, les mains bien à plat de chaque côté de l'assiette. Nous avons dîné en silence, Janis se contentant par moments de me prendre la main pour la serrer. Ce soir-là les mots me venaient encore moins que d'habitude, ils restaient tapis au fond de ma gorge, agglomérés en une matière collante dont je ne pouvais pas me débarrasser. Janis est partie se coucher en me demandant de ne pas trop tarder et j'ai repensé à cette étrange après-midi, commencée dans le soleil et achevée dans la fraîcheur de la morgue. C'était mon baptême du feu, bien plus d'épreuves en une journée qu'au cours de ces mois écoulés où je n'avais eu qu'à me glisser dans l'uniforme de shérif comme dans un déguisement.

Le lendemain, j'ai réuni tous les hommes dont je disposais et ça ne faisait pas grand monde. Bethany s'était proposée pour répondre au téléphone et pour éconduire les curieux qui voudraient en savoir plus, ce qui m'arrangeait bien. Je n'avais pas de mode d'emploi à ma disposition pour traiter cette affaire, juste de la méthode, encore de la méthode, aurait dit Victor. J'ai envoyé Sean et Donegan interroger les élèves du lycée sur l'existence d'un petit ami ou de problèmes qu'aurait pu avoir Leo. J'ai regardé les garçons partir, Sean au volant – il n'était pas question qu'il laisse Donegan conduire – et j'étais là assise à essayer d'ordonner mes pensées depuis une bonne heure quand le maire est arrivé dans son coupé décapotable. Je me doutais bien qu'il débarquerait à un moment ou à un autre mais, comme chaque fois que je le croisais, j'ai eu une montée d'adrénaline. Il a ajusté son stetson en sortant de sa voiture et m'a vaguement saluée en touchant le bord de son chapeau, le maximum de politesse que je pouvais attendre de lui. *Vous prenez le soleil, Hobler ?* Je n'ai pas pu m'empêcher de sourire. Prononcer le mot *shérif* lui écorchait la bouche. J'avais été élue après que Victor m'avait traînée partout en ville. J'avais enduré les barbecues, les apéritifs, joué au bingo, au base-ball, couru dans la boue ou les jambes glissées dans un sac en toile de jute, j'avais levé le coude pour prouver que je savais boire mais refusé le verre de trop parce que personne n'a envie de s'en remettre à une ivrogne. Victor disait que les habitants voulaient un shérif qui leur ressemble, accessible, qui ne les prenne pas de haut et qui puisse s'immiscer dans un dîner de famille sans que la maîtresse de maison lève un sourcil. C'était assez drôle compte tenu du fait que j'étais une femme, lesbienne de surcroît, et que c'était un sacré morceau à faire avaler à des gens de la campagne. Grâce à Victor, j'avais été élue avec une majorité confortable. Mon principal concurrent présenté par le maire n'avait pas réussi à établir cette proximité que mon mentor aimait tant. Un an auparavant on lui avait diagnostiqué sa maladie, mais Victor préférait mettre sur le compte de l'âge les oublis, répétitions et anachronismes qui émaillaient ses discours et faisaient rire son public. Si cette maladie n'était pas si terrible, disait-il, elle en serait franchement comique. *Lauren, on voit bien que vous n'avez jamais essayé de vous moucher dans une de vos chaussettes ou rangé vos clés de voiture dans le bac à légumes.* Une fois que j'ai été élue, son état s'est dégradé d'un coup. Retirer le costume de shérif qu'il avait porté pendant trente-cinq ans l'avait laissé libre de s'échapper en tous sens, de ne plus répondre à aucune sollicitation et d'observer avec perplexité le contenu de son assiette sans en reconnaître aucun élément. Victor m'avait transmis le flambeau, puis Victor m'avait laissée seule et je m'étais retrouvée à sa place, orpheline et désorientée, obligée de mettre les bouchées doubles en dissimulant mes inquiétudes. C'était bien une question qu'un homme ne se serait jamais posée, savoir s'il était à la hauteur de la tâche, s'il méritait ce qui lui était donné, et j'étais bien une femme pour me croire aussi illégitime.

Le maire est entré dans mon poste de police comme s'il lui appartenait, ce qui techniquement était peut-être le cas. Il s'est installé derrière le bureau de Sean plutôt que dans la pièce étouffante et dépourvue de fenêtre qui m'avait été assignée. *Pas de budget pour percer une fenêtre à votre convenance*, m'avait-il dit lorsque j'avais été élue, avec son sourire qui n'en était jamais vraiment un. Quelque chose me disait qu'il n'était pas venu uniquement pour Leo mais que, dans un recoin de sa tête, une sale idée devait le travailler depuis un moment. J'ai eu l'impression qu'il attendait quelque chose. Il a parlé avec Bethany de tout et de rien jusqu'à ce que les garçons reviennent du lycée après un laps de temps très court : Sean devait déjà avoir une idée bien arrêtée sur le coupable. Le maire lui a vigoureusement serré la main, à croire qu'ils ne s'étaient pas vus depuis des années et ça aurait dû me mettre la puce à l'oreille. Ils ont discuté dans un coin et puis le maire est repassé devant moi avec sa mine satisfaite. *Au fait, Hobler, j'imagine que vous ne comptez pas vous représenter l'année prochaine. Votre petite copine a besoin d'attention, ça ne serait pas raisonnable de la laisser toute seule plus longtemps.* Il m'a pris une envie de lui botter le train même si je savais qu'il n'avait pas entièrement tort. C'était juste la mauvaise personne pour donner un bon conseil. La première fois qu'il avait rencontré Janis, il l'avait regardée de la manière dont certains hommes regardent une femme, en l'évaluant telle une bête. Il avait débarqué chez moi alors que je fêtais mon élection avec quelques amis. Liam et Leister étaient même venus en famille, bravant l'interdit formulé par Lloyd quand il avait compris que je préférais les femmes. Victor n'était pas resté longtemps, et quand le maire était arrivé en fin d'après-midi, presque tout le monde était déjà parti. Le temps que je salue les derniers invités, je l'avais retrouvé dans notre cuisine en train de parler à Janis. Il l'avait trouvée tellement à son goût qu'il lui avait fait un numéro de charme. Il avait dû se dire qu'une femme comme elle s'était égarée avec moi et que seul un homme pouvait lui donner ce qu'elle voulait. Il lui parlait en lui barrant le passage, le bras tendu, la paume appuyée à plat sur le mur contre lequel elle était appuyée et je m'apprêtais à lui prêter main-forte quand un regard de sa part m'en a empêchée. Alors qu'ignorant ma présence il continuait à parler tout seul, elle a, un sourire aux lèvres, délicatement retroussé les manches de sa chemise, découvrant ses bras brûlés, sa peau plissée et, passant la main sur sa nuque, a dégagé l'encolure de sa chemise, révélant la naissance de ses seins brunis par le feu. Il a eu un mouvement de recul. C'était la façon qu'avait Janis de se débarrasser des hommes, leur montrer ce qu'un homme lui avait fait. Il a subitement perdu son sourire carnassier, bredouillé une vague excuse et il a quitté la pièce si vite qu'il s'est cogné au montant de la porte. En passant devant moi, ce vieux salaud m'a quand même glissé *maintenant je comprends pourquoi elle est avec vous. Elle ne peut pas avoir mieux.* Je l'ai suivi dehors et sur la véranda j'ai attrapé une chaise pliante que je lui ai fracassée sur le dos. Il a dégringolé les trois marches, s'est relevé tant bien que mal, a ramassé son foutu stetson, m'a regardée comme s'il voulait en finir avec moi et curieusement les choses en sont restées là. Il n'y avait pas de témoins, il n'y avait pas d'enjeu.

Après le départ du maire, Sean s'est assis en face de mon bureau, a posé ses bottes sales sur le coin de la table et j'ai repoussé ses pieds en lui jetant un regard noir. Même obscur et plus encombré qu'une réserve de bibliothécaire, c'était bien le bureau du shérif et j'étais le shérif au moins pour une année encore. J'ai écouté Sean et Donegan me raconter leur visite éclair. Les gamins étaient en cours, en attendant la pause, ils avaient interrogé la direction du lycée, glané des renseignements auxquels s'étaient ajoutés ensuite ceux des camarades de classe, *si on pouvait appeler ça des camarades* avait dit Sean. Leo s'appelait en fait Leonora, elle était née à Mercy d'une mère italienne qui avait quitté son père lorsqu'elle n'avait que huit ans. Tout ça, je le savais déjà. Elle venait de fêter ses dix-sept ans, était bonne élève bien qu'assez effacée selon ses enseignants. Elle ne faisait pas de vagues, *une étudiante vieille école* avait précisé sa professeure de lettres avant de s'effondrer en larmes, ce que Sean avait trouvé douteux mais il trouvait suspecte la moindre démonstration d'empathie. Donegan a précisé qu'elle était sûrement triste qu'une chose aussi atroce arrive à l'une de ses élèves et qu'à vrai dire tout le monde avait l'air abattu mais Sean a balayé l'argument en levant les yeux au ciel. Il a continué à égrener le peu qu'ils avaient appris : elle n'avait pas de petit copain et presque pas de camarades à part Emmy Ellis mais on les voyait moins ensemble depuis quelques mois alors qu'elles ne s'étaient pas quittées depuis l'enfance. Avec une sagesse inattendue, Donegan a fait remarquer que parfois trop d'amour entre deux amis ça pouvait être étouffant et qu'il valait mieux mettre un peu de distance de temps en temps. Sean a ricané *alors c'est pour ça que t'es tout seul ? Ton pote a mis tellement de distance entre vous qu'il se souvient même plus de toi ?* et il a rigolé comme un abruti. Ce n'était pas un mauvais type, il se croyait juste plus malin que les autres. Donegan m'a tendu une photographie de Leo et je suis restée quelques minutes à observer son visage, les pommettes hautes, les sourcils fournis mais joliment dessinés et les yeux noisette, chauds comme de petites flammes. Ce qui frappait c'était la masse de ses cheveux et le fait qu'ils brillaient presque autant que de la laque. Elle affichait le sourire discret d'une jeune fille sérieuse qui reste sagement à sa place, mais pour l'avoir si souvent croisée en ville je savais qu'elle ne ressemblait pas à une élève banale, sans autre ambition que le bal de fin d'année ou les sorties du samedi soir. Sean me regardait, tapotant de son pouce le dessus du bureau, il prenait mon silence pour de l'indécision. Je lui ai dit d'aller récupérer le rapport préliminaire de Sommers. Il valait mieux que je l'occupe à des tâches de ce genre plutôt que le laisser se faire des idées sur le premier venu avec ses méthodes de cow-boy et puis je ne voulais pas risquer de croiser l'assistante du légiste. Rien que regarder une autre femme me faisait me sentir coupable. J'avais choisi de me vouer tout entière à Janis sans rien attendre en retour. Elle était libre de partir, libre de rester, et à part son désir d'enfant que je ne pouvais pas satisfaire, tout pouvait rester en l'état jusqu'à ce qu'elle n'ait plus besoin de moi. Après la condamnation de son mari, son avocat lui avait suggéré de changer d'air, comme si l'état de son corps lui permettait de repartir de zéro, mais de toute façon, m'avait-elle dit, elle ne pouvait pas rester là où il était. Elle ne voulait pas l'imaginer tous les jours, arpentant sa cellule, revoyant peut-être la flamme vacillante qu'il avait allumée puis, au contact du tissu synthétique, les flammes plus audacieuses qu'il avait créées, léchant sa peau, l'enveloppant d'un mélange de fibres fondues et de chair désagrégée sous l'effet de la chaleur. Au procès, ce brillant avocat, mâchoire carrée et silhouette taillée par des années d'aviron, avait refusé de se faire représenter. Il avait plaidé seul le coup de folie d'un homme amoureux meurtri par des soupçons d'adultère et il s'était trouvé des jurés, des femmes surtout, pour trouver son acte en partie explicable. Finalement, il avait pris quinze ans. Tel un artiste fou, il avait modelé le corps de sa femme en espérant le rendre inutilisable, épargnant malgré lui ses jambes protégées par une longue jupe en tweed humide de rosée et ses mains par des gants de jardinage en cuir. Il avait éteint les flammes avant qu'elles n'abîment ce visage qui l'avait tant fasciné pour qu'elle se rappelle à quel point elle avait été belle. Feu aussitôt allumé, feu aussitôt éteint. *Regarde ce qu'il en coûte de vouloir me quitter*. C'était l'acte d'un homme qui se croyait sensé, l'expression la plus juste à ses yeux de sa colère, mais personne n'avait compris ce qu'il était réellement. Comment imaginer que l'irréparable ait été prémédité alors que son auteur est beau comme un dieu et qu'il peut tout avoir ? À l'annonce du verdict, Janis avait surpris sur son visage une expression fugace, une grimace qui le rendait méconnaissable. Réalisant avec étonnement qu'il n'avait pas convaincu les jurés et qu'il allait passer les prochaines années enfermé, il avait fixé un long moment un point sur le sol devant lui, tout en mordant sa lèvre inférieure jusqu'à faire perler son sang. Puis il avait relevé la tête, retrouvé son visage de modèle, regardé Janis et imperceptiblement, sans que quiconque semble le voir, lui avait envoyé un baiser porteur de noires promesses. Le corps contraint par des vêtements de contention qu'elle ne supportait pas et qu'elle aurait voulu arracher en même temps que les lambeaux de sa peau, elle avait compris qu'il n'en aurait jamais terminé avec elle. Une semaine plus tard, elle avait soldé les comptes, mis leur maison en vente et quitté la ville, laissant derrière elle tout ce qui appartenait à son ancienne vie et qui était désormais dépourvu de sens, les vêtements de grands couturiers, les parfums français, les sacs italiens en peau dont le contact lui donnait des haut-le-cœur. Elle était partie chez une amie d'enfance dans le Massachusetts et, de là, par des chemins sinueux que seul le hasard fait prendre, avait atterri dans la maison de Victor. Assise sur le bord de son canapé, prête à repartir aussi vite qu'elle était arrivée, une tasse à thé dans les mains, aussi délicate et légère que ce qu'elle tenait, et moi, invitée par mon chef, vacillante, avec quelque chose qui cognait à l'intérieur de mon corps, cherchant à stabiliser cette masse, à changer de posture. Je contemplais la plus jolie femme qu'il m'ait été donné de voir et elle me regardait, m'accordait son attention, sous l'œil amusé de Victor qui avait sans doute compris bien avant moi que j'aimais les femmes. Moi, Lauren Hobler, six pieds deux pouces, cent quatre-vingts livres, quatre frères, plus de mère, plus de père et aucune idée de ce qu'il fallait faire dans ces circonstances. Toujours avec un plan derrière la tête, Victor m'avait confié la tâche de trouver une maison pour Janis, une jolie maison dans un coin tranquille de la ville mais avec des voisins. Une maison avec un jardin clos de murs, équipé d'une alarme et de caméras parce qu'elle allait vivre seule, ce qui m'avait paru drôle dans une ville comme Mercy où je croyais qu'il ne se passait rien. Une fois trouvée, la maison s'était avérée trop grande pour une seule personne et Victor avait proposé que j'y emménage temporairement en colocation plutôt que de continuer à habiter la ferme familiale avec Lloyd. Janis avait accepté et je m'étais retrouvée, le cœur battant, à installer mes quelques affaires dans une chambre à l'étage, tandis qu'elle avait installé la sienne au rez-de-chaussée pour profiter du jardin. Pendant des semaines, j'ai évité de dîner à la maison de peur de la déranger. Je partais au petit matin, tournant dans la ville en attendant de prendre mon service, jusqu'au jour où je l'ai trouvée, alors que le soleil était à peine levé, assise sur le siège passager de ma voiture. Elle s'est penchée vers la portière que je venais d'ouvrir et, avec son sourire de jeune fille, m'a dit *alors Lauren, on cherche à m'éviter ?* J'ai balbutié quelques mots, malaxé mon chapeau entre mes mains et puis je me suis dit qu'on ne mourrait jamais d'avoir essayé et je me suis lancée parce que, même si elle était trop belle pour moi, j'avais déjà envie de lui prendre la main et d'être à ses côtés jusqu'à la fin des temps.

Le rapport d'expertise de Sommers était sec et sans affect. La cause de la mort était un coup violent à la base du crâne, le corps ne portait aucune blessure, elle n'avait subi aucuns sévices, elle était toujours vierge et il n'avait pas pu s'empêcher d'ajouter à la main, *ce qui pour une jeune Américaine de son âge est assez surprenant*. Leo était morte une douzaine d'heures avant que Donegan ne la découvre et on n'avait retrouvé sur la berge que des empreintes partielles difficilement exploitables à cause de la vase qui s'était en partie reformée sur elles et d'autres empreintes sur le talus qui remontait vers la route. Dans la panique, Donegan ne s'était pas soucié de savoir où il mettait les pieds. J'avais compris à l'état de son uniforme qu'il avait grimpé la pente à quatre pattes pour rejoindre sa voiture, glissant sur la rocaille, se rattrapant à des branches d'arbustes qui lui avaient griffé les mains. Après la découverte du corps, j'étais allée à mon tour interroger tous ceux qui connaissaient Leo, de près ou de loin, et le moins que l'on puisse dire c'est qu'ils en savaient bien peu sur elle. J'avais demandé à Sean de m'accompagner pour questionner à nouveau les garçons du lycée en me doutant bien qu'il ponctuerait ses phrases de quelques remarques salaces pour voir à qui il avait affaire, mais curieusement, même débordés par les hormones, les gamins étaient restés évasifs à propos de Leo. Pendant qu'ils discutaient avec Sean, j'avais regardé l'album du lycée. Leo était jolie mais, à un âge où le standard de succès est encore celui d'une jeune blonde aux yeux clairs affichant une rangée de dents impeccables, elle ne rentrait pas dans les cases avec ses cheveux si noirs, sa dentition irrégulière et ses vêtements destinés à cacher davantage qu'à révéler. Pendant que j'examinais la photo, un des garçons de la classe a déclaré qu'avec Leo tout le monde savait que ce n'était même pas la peine d'essayer, on voyait bien qu'elle n'était pas intéressée. *Intéressée par les garçons ?* a demandé Sean. *Ben oui par les garçons, par quoi d'autre ?* a répondu le gamin qui s'est subitement mis à rougir. Sean a embrayé : *les filles ne l'intéressaient pas non plus à ton avis ?* Le gamin a haussé les épaules avant d'ajouter à mon intention, *le plus drôle dans tout ça, c'est qu'elle traînait tout le temps avec Emmy Ellis. Emmy... vous voyez à quoi elle ressemble, m'dame ?* J'ai répondu que oui, bien sûr, tout le monde savait à quoi ressemblait Emmy. J'avais bien compris, à la manière dont Sean m'avait annoncé sur le chemin du lycée qu'il comptait l'interroger, qu'il le savait très bien lui-même. Je lui avais dit que les filles, c'était moi qui m'en chargeais et il avait marmonné *ça, j'avais compris*, comme si je lui avais retiré son jouet des mains. Je me souvenais très bien d'une histoire concernant Emmy, quand Victor était encore shérif. Dix ans auparavant, elle avait disparu de la maison de ses parents, un peu avant Noël, alors que la température était descendue en dessous de zéro. Victor avait interrompu la préparation des fêtes et lancé tous les hommes disponibles sur les traces de la petite. Elle n'avait laissé derrière elle que quelques empreintes de pas sur le perron de la cuisine, à peine perceptibles compte tenu de son petit gabarit et du vent qui soufflait au ras du sol. Le bois autour de la maison puis, en cercles concentriques, les terrains et forêts alentour avaient été passés au peigne fin. On avait même envisagé de sonder le fleuve mais l'eau était glacée et les équipements manquaient. Victor avait mis en place des barrages sur les routes, fouillé les voitures comme s'il s'agissait de sa propre fille. Sur un chemin forestier qui passait derrière la maison, on n'avait trouvé qu'un petit mouchoir en coton brodé à ses initiales. Son père, Lucian Ellis, étant le directeur de l'agence locale de la banque fondée par son arrière-grand-père, la petite pouvait aussi bien avoir été kidnappée, mais il n'y avait eu aucune demande de rançon. Nous avions ratissé encore et encore la ville et la campagne, lancé des appels à témoins dans tout l'État, interrogé les habitants, suspecté un peu tout le monde en ce qui me concernait parce que j'avais tendance à faire du zèle pour compenser le fait que je débutais. Un sacré mystère, cette enfant de sept ans disparue dans la nuit, la fille unique du couple le plus emblématique de la ville. Lui, toujours impeccable dans ses costumes bleu marine, mince comme s'il avait encore vingt ans, écoutant avec un air de compassion sincère les clients de la banque qui demandaient toujours à le voir en personne pour tenter d'obtenir un prêt ou un délai de paiement. Aucun ne lui en voulait de refuser parce qu'il était si aimable, si charmant qu'il ne pouvait l'avoir fait que pour des raisons valables et tant pis si vos espoirs partaient en fumée. Quant à Vicky, elle se passait de commentaires même si son physique de Miss Kentucky 1992 s'était un peu altéré. À chaque fois qu'elle arrivait quelque part, elle toisait l'assistance en fronçant les sourcils parce qu'elle refusait par coquetterie de porter des lunettes et ne supportait pas les lentilles, ses cheveux blonds impeccablement coiffés bougeant aussi peu qu'un casque de Spartiate et elle finissait par gratifier les petits comme les grands de son sourire parfait, trente-deux dents de compétition même si on aurait juré qu'elle en avait quelques-unes en plus. Comment ne pas avoir le cœur brisé en découvrant dans le journal local la photo de ce couple désespéré ? Lui tenant la main de sa femme entre ses deux mains tandis qu'elle regardait un peu hébétée l'objectif, se demandant s'il fallait sourire ou non vu les circonstances. Les traits tirés, les épaules légèrement rentrées, sans leur éclat habituel, ils paraissaient sonnés, étonnés même qu'une chose pareille arrive dans leur jolie petite vie. Victor, dont le père avait combattu en France aux côtés du grand-père de Lucian, n'avait pas abandonné, poursuivant les recherches à la nuit tombée quand les autres rentraient chez eux. Personne ne l'attendait, il pouvait bien pousser un peu plus loin, au cas où quelque chose lui aurait échappé, même si l'obscurité rendait ses efforts en partie inutiles. Puisque Lloyd n'était jamais pressé que je rentre à la ferme, nous avions passé ces nuits avec Victor, balayant de nos lampes torches les sous-bois, sondant les éboulis, les arbres déracinés, craignant sans l'avouer que nos faisceaux n'éclairent subitement une main d'enfant. Quand le froid devenait intenable, je bataillais avec lui pour que nous rentrions au poste, sachant qu'à l'aube il repartirait chercher, interroger, se repasser les bandes des rares caméras de surveillance pour voir si quelque chose sortant de l'ordinaire s'était produit cette nuit-là. Et puis, un dimanche midi, huit jours après sa disparition, Emmy était réapparue devant le bureau de poste vêtue d'une salopette en velours élimée, d'un anorak jaune déchiré au coude et d'une paire de bottes en caoutchouc trop grandes. Personne ne l'avait vue arriver, personne ne l'avait remarquée et ceux qui la connaissaient avaient eu un moment d'hésitation. Cette petite était Emmy sans être Emmy, comme si on avait dupliqué l'enfant modèle tout en changeant quelques détails infimes. En tous les cas, c'était bien elle aux yeux de ses parents. Elle était saine et sauve, juste un peu fatiguée, mais après le bonheur des retrouvailles, la joie d'une issue heureuse qui nous avait paru improbable, nous étions restés sur notre faim. Emmy n'avait donné aucune explication, elle s'était contentée de répondre à nos questions par des *je ne sais pas, je ne me souviens pas*, qui nous avaient laissés perplexes. Vicky, pour qui toute chose avait nécessairement une explication, avait finalement décrété que sa fille avait dû tomber et perdre momentanément la mémoire. Peu importait où elle était allée, ce qui lui était arrivé, Emmy était de retour en un seul morceau et ça aurait suffi à n'importe quelle mère. Les Ellis voulaient reprendre leur existence là où elle s'était arrêtée et nous en sommes tous restés là, dans le flou. *Il n'y a pas d'explications à tout*, avait dit Victor, mais l'argument paraissait un peu faible. Emmy n'avait pas semblé souffrir de cet épisode, elle était retournée en classe à la mi-janvier et la vie avait repris son cours. J'aurais été curieuse de savoir si finalement elle s'était souvenue de quelque chose, si la nuit, dans son sommeil, des images réapparaissaient. La véritable histoire devait être quelque part dans sa tête, mise sous clé mais présente, façonnant une bonne part de ce qu'elle était devenue. Aujourd'hui j'allais interroger Emmy, mais pas sur son histoire à elle, sur celle d'une autre enfant qui ne reviendrait jamais.

J'ai garé ma voiture devant la maison des Ellis, une grande bâtisse prétentieuse en briques rouges, avec un porche aux colonnades immaculées repeintes une fois par an et des fleurs à profusion pour arrondir les angles. Vicky avait repris en main le comité floral de la ville en éjectant l'octogénaire qui l'avait créé pour transformer Mercy en vallée des fleurs, en une ville qu'on visiterait pour admirer l'alignement parfait des plates-bandes, l'harmonie de leur contenu, les dégradés de couleurs savamment étudiés. Janis trouvait que cela manquait furieusement de désordre. Chaque année, dès le mois de mars, elle s'amusait à jeter sur les pelouses des poignées de graines de fleurs sauvages, semant chardons, coquelicots, cosmos au milieu des roses et des tulipes. En fonction du temps que Vicky mettait à les faire enlever on mesurait son degré de forme, mais elles tenaient rarement très longtemps. C'est Lucian en personne qui est venu m'ouvrir et j'ai presque eu du mal à le reconnaître avec son menton mal rasé, ses yeux rougis et ses cheveux décoiffés qui dissimulaient à peine un début de calvitie. Il m'a serré la main et, sans la lâcher, a saisi mon coude de sa main libre comme pour maintenir le contact. *C'est un cauchemar. Comment une chose pareille a pu arriver ici ?* Je lui ai dit que j'espérais justement parler de Leo avec Emmy puisqu'elle la connaissait mieux que quiconque. Il a laissé retomber ses bras le long de son corps. *Emmy n'a pas quitté sa chambre, elle refuse de nous ouvrir. Vous aurez peut-être plus de chance que nous*. Il est monté avec moi à l'étage, a toqué timidement à sa porte, une porte d'adolescente avec interdiction d'entrer et autocollant vengeur. Elle ne répondait pas alors Lucian s'est collé au montant et a murmuré *c'est la shérif. Tu sais, Lauren. Elle voudrait te parler un peu à propos de Leo.* Il s'est interrompu : prononcer son prénom semblait lui avoir ôté la parole. *Qu'elle entre*, a dit Emmy et, laissant son père, je suis entrée dans sa chambre comme on entre en terrain miné parce que les enfants, les adolescents, ça n'était pas mon truc. Emmy était assise en tailleur sur son lit, des albums photo posés devant elle remplis de cœurs, de paillettes, de morceaux de papier couverts d'une écriture ronde. Elle ne portait qu'un minishort et un débardeur court. Elle a tapoté un coin de son lit. *Asseyez-vous, shérif, j'étais justement en train de regarder des photos de Leo.* Je me suis assise tant bien que mal, gênée par mon uniforme, mon ceinturon avec mon arme et mes grosses bottines dans cet univers de moquette en laine double épaisseur. Comme si elle y avait pensé en même temps que moi, Emmy m'a dit *vous avez vu ? Ma mère a rempli ma chambre de coussins, de tapis, j'imagine qu'elle veut amortir ma chute, que je me fasse jamais mal, mais le mal arrive quand même. On peut pas empêcher quelqu'un de tomber, vous croyez pas ?* Elle m'a regardée sans que j'arrive à savoir si elle attendait une réponse. Ses cheveux châtains étaient rassemblés en une tresse épaisse avec des reflets roux et il fallait admettre qu'elle était assez étonnante. Ses traits étaient réguliers, tout dans son visage était de proportions parfaites et sa beauté aurait pu être aussi ennuyeuse que celle de sa mère s'il n'y avait eu ses yeux, effilés tels ceux d'un animal, des yeux sombres aux cils démesurés qui vous laissaient chancelant. Emmy caressait machinalement le dessus-de-lit à côté d'elle. *Leo a pris des coups et personne ne l'a protégée. Maman dit que c'est parce qu'elle n'avait plus de mère pour s'occuper d'elle, mais tout ça c'est des conneries. Je crois pas qu'une femme puisse être assez forte pour en protéger une autre, même sa propre fille.* Je n'étais pas la mieux placée pour répondre, mais cela Emmy devait le savoir. Elle a poussé vers moi un album ouvert sur une photo d'anniversaire. Elle et Leo, et à en juger par le nombre de bougies, c'était avant qu'Emmy disparaisse. Deux gamines hilares, bras dessus, bras dessous, avec un déguisement de chat pour l'une et quelque chose qui ressemblait à un chien pour la brune. *C'était sa mère qui l'avait déguisée. Faut croire que pour ça non plus elle n'était pas très douée.* Elle a fait glisser devant moi un autre album, une autre page avec une photo d'elles à douze ou treize ans. *Et ça, c'était déjà la fin de l'innocence.* Elle a surpris mon regard perplexe. *Oh, vous savez bien ce que je veux dire. Le moment où une fille commence à comprendre ce que ça veut dire d'être une fille. Vos parents font comme si rien n'avait changé, comme si vous étiez encore leur gros bébé, mais c'est sans compter les garçons et la façon dont ils vous regardent.* Et c'était quoi le regard des garçons sur Leo ? Emmy a réfléchi. *Vous voulez savoir si elle avait un copain, si elle sortait avec un type du lycée ? Non, elle sortait avec aucun garçon.* J'ai noté *pas de petit ami* sur mon calepin et, en se penchant vers moi, Emmy a tapoté mon carnet du bout de l'index. *J'ai dit pas de petit copain au lycée, shérif. N'en tirez pas de conclusions hâtives.* Je l'ai regardée en me demandant si j'avais bien affaire à une adolescente de dix-sept ans ou si, dans cet écrin rose et sucré, elle n'avait pas prévu de longue date de surpasser sa mère sans que quiconque l'ait encore réalisé. *Elle sortait avec un homme, pas un adolescent, c'est ce que tu es en train de me dire ?* Emmy m'a regardée avec une moue boudeuse pour me signifier sa déception.

Eh, j'ai pas dit ça non plus. Vous êtes un peu tordue. Leo était distante depuis un moment, elle était devenue ennuyeuse en fait. Elle ne parlait que de partir en Europe, d'aller en Italie retrouver sa foutue mère qui l'avait abandonnée. Il n'y en avait que pour ses cours et ses petits boulots, comme si ça pouvait suffire pour quitter ce trou perdu. Elle s'est penchée à nouveau vers moi. *Avec un père pareil, vous croyez qu'elle aurait réellement pu s'en aller ? Et en fait vous savez quoi ? Elle aurait aussi bien pu sortir avec un vieux ou avec une femme que je l'aurais même pas su.* Pendant qu'elle me parlait, elle avait laissé son genou nu et lisse reposer sur ma cuisse et je me suis dit que cette gamine avait le don de me mettre mal à l'aise. Je me suis levée, j'ai rajusté mon ceinturon. Je croyais que c'était toi qui connaissais le mieux Leo mais j'ai l'impression que tu n'as pas vraiment envie de me parler d'elle. Elle m'a regardée avec un drôle d'air et a soufflé pour écarter une mèche de cheveux qui lui tombait devant les yeux. *Vous voulez entendre quoi ? Que je suis triste ? Que j'ai le cœur brisé ? Vous voulez que je pleurniche comme mon père, que j'aie peur de tout comme ma mère ? Ce qu'il y avait entre Leo et moi ne regarde personne. Je pensais que vous comprendriez ça, ne pas vouloir être comme les autres, mais en fait vous êtes pareille, vous pigez rien.* Elle a refermé l'album photo d'un claquement sec et m'a tourné le dos. Avant que je quitte la pièce elle a murmuré *c'est parce que vous n'y connaissez rien aux gosses que vous n'en voulez pas ?* La paume de mes mains s'est mise à me démanger et je me suis subitement demandé s'il était possible de garder un secret dans cette ville.

En comparaison de la chambre d'Emmy, celle de Leo paraissait monacale. J'y étais allée directement après ma visite aux Ellis en espérant effacer la désagréable sensation que j'avais eue en sortant : celle d'une inversion des rôles, Emmy dans celui de l'adulte qui a toutes les clés et moi dans celui de la gamine mal dans sa peau. Le fait qu'elle ait compris que je ne voulais pas d'enfant m'avait blessée et j'imaginais même le pire, que Janis en ait parlé à quelqu'un en ville et que la conversation se soit ébruitée. Dans son état une grossesse était impossible et je refusais d'adopter. Dieu sait quels antécédents familiaux un gosse sorti de nulle part trimballerait avec lui. Il fallait que ce soit moi qui porte le bébé, mais si je pouvais faire beaucoup de choses par amour, il n'était pas question de porter un gamin. J'avais trente-cinq ans, Janis trente-sept, et je comptais lâchement sur le fait qu'elle finirait par renoncer. Seth m'a ouvert la porte de sa maison. Ses vêtements étaient repassés et le salon paraissait mieux rangé que lors de ma première visite. Il a paru comprendre mon regard. *J'attends de la famille pour l'enterrement. Mon frère Wallace vient de Pasadena avec sa femme et ses enfants. Il y aura mes cousins aussi. Ils vont tous venir lui dire au revoir.* J'ai marmonné que je comprenais, j'ai décliné la proposition d'un café et je lui ai dit que je voulais juste voir la chambre de Leo, ses affaires personnelles, son ordinateur s'il m'y autorisait. Il a fait un signe de tête et m'a désigné une porte au fond du couloir. *Vas-y toute seule, j'aime pas trop y entrer. Même quand elle était encore là j'y allais jamais.* Dans le couloir il y avait une série de cadres avec des photos de famille, celle de Seth uniquement. Grands-parents, ribambelles d'enfants, photos de Leo bébé. Aucune photo de sa mère. Parce qu'elle les avait quittés, j'imagine qu'elle avait été rayée du décor et je me suis demandé quel genre de mère était capable d'abandonner sa fille de sept ans sans se retourner. La chambre de Leo était sommairement équipée, un lit, une penderie, un bureau et une chaise, quelques étagères pleines de livres en anglais et ce que je supposais être de l'italien et du français, peu de bibelots. Son placard était presque vide, juste des vêtements fonctionnels qui avaient l'air d'avoir vécu une autre vie avant elle. Il y avait sur son bureau un vieil ordinateur portable et, posé sur le lit, un téléphone cellulaire d'un autre âge, du genre qui permettait juste de passer des appels et recevoir des messages. J'ai ouvert l'ordinateur, il n'y avait pas de mot de passe, elle estimait sans doute n'avoir rien à cacher. Des dossiers ordonnés pour chaque année de scolarité et chaque matière, des recherches pour ses devoirs. Elle travaillait sérieusement, ce qui collait avec ce qu'avait raconté Emmy. Pour partir, il vaut mieux assurer ses arrières et décrocher au moins son diplôme de fin d'études avec les honneurs, même si les meilleures universités vous sont fermées. Ses recherches sur Internet confirmaient que Leo espérait se rendre en Europe. Il n'était question que d'opportunités de petits boulots, de billets d'avion low cost, mais aussi de photos des Alpes, de Florence, de la Sicile. Je contemplais ces images, moi qui n'avais jamais quitté ma région, et je me disais que c'était bien un signe de richesse, pouvoir aller où on voulait quand on le voulait sans se demander si le compte en banque suivait. J'ai inspecté le lit, soulevé le matelas, retourné les tiroirs du bureau, fouillé les poches de ses vêtements et l'intérieur de ses chaussures. Rien ne dépassait, rien n'attirait le regard, à croire qu'elle avait vécu une existence sans relief, linéaire et monotone, une vie qu'un adulte pourrait accepter en oubliant ce qu'il désirait lorsqu'il était jeune mais Leo, elle, n'avait que dix-sept ans. J'ai contemplé les murs et leur mauvais papier peint et j'ai replacé machinalement le seul tableau qui y avait été accroché et qui penchait un peu en avant. Le bas du cadre frottait sur le mur, en le décrochant j'ai trouvé une enveloppe et, coincée dans un angle, la photo d'une femme aussi brune que Leo mais avec des cheveux très longs, les yeux noirs et un sourire franc qui révélait des dents irrégulières et charmantes. Sur ses genoux, une petite Leo en robe verte, et derrière, Seth comme je ne l'avais plus vu depuis longtemps, appuyé sur le dossier de la chaise où sa femme était assise, contemplant en même temps qu'elle le fruit de leur amour. L'enveloppe était pleine de petites coupures, des billets de cinq et dix dollars, usés, passés entre une multitude de mains. Ça faisait une jolie somme pour une adolescente de dix-sept ans mais pas assez pour aller aussi loin qu'elle le souhaitait. J'ai remis l'enveloppe à sa place, rangé la photographie dans la poche de ma veste, pris l'ordinateur, le téléphone et je suis repartie en refermant derrière moi, m'excusant presque d'être entrée.

Les jours puis les semaines ont passé sans que mon enquête avance vraiment. Nous avions interrogé tous ceux qui étaient susceptibles d'être passés à proximité du vieux pont ce matin-là, nous avions épluché les images des caméras de vidéosurveillance dont le maire avait fini par parsemer la ville comme si elle était un haut lieu du crime, ou précisément selon lui pour qu'elle ne le devienne pas, mais elles ne couvraient que les rues commerçantes et les plus cossues. Ni les abords du fleuve ni la rue des Jenkins n'en étaient pourvus. Leo avait gardé des enfants à l'autre bout de la ville jusqu'aux environs de minuit. Le père avait proposé de la raccompagner mais elle avait refusé en disant qu'elle connaissait le chemin par cœur. Sur les images on la voyait marcher d'un pas tranquille puis bifurquer dans une rue étroite, disparaissant dans l'angle mort de la caméra pour réapparaître de manière fugace à l'embranchement de trois rues avant de disparaître à nouveau dans la pénombre. Ce n'était pas le chemin pour rentrer chez elle, et même elle s'en éloignait. Harnold, qui tenait le pressing, avait affirmé l'avoir vue monter dans une voiture alors qu'il sortait son chien. C'était une Subaru rouge avec une plaque d'immatriculation qui pendait d'un côté et un gros autocollant Texaco sur le coffre. Harnold était âgé et je n'étais pas sûre que sa vue fût très bonne mais il s'était vexé quand j'avais mis sa parole en doute. Il n'y avait que lui et Leo dans la rue, en plus du conducteur, pas moyen de se tromper disait-il. J'étais dubitative à l'idée que Leo ait pu monter dans la voiture d'un inconnu. En ville, personne n'avait de véhicule correspondant à cette description, mais mon seul témoin était catégorique et je n'avais pas d'autre piste. Seth avait été ramené d'un chantier par un collègue qui l'avait déposé chez lui vers 20 heures, il savait que Leo travaillait et il était parti se coucher tout de suite après avoir dîné parce que la journée du lendemain promettait d'être chargée. À son réveil, la porte de la chambre de Leo était toujours fermée et il était retourné au boulot sans vouloir la réveiller. À l'évidence, ils n'étaient pas du genre à échanger beaucoup, ni à prendre leur petit déjeuner en tête à tête. La secrétaire du proviseur avait oublié de l'appeler pour signaler l'absence de Leo, ce qu'elle s'était amèrement reproché en pleurant dans les bras de Donegan. Leo allait en cours tous les jours de la semaine, qu'il vente ou qu'il neige. Alors, où vont les jeunes filles sages au milieu de la nuit ? *Au même endroit que les autres*, avait répondu Sean. *Elles vont retrouver leur petit copain, c'est tout. C'était forcément un bonhomme dans la voiture.* Et pour une fois je me suis dit qu'il n'avait peut-être pas tort. L'enterrement de Leo avait ressemblé à un moment de communion collective. Une bonne partie des habitants avaient envoyé des fleurs ou attendu à l'extérieur du cimetière. Personne n'était mort d'autre chose que de vieillesse, de maladie ou d'accident depuis si longtemps. Le jour de la cérémonie, Seth marchait derrière la voiture des pompes funèbres qui transportait sa fille, avec à ses côtés son frère Wallace, presque sa copie conforme en plus âgé. Ils marchaient du même pas, consciemment ou non, comme deux militaires rescapés d'une hécatombe, suivis de quelques parents, belle-sœur, neveux, cousins, affichant tous le même visage fermé. Le moins que l'on puisse dire c'est que Leo ne leur ressemblait pas beaucoup, elle devait appartenir à l'autre côté, à la partie à jamais absente. La mise en terre s'est faite dans le plus grand silence, juste entrecoupé des reniflements de Lucian qui avait du mal à ravaler ses larmes. *Ça aurait pu être ma fille*, m'avait-il glissé en arrivant. Ça aurait pu être n'importe qui ou ça devait être Leo et nulle autre, qui le savait ? Les hommages se succédaient, les camarades de classe, les enseignants, les parents. Emmy devait aussi prendre la parole, mais après avoir craché son chewing-gum dans un petit morceau de papier, elle avait trituré le bouton de sa veste pendant de longues minutes, puis murmuré *je peux pas*, avant de se réfugier dans les bras de son père. Janis avait discrètement pris ma main. Elle était émue plus que quiconque parce qu'elle savait ce que c'était d'être une victime et j'aurais voulu pouvoir lui dire que je trouverais celui qui avait fait ça mais la seule piste que j'avais pour le moment c'était une mystérieuse voiture et une jeune fille discrète accumulant les petits boulots dans l'espoir fou de quitter la ville. Partir de Mercy, quel adolescent n'en rêvait pas ? En plus de l'enveloppe cachée dans sa chambre, j'avais appris que Leo avait un compte épargne bloqué jusqu'à ses dix-huit ans, ouvert dans la banque de Lucian sous le nom de jeune fille de sa mère. Le montant était assez élevé pour faire le tour du monde. Je n'avais pas encore demandé à son père s'il connaissait l'existence de ce compte, ni à Lucian qui l'avait ouvert. Seth serrait les mains, remerciait pour les messages de condoléances et j'entendais de temps en temps quelqu'un lui dire qu'il avait un boulot à lui confier quand il serait en état de travailler ou une mère de famille proposer de lui apporter à manger pour éviter qu'il se laisse aller. La culpabilité taraude même ceux qui n'ont rien à se reprocher. En fin de compte, cet enterrement ressemblait à la réhabilitation d'un homme, un père frappé aussi durement méritait que la communauté le soutienne. J'ai eu l'impression qu'il ne détestait pas ce rôle et qu'il percevait bien que son chagrin le rendait à nouveau visible aux yeux des autres. J'ai rejoint Janis. Elle discutait avec Benjamin Chapman, un type qu'elle avait invité plusieurs fois à la maison et qui enseignait le français au lycée. Lors de notre première rencontre je n'avais pas pu m'empêcher de lui demander ce qui motivait des adolescents à apprendre une langue qui ne servait à rien, il m'avait répondu gentiment qu'il avait encore quelques élèves assez égarés pour trouver ça chic et qu'il enseignait aussi l'espagnol, sans quoi il n'aurait pas eu assez d'heures pour boucler son service. Je me suis souvenue des livres de Leo dans sa chambre et de ce que m'avait dit Emmy et je lui ai demandé si Leo étudiait le français et l'italien au lycée avec lui. *Juste le français*, m'a-t-il répondu. *Sa mère lui avait appris l'italien quand elle était petite. Elle se débrouillait pas mal, d'ailleurs. Je lui prêtais des livres, je le fais avec tous les élèves qui m'en font la demande. Ce n'est pas la bibliothèque de la ville qui pourrait leur fournir ce dont ils ont besoin.* Il a ouvert la bouche mais n'a rien ajouté et j'aurais juré qu'il n'était pas loin de pleurer. Janis a pressé son bras comme s'il était un ami très proche, ils se sont éloignés. Je me suis dit que j'étais peut-être passée à côté de ses relations amicales et que je savais à peine qui fréquentait qui dans cette ville.

Au cours des jours qui ont suivi l'enterrement, j'ai eu plusieurs fois l'occasion d'entendre parler de Benjamin, à croire que son prénom faisait vibrer les antennes et bruire les feuilles des arbres. Vicky m'a prise à part au supermarché avec deux autres mères de famille, alors que je n'étais pas de service, pour me confier qu'elles le trouvaient trop présent dans la vie des adolescents de Mercy. Il organisait des clubs de lecture, des cours de théâtre qui n'en finissaient pas. *Et à quoi tout cela peut-il bien servir pour avancer dans la vie, dites-le-moi, Lauren ?* Le lendemain c'est Sean qui est monté au créneau en me disant que Leo était forcément amoureuse de son prof et j'ai eu beau lui répondre que je voulais des pistes tangibles et pas des considérations hasardeuses, j'ai quand même pris Donegan à part pour lui demander s'il avait entendu quelque chose à propos de Chapman. Il m'a dit que c'était un chic type et qu'il suivait même son cours de théâtre du jeudi soir, il avait obtenu un petit rôle, mais avec du texte. Je suis tombée des nues. Si même Donegan s'intéressait au théâtre, on allait finir par me forcer à y aller. Je lui ai donné une tape dans le dos et je lui ai demandé de se renseigner sur lui, même s'il l'aimait bien. Je voulais comprendre pourquoi subitement tout le monde avait quelque chose à me dire sur cet homme parce que, quand tous les chemins convergent, c'est que quelqu'un a trafiqué la carte. Le soir même j'ai tenté d'interroger Janis sur son compte puisqu'ils avaient l'air de se connaître. Après le dîner, alors qu'elle regardait la télévision la tête appuyée contre mon épaule, je lui ai demandé ce qu'elle pensait de Benjamin et de ses relations avec ses élèves. Je l'ai sentie se raidir. *Qu'est-ce que tu veux savoir ? Tu veux que je te répète ce que les gens disent de lui ? La seule chose qu'ils lui reprochent en fait c'est de ne pas être d'ici.* Tu n'es pas d'ici non plus et je ne te soupçonne pas, lui ai-je répondu. Janis s'est redressée, elle m'a lancé ce regard qui me donne envie de rembobiner la cassette. *Tu le soupçonnes juste parce qu'il vient d'ailleurs ? Tu crois vraiment que ça change quelque chose, d'où on vient ? La vraie différence entre ma ville et la tienne, c'est qu'ici tout est caché. Vous êtes tellement les uns sur les autres que le moindre truc de travers doit être enterré bien profondément pour ne pas menacer le groupe.* Elle s'est levée, j'ai essayé de la retenir mais c'était inutile, elle était à vif depuis des mois, des mois au cours desquels cette histoire de grossesse avait pris de plus en plus de place, occupant le moindre moment d'intimité, rendant nos silences plus lourds et apportant de la gêne là où il n'y en avait jamais eu auparavant. Le soir, elle caressait mon ventre nu et je ne pouvais pas m'empêcher de repousser doucement sa main avant de m'en vouloir immédiatement. La vie est une garce. Janis ne pouvait pas porter d'enfant et je ne voulais pas en avoir. Elle voulait être mère et je voulais que nous ne soyons que deux, sans rien pour nous séparer. Pourtant la distance était là désormais. Janis est montée se coucher, je ne l'ai pas suivie. À quoi bon, je n'avais rien à dire de plus à part que j'étais désolée d'être aussi terre à terre. J'ai regardé la documentation médicale qu'elle avait laissée sur la table basse en espérant me faire changer d'avis. Je l'ai rangée en haut de la bibliothèque, hors de ma vue. Ça équivalait à une déclaration de guerre, mais il fallait qu'elle comprenne que je ne porterais pas d'enfant, même pour elle. Je suis montée à l'étage et, arrivée sur le palier, je l'ai entendue pleurer. J'ai posé la main sur la poignée de la porte. Dans la chambre, cette femme souffrait en partie par ma faute et moi j'étais dehors, incapable de lui accorder ce qu'elle désirait le plus. J'ai lâché la poignée, reculé sans bruit et je suis allée me coucher sur le canapé du salon. Je ne savais pas ce que je méritais au juste mais je n'étais pas sûre de la mériter, elle.

Le lendemain matin, je suis partie avant le lever du jour. Nous étions en juin, l'air était doux et à n'en pas douter mon bureau serait une étuve l'après-midi. J'ai roulé dans ma ville rue après rue, en suivant toujours le même quadrillage. Je regardais les lumières aux fenêtres, la vie à l'intérieur des maisons. J'imaginais les mères qui réveillaient leurs enfants, les bols de céréales renversés, les repas du déjeuner emballés, les baisers expédiés sur le pas de la porte. Une vie quotidienne qui se répétait, matin après matin, jusqu'au jour où l'on se retrouve tassé sur soi-même dans un fauteuil, avec quelqu'un pour donner la becquée, retour à la case départ. Je guettais aussi les éclats de voix, les cris, les portes claquées, parce qu'au fond je savais que Janis avait raison. Cette ville ne pouvait pas être aussi tranquille qu'elle en avait l'air à moins d'être une anomalie en Amérique. Je guettais les disputes de couple. Les problèmes conjugaux ne disparaissent pas totalement la nuit, ils réapparaissent au petit matin et se dissimulent parfois sous des couches de fond de teint ou de larges lunettes de soleil, même en plein hiver. Des femmes qui longent les murs, dont les mouvements ne sont ni amples ni déliés, parce qu'il ne faut pas réveiller la bête qui sommeille à leur côté. Des enfants trop sages qui, par mimétisme, apprennent à mesurer chacun de leurs gestes. C'était mon obsession à vrai dire depuis que je connaissais Janis. Être là avant que les choses dégénèrent. J'aurais voulu pouvoir sauver toutes les femmes, surtout celles qui ne rentraient pas dans les clous. Celles qui détonnaient parce qu'elles voulaient être libres et pas simplement être un ventre ou l'abîme entre leurs cuisses. Celles qui voulaient juste aller boire un verre un samedi soir, s'asseoir dans un box avec leurs copines et cesser de penser à tout le reste. Même ça, c'était parfois trop pour un homme. À la fin de ma ronde, je suis allée me garer devant le lycée. J'ai regardé les groupes d'adolescents arriver pour le début des cours, les populaires, les transparents, les esseulés. Ceux qui constituaient la meute, ceux qui espéraient y entrer et ceux qui ne pouvaient qu'observer de loin ce manège. Physiques ingrats, aptitudes sportives limitées, geeks, handicapés, Noirs, Hispaniques, étrangers. Juste étrangers à cette petite ville blanche sous cloche. Je les connaissais par cœur ceux-là, j'avais été l'une d'entre eux mais mon gabarit m'avait sauvée. J'avais cassé la figure à tous les garçons qui me manquaient de respect, juste pour le principe. J'étais une fille – mais pouvait-on appeler cela une fille ? – qu'on ne risquait pas d'inviter à sortir, qu'on ne verrait jamais en robe de soirée au bal de fin d'année. Rien qu'en me regardant, tout était dit. Je m'apprêtais à redémarrer lorsque j'ai vu arriver Emmy, ses longs cheveux coiffés en une queue-de-cheval haute qui se balançait à un rythme hypnotique. *Re-gar-de-moi. Je suis ce que tu as vu de plus séduisant à la ronde.* Elle savait s'y prendre. On lui avait appris comment faire. Elle répondait d'un geste gracieux aux garçons qui la saluaient, mais le mouvement paraissait mécanique comme si sa main était autonome, programmée pour bouger en réponse à des stimuli extérieurs. Son visage ne reflétait rien, un masque aurait produit le même effet. Elle était parfaite et inatteignable, voilà le message qu'elle adressait au monde entier. Et qui aurait osé tenter sa chance ? Pourtant, il y avait bien eu quelqu'un d'assez sûr de soi pour l'approcher. J'étais certaine à la manière qu'elle avait de se mouvoir, que si Leo était toujours vierge, Emmy ne l'était plus.

Je suis partie au poste retrouver Wyatt, un informaticien que je soupçonnais d'avoir été plus hacker que programmeur, ce qui pouvait expliquer qu'il se soit retiré dans un coin aussi paumé. Je lui avais confié l'ordinateur et le téléphone de Leo et il m'attendait à moitié avachi sur les marches, la casquette rabattue sur le visage comme s'il cuvait une cuite mémorable. Il s'était reconverti dans la culture de plantes médicinales et je fermais les yeux sur le fait que certaines plantes qui poussaient chez lui n'étaient pas tout à fait légales dans cet État parce que Janis passait souvent lui acheter de quoi se détendre et supporter la douleur. Je n'aurais pas eu le cœur de chercher des problèmes à celui qui lui permettait de dormir quelques heures. Dans une sorte d'échange tacite, Wyatt m'aidait avec tout ce qui était trop technologique à mon goût. Il m'a saluée d'un *ça va Lauren ?* accompagné d'un coup dans l'épaule. Venant d'un autre, je l'aurais mal pris, mais Janis l'aimait bien, c'était un poids plume et il obéissait à ses propres règles venues du cosmos comme il aimait le répéter, alors j'ai laissé passer. Il a sorti de la poche arrière de son jean une liasse de papiers froissés qu'il devait traîner avec lui depuis un moment mais je ne pouvais pas attendre d'un technicien bénévole le respect des délais. *Tout avait été effacé du téléphone, mais c'est pas un vieux machin comme ça qui pourrait résister à Wyatt* m'a-t-il dit en me tendant ses papiers. *Je vous ai fait une copie des SMS, rien de dingue. Là où ça se pimente, c'est avec l'ordinateur. La petite avait rangé dans un dossier de cours de maths quelques photos d'elle en petite tenue qu'elle a envoyées à un type. J'aime pas trop ce genre de trucs. C'est glauque ce que les gamines font aujourd'hui.* Je l'ai fait entrer dans mon bureau.

Pourquoi avait-elle effacé le contenu de son téléphone et laissé des photos compromettantes dans son ordinateur ? Wyatt a fait défiler des photos de Leo, chemise ouverte, seins nus, sa jupe relevée dévoilant une culotte de coton. Pas vraiment les photos les plus osées qui soient, mais des photos curieusement cadrées et qu'elle n'avait pas pu prendre toute seule. Elle avait la peau lisse et pâle, une taille fine, des clavicules saillantes, une longue mèche de cheveux bruns qui glissait le long de son cou comme un serpent et les yeux mi-clos. Ça ressemblait davantage à des clichés de fin de soirée qu'à une volonté calculée de dévoiler son corps. Je lui ai demandé à qui elle avait envoyé ces photos et curieusement je me doutais de la réponse. *À un dénommé Benjamin Chapman. Un seul mail. Pas de réponse de l'intéressé.* J'ai regardé les copies des SMS, des messages anodins à son père pour le prévenir qu'elle rentrait bientôt. J'ai supposé que Seth voulait garder un œil sur sa fille parce qu'il savait bien ce que les hommes voyaient déjà en elle. Il y avait aussi des messages échangés avec Emmy jusqu'en décembre, puis plus rien. Leur relation s'était distendue sans que je sache laquelle des deux s'était détachée de l'autre et avait décidé de rompre un lien noué au tout début de leur existence lorsque, partageant les mêmes jeux sur le tapis d'un salon, l'une avait sans doute agrippé la main de l'autre qui s'était laissé faire et lui avait répondu d'un grognement incompréhensible pour des parents débordés. Un son, une main établissant la connexion céleste : amies, toi et moi pour l'éternité.

Je n'ai jamais aimé travailler sous la contrainte. Adolescente, je faisais spontanément ce qu'on ne me demandait pas et je refusais les corvées pour peu qu'on me les impose. Papa l'avait vite compris. Il n'avait même pas besoin de s'adresser à moi. Je coupais le bois, je rentrais les bêtes, je vérifiais le niveau d'huile du tracteur, j'affûtais les outils et, deux fois par an, je l'aidais à sortir tous les meubles et les tapis de la maison pour notre grande purification, comme il l'appelait. Maman avait fait ça tous les ans jusqu'à sa mort et c'était devenu une tradition ou une manière un peu étrange d'honorer sa mémoire. Quand mon père est mort à son tour et pendant les quelques années que j'ai passées ensuite à la ferme, Lloyd ne l'entendait pas de cette oreille. Il me donnait des ordres du matin au soir, me sortait de mon lit en aboyant les tâches à accomplir alors qu'il savait pertinemment que je les aurais faites de moi-même. Je ne lui répondais pas, je partais m'installer sur le rocking-chair de la véranda pour me curer les ongles avec mon canif en attendant qu'il explose. Alors nous échangions reproches et injures, jusqu'à ce qu'il reparte en claquant la porte de la maison derrière lui et je me mettais enfin au travail. Je savais qu'il ne voulait pas de moi. J'aurais voulu qu'il m'aime comme il aimait nos frères mais il faut croire que c'était au-dessus de ses moyens. On ne peut pas obliger un frère à aimer sa sœur. Liam avait fait carrière dans l'armée et les jumeaux étaient partis dans la première université qui avait bien voulu les prendre ensemble. On ne peut pas dire qu'ils avaient fait de grandes études mais ils ne s'étaient pas trop mal débrouillés. Il n'y avait plus personne pour nous séparer, Lloyd et moi, quand nous en venions aux mains, plus personne pour nous rappeler que nous faisions partie de la même famille. À force d'entendre parler de Benjamin Chapman comme de l'élément détonnant au sein de cette ville, j'ai fini par me décider à lui rendre une petite visite. Je suis partie à pied en ville, saluant des gens qui me répondaient, des gens qui me souriaient, des enfants qui me tendaient leur sac de bonbons pour que j'y pioche un truc sucré et acide qui me ferait grimacer. Ils n'étaient pas contre moi. Est-ce qu'ils avaient confiance en moi ou bien se persuadaient-ils que j'étais capable simplement par affection pour Victor ? Je me suis arrêtée devant la maison que Chapman louait à la veuve Gardner depuis qu'il était arrivé en ville plusieurs années auparavant. Elle lui avait laissé la maison tout entière et elle ne s'était gardé qu'un petit deux pièces au bout du jardin, comme si un homme célibataire avait besoin de plus de place qu'une vieille dame, mais cette commère voulait peut-être juste garder un œil sur lui. Il m'a ouvert, il était pieds nus et portait un jean et une chemise qui avaient l'air simples mais avaient probablement coûté une fortune. Son salon était grand, avec des meubles en bois blond, tout en courbes, et un tableau abstrait qui occupait presque tout un mur, une tache bleue au contour baveux sur un fond vert pâle. Acheter des tableaux qui ne ressemblaient à rien c'était bien un truc de riches. Le mur opposé était couvert de livres dont certains dans des langues que je n'étais même pas capable de reconnaître. J'aimais bien débarquer chez les gens à l'improviste parce que le lieu où ils vivaient en disait plus sur eux que leurs paroles, mais tout ce que son salon m'enseignait c'était que nous n'étions pas du même monde. Un homme cultivé de la côte Est et une femme de la campagne qui refuse de franchir les portes d'une librairie, sauf pour aller chercher une commande pour sa compagne et encore, en se faufilant entre les rayons jusqu'à la caisse, comme si les livres allaient la happer au passage. Je me suis sentie morveuse, j'avais envie de prendre le dessus, de lui montrer que s'il avait le savoir, j'avais le pouvoir. J'étais la shérif, au moins pour une année encore, et je n'avais peut-être pas suffisamment usé de cette autorité pour me faire respecter. J'ai décliné sa proposition d'une tasse de thé et je suis restée debout, jambes écartées, mains croisées dans le dos, à passer en revue les titres des ouvrages de sa bibliothèque, qui ne me disaient pas grand-chose. Je lui ai demandé si c'était ce genre de livres qu'il prêtait à Leo. *Certains d'entre eux. Ceux en italien, en français et quelques classiques de la littérature américaine. Elle lisait beaucoup, à vrai dire je pense que c'était celle de mes élèves qui lisait le plus.* Davantage qu'Emmy Ellis ? Il a ri. *Emmy a une vie sociale plus dense si je ne m'abuse, je suppose que ça laisse moins de temps pour s'intéresser à de vieux auteurs morts.* Je l'ai senti s'approcher et observer par-dessus mon épaule ce que je regardais. *Une suggestion de lecture peut-être ? Pour vous, je pencherais vers un roman des grands espaces. Nature, liberté, Janis dit que c'est ce à quoi vous aspirez.* Je me suis retournée vers lui. Il était un peu plus petit que moi et, de près, je pouvais imaginer ce qui marchait avec les femmes. Il était mince, avec des taches de rousseur sur les lèvres et de longs cils qui lui faisaient des yeux de fille. Son regard était déroutant parce qu'il vous regardait franchement, sans détour, et j'ai supposé que chez une femme intéressée par les hommes, ça devait faire son petit effet un type qui vous regardait comme ça. Je lui ai demandé quel type de relation il avait avec Leo. *Une relation de professeur à élève*, a-t-il répondu. Était-elle venue chez lui, pour chercher des livres ou en rapporter ? Il a froncé les sourcils. *Je ne peux pas me permettre de recevoir des jeunes filles chez moi, ça ferait jaser. Vous savez comment ça se passe dans une si petite ville.* Il a paru se raviser. *À bien réfléchir, elle est venue une fois avec Emmy et une fois toute seule. À peine une demi-heure, cela devait être cet hiver si mes souvenirs sont bons.* Cet hiver ? Au moment où Leo vous a envoyé des photos d'elle à moitié nue ? Il a reculé un peu et a semblé me reconsidérer. *J'ai reçu en effet un message de Leo mais j'ai pensé qu'il y avait erreur, qu'elle s'était trompée de destinataire. Quand j'ai vu ce qu'il contenait, je l'ai effacé. Nous n'avons jamais abordé le sujet ensuite. Tout cela m'a mis horriblement mal à l'aise et je suis sûr qu'elle l'était également.* Je lui ai demandé s'il pensait qu'elle était amoureuse de lui, si tout enseignant ne s'attendait pas à être un jour un objet de désir. Il m'a regardée droit dans les yeux et puis son regard a glissé derrière moi, vers les dos des livres alignés sur les étagères comme s'ils pouvaient lui murmurer une réponse. *Ce n'était pas le genre de Leo, elle était trop mature pour ça.* J'ai éclaté de rire. Trop mature pour avoir le béguin pour un homme et lui envoyer des photos en petite tenue ? Je parie qu'il y a un paquet de femmes parfaitement matures qui ne se l'interdisent pas. Ce que je me demande en réalité c'est pourquoi une partie de cette ville ne me parle que de vous. Il a reporté son regard sur moi. *Je n'imaginais pas être un tel sujet de conversation. Tout ce que je recherche c'est une vie paisible, sinon pourquoi serais-je venu vivre ici ?* Justement, pourquoi ici et pas n'importe où ailleurs ? Il s'est penché pour attraper quelque chose par-dessus mon épaule. *Je ne pensais pas être aussi un problème pour vous, Lauren. Je ne suis pas dangereux. Les livres n'ont jamais tué personne, que je sache.* Il a plaqué un bouquin contre moi. *Tenez, c'est l'histoire d'un shérif dans une petite ville des Appalaches, ça devrait vous plaire.* J'ai baissé les yeux sur le livre et je l'ai regardé comme un objet extraterrestre. Lire est une perte de temps, ai-je dit. Je l'ai reposé sur l'étagère, j'ai salué Benjamin et je suis repartie en me demandant ce que Leo avait vu en lui que personne d'autre ne pouvait lui offrir.

J'avais demandé à Wyatt de rassembler toutes les informations qu'il pourrait trouver sur Chapman avant qu'il atterrisse dans cette ville et il n'avait pas chômé. En mon absence il avait déposé sur mon bureau un épais dossier et à voir Sean piaffer derrière le sien je me doutais qu'il avait déjà tout lu. J'ai fermé ma porte d'un coup de talon et ouvert la boîte de Pandore avec tout ce qu'elle contenait de la vie d'un homme. Il y avait un post-it de Wyatt sur le dessus du paquet, ponctué de points d'exclamation. C'était mieux qu'une série en streaming, disait-il. Du pouvoir, du sexe, un scandale, tous les ingrédients pour vous tenir en haleine jusqu'au clap de fin, sauf qu'il ne s'agissait pas d'une fiction mais de la vraie vie. J'ai passé la matinée à étudier la généalogie d'un Benjamin né Byrd, qui portait désormais le nom de sa mère, un homme qui se métamorphosait au fil des pages en un drôle de double. Fils unique d'un éditeur new-yorkais dont le nom ne m'évoquait évidemment rien, il avait étudié en Angleterre, parlait cinq langues et se débrouillait honorablement avec quatre autres. Les coupures de journaux racontaient l'ascension d'un jeune homme qui avait publié un roman encensé par la critique au point qu'il lui avait ouvert les portes d'une université prestigieuse pour y enseigner. Il faut croire que tout sourit à ce genre d'hommes quand ils sont bien nés. Parfois, tout leur sourit tellement que les limites deviennent confuses. Une journaliste avait écrit que si les étoiles étaient alignées depuis la naissance de Benjamin, la courbe ascendante qu'il aurait dû suivre avait fini par connaître une trajectoire contraire, le rapprochant du sol, de manière lente mais inexorable, ce qu'il avait peut-être perçu sans pouvoir arrêter la folle course de son ombre. Des accusations de détournement de mineures avaient émergé comme des bulles à la surface du miroir. Il avait eu des relations sexuelles avec deux adolescentes, « *des relations de mentor à élèves* », avait-il dit, mais elles s'étaient achevées de manière sordide dans une chambre d'hôtel. Les parents avaient porté plainte, l'affaire avait été rendue publique avant d'être étouffée quand il avait plaidé coupable, des sommes substantielles ayant alors changé de mains. L'enfant prodigue avait passé peu de temps en prison, mais à sa sortie il n'avait plus de place dans la haute société où on l'avait évité, peut-être même pas pour ce qu'il avait fait mais pour avoir eu la bêtise de se faire prendre. J'ai contemplé la photo de Benjamin Chapman sur les marches du palais de justice, un bras levé à l'horizontale devant son visage pour tenter de dissimuler ses yeux, et je me suis demandé comment un homme avec un tel parcours avait pu être recruté ici comme enseignant et pourquoi personne n'avait poussé plus loin les investigations. Mais pour trouver, encore faut-il avoir envie de chercher. J'avais toujours la photo de Benjamin dans la main quand Sean a fait irruption dans mon bureau. Il n'en pouvait plus d'attendre une réaction de ma part. *Vous avez vu ? Le professeur est un petit obsédé excité par les adolescentes. Je le sentais pas, ce type.* Tu ne sens personne, Sean. Ce n'est pas parce qu'il a couché avec des filles mineures que ça en fait forcément un assassin. Il m'a lancé un sale regard. *Vous êtes bien coulante quand il s'agit de mœurs sexuelles.* Je me suis avancée vers lui jusqu'à sentir son eau de toilette bon marché. Il a dit d'un ton mièvre *Je vous ramène le gentil professeur ou vous préférez qu'on le laisse courir dans la nature ?* J'ai posé la main bien à plat sur son épaule. Du coin de l'œil je voyais Donegan, déjà prêt à intervenir comme un pompier face à un début d'incendie parce qu'il s'attendait toujours à ce que j'explose. J'étais si prompte à la colère que personne n'imaginait que je puisse rester calme et les exercices de respiration de Janis n'y avaient rien changé. Rien ne me venait à part ce réflexe de boxeur, menton rentré, avant-bras relevés, poings serrés, prête à rendre coup pour coup, quand ce n'était pas moi qui lançais l'assaut. Cette fois ma colère est retombée, soudain disparue. J'ai souri à Sean. Je vais le faire mais à ma manière, c'est bien pour ça que je suis la chef, parce que je sais faire. J'ai froncé les sourcils et de mon index j'ai désigné le devant de son uniforme. Tu as du jaune d'œuf sur ta chemise, Sean. Va nettoyer ça, ça fait désordre. Il est resté interdit et j'ai fait un clin d'œil à Donegan avant de sortir. J'étais contente d'avoir gardé mon calme et de l'avoir mouché. Il faut croire que ma naïveté est sans bornes.

Je voulais m'accorder le temps de la réflexion parce qu'à la vérité j'étais au point mort depuis un moment. J'avais beau avoir alerté tous les services de police de l'État et des États voisins, aucune Subaru rouge correspondant à la description d'Harnold n'avait jamais été retrouvée. Je suis montée dans ma voiture, j'ai éteint mon téléphone et je l'ai balancé sur la banquette arrière pour avoir la paix. J'ai roulé pendant des heures hors de la ville, sans but précis, juste pour être seule. Au sud, tout n'était que champs et forêts. S'il n'y avait pas eu les poteaux téléphoniques et l'asphalte de la route, on aurait pu croire qu'il n'y avait aucun être humain à des miles à la ronde. C'était sans doute ce que les gens recherchaient ici, vivre à l'abri des regards, mais je n'étais plus tout à fait sûre que ce soit sain. J'ai observé le vol des oiseaux de moins en moins nombreux et les herbes qui jaunissaient déjà. Le printemps était trop sec, l'air trop chaud. L'eau allait manquer encore un peu plus tôt cette année. J'ai roulé jusqu'à la frontière de l'État et puis j'ai fini par reprendre le chemin de la ville puisqu'il fallait bien rentrer. Après le panneau qui marquait son entrée j'ai croisé la vieille Chevrolet de Wyatt. Il m'a fait des appels de phares et a klaxonné comme un dingue. Je me suis arrêtée sur le bas-côté et il m'a rejointe en courant, ce qui en soi était étonnant – il disait toujours que rien dans la vie ne justifiait qu'on pique un sprint. Il est arrivé à ma hauteur et m'a dit en tentant de reprendre son souffle qu'il y avait eu un début d'incendie chez nous, une histoire de bougie renversée sur les rideaux. Un voisin avait vu de la fumée, il avait frappé à la porte sans entendre de réponse et découvert Janis prostrée au pied du canapé, incapable de bouger alors que les flammes embrasaient le contour de la fenêtre. Elle se pressait les mains sur les oreilles pour ne pas entendre le crépitement du feu et il avait fallu qu'il la guide comme une enfant hors de la maison. Elle était tellement hébétée que les pompiers avaient préféré l'emmener à l'hôpital de Hearst. À son arrivée, les infirmières l'avaient déshabillée, lavée, et le médecin de garde l'avait placée sous sédatif en espérant qu'à son réveil elle aurait retrouvé ses esprits. J'ai demandé à Wyatt d'aller chez nous pour mesurer l'ampleur des dégâts et voir ce qui pouvait être fait et j'ai foncé vers l'hôpital. Même assoupie, Janis tenait encore entre ses doigts un morceau de drap chiffonné qu'elle devait serrer avant que les médicaments fassent effet. Je l'ai regardée dormir jusqu'à ce que le soir tombe, jusqu'à ce que la nuit nous enveloppe et qu'il n'y ait plus pour nous lier au reste du monde que la lueur de la veilleuse. Je l'ai regardée s'agiter dans son sommeil, gémir et crier pour repousser les ombres. C'était une femme en bataille et tout ce que je pouvais faire c'était tenir sa main et lui murmurer ce que je n'arrivais pas à lui dire. Amour, mon amour. Depuis mon fauteuil tiré le long du lit je me suis penchée et j'ai posé ma tête contre sa hanche pour sentir sa chaleur. Je me suis réveillée avec la main de Janis dans mes cheveux. Elle était pâle, son visage n'avait plus rien d'enfantin. *Ne t'en va pas*, a-t-elle murmuré et je lui ai répondu que je resterais aussi longtemps qu'il le faudrait, que rien ne me ferait l'abandonner. Elle s'est rendormie, j'ai posé mon bras autour de sa taille pour qu'elle sache que j'étais là, même dans son sommeil. Je voulais être son gardien, celle qui veille et qui tient le chagrin à distance, même si entre-temps le malheur galopait à bride abattue dans ma ville, en poussant des cris de joie que j'étais bien la seule à ne pas entendre.

Après ces jours hors du temps, pendant lesquels nous avions fini, entre deux réveils, par parler de tout et de rien, de ce qui était dérisoire et de ce qui nous tenait à cœur, j'ai ramené Janis chez nous. Assis sur les marches de la maison, Donegan nous attendait en faisant tourner son chapeau autour de son poing. Il a salué Janis et m'a lancé un regard qui m'a fait tiquer. Pas maintenant Donegan, quoi que tu aies à dire, ce n'est pas le moment. Je venais d'ouvrir la porte de la maison quand il a posé la main sur mon épaule et m'a glissé à l'oreille *ça ne peut pas attendre, shérif, Sean a arrêté Benjamin pour le meurtre de Leo. Il est déjà à la prison du comté.* J'ai eu l'impression que la poignée de la porte était brûlante au creux de ma paume. J'avais un pied dehors, un pied dedans. Que faire lorsqu'on ne vous laisse pas le choix ? Janis m'a souri et en me prenant la main elle m'a dit *ça va aller, je peux rester seule un moment. J'en ai vu d'autres et je suis toujours là.* Je l'ai embrassée, j'ai enfoui mon visage dans ses cheveux pour sentir son parfum, tant pis pour les voisins, et je lui ai dit que je reviendrais vite même si nous savions que c'était un mensonge. Je suis partie avec Donegan. En chemin il m'a raconté qu'il avait cherché à me joindre par tous les moyens mais que Wyatt, qu'il avait trouvé en plein nettoyage chez nous, lui avait intimé l'ordre de ne pas nous déranger, parce que rien ne pouvait être assez important pour que le repos de Janis soit troublé. Fidèle à lui-même, Donegan avait obéi, attendant mon retour en assistant impuissant au carnage. Devant le poste de police il y avait bien plus de voitures garées que d'habitude, des caméras, des appareils photo qui cliquetaient, des micros tendus, le tout convergeant vers quelqu'un dont la voix était la dernière chose que j'avais envie d'entendre. Le maire, répondant aux questions des journalistes et à côté de lui Sean, fier comme un coq. Alors, ça y était ? Le problème était réglé ? Il suffisait qu'un homme s'en charge pour que tout rentre dans l'ordre. Le maire m'a aperçue et, sans arrêter de répondre aux questions qui lui étaient posées, il m'a lancé un regard qui en disait long. Il a toussé pour s'éclaircir la voix puis a annoncé que les états de service de Sean étaient tels qu'il avait prévu de soutenir sa candidature au poste de shérif au printemps prochain, à moins bien sûr que d'ici là la titulaire du poste décide de céder sa place, ce que tout le monde comprendrait évidemment. J'ai laissé échapper un rire involontaire et je suis entrée dans le bâtiment, Donegan sur les talons. Je lui ai dit de ne laisser entrer personne qui ne soit pas de chez nous et de me prévenir quand tout ce cirque serait fini. Il a hoché la tête. Je me suis servi un café et j'ai regardé le rapport que Sean avait établi. Il avait bien fait les choses. Dès qu'il avait compris que j'étais avec Janis à l'hôpital, il était allé voir le maire et ils s'étaient rendus ensemble chez le juge Hicks pour obtenir un mandat de perquisition du domicile de Benjamin. Avec son casier, il était un suspect plus valable que n'importe qui d'autre, peu importait qu'il n'ait jamais été soupçonné de meurtre auparavant. Sean avait débarqué avec un collègue du comté, ils avaient tout retourné, les tiroirs, les coussins, les matelas, puis les livres, jusqu'à ce qu'il trouve dans l'un d'eux des photos de Leo dénudée et un morceau de lettre manuscrite. *Pourquoi m'as-tu fait ça ? Tu sais que j'aurais pu tout faire avec toi. Je n'ai jamais cessé de t'aimer.* Benjamin n'avait rien répondu quand Sean lui avait demandé de s'expliquer et il l'avait embarqué. Après à peine deux heures d'interrogatoire il avait obtenu des aveux et le juge avait prononcé la mise en détention. Il y avait de quoi être fier, vraiment. Une procédure rondement menée me suis-je dit, si rondement qu'elle en était suspecte. La porte d'entrée a claqué. J'ai entendu le pas lourd de Sean et son rire qui partait dans les aigus. Il était nerveux ou euphorique, je n'aurais su dire. Je suis sortie de mon bureau, j'ai pris trois verres et la bouteille de bourbon qu'on gardait pour les grandes occasions et je me suis installée à côté de Donegan. Assieds-toi, Sean, on va fêter ça, lui ai-je dit en lui désignant un fauteuil. Il s'est assis et m'a regardée comme Lloyd l'aurait fait. J'ai rempli les verres et il n'y a pas touché. J'ai vidé le mien d'un trait, je l'ai reposé d'un coup sec et je lui ai demandé comment il s'y était pris pour obtenir des aveux. Il a affiché un air faussement modeste. *C'était pas difficile. Il a avoué parce qu'il est coupable. Faut croire que ça devait le travailler depuis un moment, je n'ai eu qu'à le cueillir.* J'ai acquiescé. J'ai hâte de regarder l'enregistrement de l'interrogatoire, je vais pouvoir apprécier tes talents à leur juste mesure. Il s'est calé au fond de son fauteuil. *La caméra marchait pas, elle s'est éteinte après quelques minutes. Tu contrôles pas assez le matériel, Lauren, on bosse vraiment avec de la merde.* J'ai froncé les sourcils et je lui ai demandé s'il comptait mieux le contrôler quand il serait shérif. Il a souri. *Exactement. Je ferai tout mieux que toi. Ça sera pas difficile je crois.* Donegan a tapé sur la table avec le plat de sa main et je lui ai fait un geste d'apaisement. Il savait bien que si je perdais mon poste, il ne risquait pas de garder le sien. Sean nous a regardés tous les deux, goguenard. *Vous formez un sacré tandem quand même. Une lesbienne et un crétin, on voit pas ça tous les jours.* J'avoue que je n'ai pas réfléchi, je lui ai envoyé mon poing dans la figure et il avait beau me connaître, il ne s'y attendait pas. Il a basculé en arrière et s'est retrouvé sur le dos, les jambes en l'air, empêtré dans son fauteuil. Je me suis penchée vers lui. Tu sais ce qu'elle te dit la lesbienne ? Et avant que j'aie eu le temps de finir, Donegan a ajouté *elle te dit d'aller te faire foutre, et le crétin aussi.* Sean s'est relevé, il a attrapé sa veste et nous a lancé un regard noir avant de sortir. Il avait gagné cette manche mais je n'étais pas encore prête à abandonner la partie.

Le lendemain, presque à l'aube, je suis allée à la prison du comté. J'avais refusé que Janis m'accompagne mais je lui avais demandé de contacter la famille de Benjamin pour qu'elle lui trouve un avocat parce qu'il n'avait donné aucun nom, en admettant que Sean lui ait seulement lu ses droits. En roulant sur la nationale, je n'ai pas pu m'empêcher de me dire que tout ça ne collait pas. Les types comme Benjamin n'avouaient pas aussi vite et les talents d'enquêteur de Sean me paraissaient trop limités pour qu'il ait réussi à le piéger. J'avais emporté avec moi une copie du dossier, posée sur le siège passager. Les photos de Leo avaient glissé sur le sol et formaient un kaléidoscope de bras, de jambes, de seins. Elle était en morceaux sur le sol et il ne restait plus d'elle que ces images froides, figées dans le temps, dix-sept ans pour toujours. Je me suis penchée pour les ramasser et en gardant un œil sur la route j'ai examiné la lettre. Il s'agissait plutôt d'un morceau de papier déchiré dont il manquait une partie. Sean n'avait même pas demandé d'expertise graphologique puisque son suspect avait avoué. Il ne s'était pas demandé si c'était bien Leo qui avait été assez désespérée pour supplier cet homme de la regarder comme il le faisait auparavant. J'ai garé ma voiture devant la prison, j'ai montré mon badge et signé le registre. Will Harmond est venu m'accueillir. Nous nous connaissions pour avoir fait une partie de notre formation ensemble mais il avait choisi la prison plutôt que la police. *Je préfère qu'il y ait des murs entre eux et moi*, aimait-il à répéter. *Je te laisse faire le boulot dangereux et après, moi, je te les garde au chaud. Chacun son job.* Will m'a félicitée pour l'arrestation de Benjamin, à croire que les nouvelles n'étaient pas toutes arrivées jusqu'à lui. Pendant qu'il me faisait passer les portes une à une, il m'a dit que Benjamin n'avait pas prononcé un seul mot depuis son arrivée mais qu'il savait que ce n'était pas le genre de client à causer des soucis. *Le problème, c'est pas lui mais les autres. Tu sais comment c'est ici Lauren, les gars n'aiment pas trop les types dans son genre, surtout quand ils sont accusés de ce genre de chose.* Tu l'as mis à l'abri je suppose, lui ai-je demandé. Il a haussé les épaules. *Pour l'instant, il est seul dans sa cellule, le précédent occupant est sorti la semaine dernière, mais je ne pourrai pas le garder indéfiniment à l'écart. Il va falloir qu'il apprenne à se débrouiller tout seul, ton petit professeur.* Je me suis pincé la naissance du nez, j'avais déjà une sacrée migraine. Will m'a ouvert lui-même la porte et l'a refermée derrière moi. Benjamin était assis sur une chaise, ses mains n'étaient pas entravées. Il les avait posées sur la table, bien à plat comme s'il s'apprêtait à dîner. Je l'ai salué et il m'a répondu d'un signe de tête sans lever les yeux. Il était pâle et débraillé. Même si ce n'était pas la première fois qu'il dormait en prison, il y avait de quoi chambouler un homme. J'ai tiré la chaise libre vers moi, je me suis installée en face de lui en essayant de capter son regard. Mon adjoint indique dans son rapport que vous avez avoué le meurtre de Leo mais, curieusement, il n'y a aucun détail sur la manière dont vous avez procédé. Je voudrais que vous me racontiez ce qui s'est passé cette nuit-là. Il n'a pas bougé d'un pouce, j'aurais aussi bien pu être assise en face du Sphinx. J'ai reformulé ma question, une fois, deux fois, trois fois sans obtenir aucune réponse. Il était là sans l'être vraiment. Son uniforme était trop grand, son cou paraissait flotter dans l'encolure. J'ai laissé échapper un soupir. Je ne peux pas vous aider si vous n'y mettez pas un peu du vôtre. J'ai reculé ma chaise pour me lever, je me sentais totalement inutile. Si vous avez quelque chose à me dire, demandez au chef Harmond de m'appeler, je viendrai aussi vite que je le peux. Je me suis dirigée vers la porte en faisant signe au gardien de m'ouvrir lorsque j'ai entendu un bruit de chaise. Benjamin était debout, il m'a regardée droit dans les yeux et, une fraction de seconde, j'ai retrouvé l'homme que je connaissais. Il a sorti de sa poche un morceau de papier, il a griffonné dessus, me l'a fourré dans la main et puis il est sorti, encadré par deux gardiens. J'ai ouvert le mot, il y avait écrit *dites à Janis que je suis désolé.* Je l'ai rangé dans ma poche et j'ai refait le trajet en sens inverse comme un automate. Les odeurs de désinfectant me piquaient le nez, les sonneries d'ouverture des portes me vrillaient le crâne. J'avais l'impression d'avoir raté un épisode, que quelque chose s'était joué à mon insu et que j'étais la seule à ne pas comprendre ce qui se passait.

Il faut croire que ma voiture connaissait la route jusqu'au poste, parce que j'y suis arrivée à midi, sous un soleil de plomb. L'été commençait et cet après-midi risquait d'être un enfer. J'ai laissé le moteur tourner en regardant mes hommes à l'intérieur, comme si je n'étais plus qu'une simple spectatrice, et puis j'ai su ce qu'il fallait que je fasse dans l'immédiat. J'ai même souri de ne pas y avoir pensé plut tôt. J'ai roulé jusque chez moi, je suis partie dans la remise en me maudissant d'être aussi désordonnée, et quand j'ai enfin trouvé ce que je cherchais, je suis repartie en trombe dans l'autre sens. À voir la tête de Donegan quand je suis descendue de voiture, j'ai compris qu'il se faisait des idées. Je suis entrée dans le poste, j'ai salué tout le monde et Sean a fait trois pas en arrière en fixant la masse au bout de mon bras. J'ai bifurqué vers mon bureau, j'ai poussé les meubles dans un coin, j'ai toqué sur la cloison pour trouver le bon endroit et, les jambes écartées, les pieds bien parallèles comme mon père me l'avait appris, j'ai assené le premier coup. Au début le mur a résisté, mais j'avais un bon outil et de l'énergie à revendre. Rapidement la cloison s'est creusée, c'était une construction temporaire qui avait duré par nécessité. J'ai donné encore deux coups et la lumière du soleil a transpercé la pièce, éclairant jusqu'à ses recoins les plus obscurs. J'ai senti une légère brise sur mon visage et l'odeur des chèvrefeuilles qui annonçait l'été. Donegan s'est placé à côté de moi, il a détaché les morceaux qui se désagrégeaient, sans dire un mot, même si je voyais bien qu'il en tirait lui aussi un certain plaisir. Nous avons travaillé tous les deux, transpirants et heureux jusqu'à ce que soit percé un emplacement suffisamment grand pour une fenêtre qui me permette de contempler ma ville. Une fenêtre assez grande pour changer définitivement l'aspect du bureau du shérif, l'aspect de mon bureau pour le temps qui me restait.

Été

Je m'étais endormi, un livre ouvert posé à plat sur mon torse au cas où les idées infuseraient. Le crissement des pneus de la voiture m'a tiré de mon sommeil, une lumière bleue a traversé mon salon, tout juste éclairé par ma liseuse, tel un mirador fouillant la pièce pour y débusquer un fugitif. J'ai refermé le livre, je l'ai posé sur la table basse, je me suis passé la main dans les cheveux pour ne pas paraître négligé. Je crois que je savais à quoi m'attendre, je me suis toujours douté que ça recommencerait. J'ai entendu des coups violents à la porte et en ouvrant c'est un homme que j'ai découvert, un type qui piaffait sur mon paillasson. Je le connaissais de vue et je m'étais fait la réflexion qu'il aurait pu être séduisant s'il n'avait pas eu ce regard fuyant et cette bouche presque dénuée de lèvres. Son uniforme n'était pas de première fraîcheur. Il s'est présenté, *Sean quelque chose, adjoint du shérif* et j'ai eu l'impression qu'il butait sur le mot « adjoint ». Il a collé sous mon nez un bout de papier graisseux. Il y a des gens qui salissent tout ce qu'ils touchent, ça doit bien signifier quelque chose. *J'ai un mandat de perquisition. Vous voyez ce que c'est, monsieur Chapman ?* Mieux que quiconque et je crois que tu le sais pertinemment Sean machin chose qui te tiens dans l'embrasure de ma porte, prêt à prendre possession de ma maison. Je n'ai pas répondu, je lui ai souri. Je sais sourire en toutes circonstances, j'ai observé ma mère suffisamment longtemps pour maîtriser cet art à la perfection. J'ai souri et je me suis effacé en lui désignant d'un geste ample la pièce derrière moi, toujours plongée dans une semi-obscurité, toujours balayée du faisceau du gyrophare de sa voiture curieusement garée à cheval sur le trottoir. Encore plus pressé d'arriver que je ne l'imaginais avec sa parcelle d'autorité serrée dans la main. J'ai allumé l'interrupteur et un instant il a paru décontenancé, son fantasme de perquisition devenait réel, mais cela n'a pas duré, il a vite affiché la mine d'un gamin lâché dans un magasin de jouets qui se tortille pour se débarrasser de sa mère et s'échapper dans les rayons, toucher à tout et semer la pagaille. Ici, aucune poigne maternelle pour l'arrêter. Un second agent est entré, jamais vu auparavant, et à eux deux, appliqués comme des gosses, ils ont envoyé promener les coussins, retourné les tiroirs, tiré les meubles sans considération pour le parquet verni de Mme Gardner. Le faux beau gosse ravageait mon salon tandis que l'autre fonçait à l'étage. Je me suis demandé s'ils n'auraient pas dû être plus nombreux, si tout était bien régulier. J'ai essayé d'être le plus aimable possible, je lui ai demandé ce qu'il cherchait pour lui faire gagner du temps. Il s'est contenté de me regarder en souriant mais ce n'était pas le sourire de ma mère, c'était le genre de grimace qui vous passait l'envie de le voir recommencer. Ses dents étaient tachées par la nicotine et il lui manquait une prémolaire à gauche. C'était le marqueur social le plus évident. Il était probablement pauvre, sans couverture médicale, et moi j'avais des dents parfaitement blanches et alignées grâce au travail méthodique d'un dentiste pour qui l'à-peu-près ne semblait pas une option envisageable. Il s'est arrêté devant ma bibliothèque et l'idée qu'il puisse toucher un seul de mes livres m'a subitement rebuté. La compagne de Janis n'était pas là, elle n'avait pas l'air d'aimer les livres et il y avait fort à parier que celui-là ne les aimait pas davantage. Qu'est-ce que c'était que cette ville dont les habitants détestaient à ce point la littérature ? Il a observé le dos des livres et cette scène m'en a rappelé une autre, dans un autre appartement, une autre ville, une autre existence aussi. Le shérif aux dents jaunes en a attrapé un au hasard au milieu d'une rangée, il l'a secoué comme s'il pouvait en faire tomber des pièces, puis il a recommencé, livre après livre, reposant de travers le précédent. C'était à peine supportable parce que cette bibliothèque représentait à peu près tout ce qui me restait de ma vie d'avant. J'ai fait deux pas vers lui, j'ai posé la main sur son avant-bras pour le stopper, il m'a dévisagé, interloqué, et pendant qu'il me fixait avec ses yeux d'ahuri, des images se sont échappées du livre qu'il tenait et sont tombées lentement, attirées par la pesanteur terrestre. Des images d'une jeune fille qui semblait endormie, une jeune fille un peu dénudée, offerte sans secrets, et nous sommes restés là, tous les deux immobiles, le policier et moi, avec ces photos entre nous éparpillées au sol. Je ferme les yeux mais je connais déjà ces images, elles sont imprimées sur ma rétine. Naissance des seins, mamelons, ventre, clavicule. Les images sont là et moi je reste muet tandis que l'autre me parle, une voix comme venant d'un bocal, je n'entends pas tout. *Tu n'entends que ce qui t'arrange*, disait ma mère. Je n'entends que ce qui mérite d'être entendu, c'est tout. *Vous voulez bien me suivre au poste*, dit la voix du bocal. Ce n'est pas une question, je sais qu'elle n'attend pas de réponse, seulement de l'obéissance. Je suis bien élevé, tout le monde s'accorde à le dire, mais doit-on être bien élevé avec un shérif aux mains poisseuses qui fouille vos livres de la même manière qu'il fouillerait une décharge ? Les photos sont déjà dans ses mains gantées de latex. Il les range dans une pochette transparente, sans en perdre une miette, et avec elles un morceau de papier déchiré qui ressemble à une lettre. Il lève la tête vers moi, me fait un sourire d'un autre genre. J'ai peut-être toutes mes dents et lui non, mais c'est lui qui a le pouvoir et pas moi. C'est son moment de grâce, il est heureux et moi je ne suis qu'un pauvre imbécile qui n'a rien vu venir.

L'adjoint m'a conduit au poste sans m'avoir mis les menottes, ni avoir actionné la sirène. Dans une aussi petite ville, il suffisait de m'installer à l'arrière de sa voiture pour que la mécanique s'enclenche. On n'arrête pas les gens pour rien, il n'y a pas de hasard. Pendant qu'il roulait assez lentement pour que tout le monde nous voie il jetait des regards dans le rétroviseur peut-être pour s'assurer que j'étais toujours là et conscient de ce qui m'arrivait. J'avais l'impression d'être devenu un personnage de série policière, sauf que je n'avais pas le choix du rôle, uniquement le choix de l'interprétation. Il s'est garé devant un bâtiment de plain-pied, tout en longueur, un rectangle posé sur des parpaings en guise de fondations. Il semblait se dresser là juste pour la forme, parce que même ici il fallait bien des bureaux pour le shérif. Peut-être n'y avait-il rien derrière le décor de carton-pâte, rien d'autre que du vide ou de faux shérifs posant pour les touristes. Je vais peut-être rire de ma crédulité dans quelques minutes. Nous ne sommes pas à New York, rien de grave ne peut arriver. Sean les Dents Jaunes s'est tourné vers moi, j'ai dû parler tout haut sans même m'en rendre compte. Il n'a rien dit, il s'est contenté de sortir de la voiture et de m'en extirper comme si j'allais opposer une quelconque résistance. Je sais reconnaître une situation embarrassante et celle-ci correspond en tout point aux critères imposés : un policier obtus et un suspect au passé chargé. Il m'a fait entrer dans la boîte aux murs en crépi ocre et je n'ai pas pu m'empêcher de les effleurer au passage pour voir s'ils étaient réels. À l'intérieur il y avait une femme d'âge mûr, assise derrière un vieil ordinateur, et, debout contre un casier, Donegan, mon apprenti comédien dont la mâchoire s'est décrochée d'un coup en me voyant. Son regard est passé de mon visage à celui de son collègue et je n'ai pas aimé ce que j'ai vu dans ses yeux, ça ressemblait à de la panique. L'autre a déclaré qu'il allait procéder à mon interrogatoire puisque le shérif Hobler était introuvable. Il a secoué le sachet avec les photos et j'ai entendu Donegan produire un drôle de son, on aurait dit une chambre à air qui se dégonfle. Je me suis laissé guider vers une pièce, deux chaises séparées par une table, des stores et un miroir, pas une glace sans tain, à croire que quelqu'un pourrait avoir envie de se recoiffer en plein interrogatoire. Il m'a désigné une des deux chaises, il a fermé la porte derrière lui et je savais par expérience que la danse avait commencé, que nous allions entamer ce numéro de duettistes avec des armes inégales, lui en position de force et moi, nu comme au premier jour.

Il a étalé des photos devant moi avec minutie, il a tout montré, elle en vie, brune comme un chat sauvage. Elle endormie, dans des positions de grande fille. Elle encore – mais était-ce réellement elle ? – pâle sur le plateau en métal d'une morgue. Il m'a rappelé mon passif, coupures de presse à l'appui. Je n'ai aucune moralité, je suis un danger pour la jeunesse, un danger pour moi-même si vous saviez inspecteur. Ça, je l'ai gardé pour moi, j'ai tout gardé pour moi, je n'ai pas dit un mot. Je l'ai regardé lui, pour échapper aux photos sur la table, et plus je le fixais, plus je comprenais le regard de Donegan. Les coutures craquaient, son uniforme devenait trop petit. Il a haussé le ton, il s'est échauffé, je n'ai rien fait pour le calmer. J'aurais facilement pu argumenter, objecter point par point mais ç'aurait été inutile. Il avait déjà décidé et, curieusement, j'étais d'accord avec lui. Il s'est levé, il est passé derrière moi et d'un coup sec m'a plaqué la tête contre les photos. *Tu les vois mieux comme ça ?* J'ai laissé s'échapper un hoquet. De mon œil libre je voyais son corps à elle qui prenait du relief, il était plus cru, concret. *J'ai pas entendu ta réponse enfoiré.* Il m'a pressé la tête plus fort contre la table, les photographies collaient à mon visage. Donegan a fait irruption dans la pièce. *Sean, il faut lui dire qu'il a le droit de garder le silence et qu'il peut demander un avocat.* Sean s'est penché vers moi en ricanant. *Vous voulez un avocat, monsieur Chapman ?* Je n'ai pas répondu. Je ne veux rien, merci. *Dehors*, a crié Sean à l'intention de son collègue. Donegan s'est balancé d'un pied sur l'autre. Je n'ai pas eu le temps de lui apprendre à s'ancrer dans le sol. Dommage, il est peu probable qu'il continue le théâtre. Il a fini par sortir, par refermer la porte doucement derrière lui et je préférais ça. Je préférais qu'il ne soit pas là au moment où j'allais avouer. Parce que j'allais avouer, mais pas tout de suite. Je méritais bien que ça dure un peu.

Donnez-leur une étincelle de pouvoir et ils en feront un brasier. Celui-là a tout essayé avec le matériel à sa disposition, avec ce que la vie lui avait donné. Il a essayé les mots et parfois les gestes. Il ne m'a giflé que deux fois, pour la forme, peut-être pour voir ce que ça faisait d'être du côté des violents. Il m'a menacé surtout en essayant ce qui lui paraissait pertinent, ce qui devait réussir à coup sûr et je lui ai laissé le plaisir de croire que ça pouvait marcher. En réalité, j'avais décidé seul depuis qu'il m'avait fait monter dans sa voiture, laissant derrière moi les livres alignés de guingois sur l'étagère et celui qui était tombé, libérant les photographies, ce livre que personne n'avait pris la peine de ramasser. J'avais décidé d'endosser à nouveau mon personnage puisque j'avais enfin été rappelé pour interpréter le rôle qui me collait à la peau depuis New York, quels que soient les efforts produits pour tout effacer. Même dans trente ans, la magie de l'informatique me renverrait toujours à cet épisode de ma vie. Impossible d'oublier, impossible d'être oublié, alors pourquoi lutter ? Dans cette nouvelle version de moi-même j'ai décidé de rester muet. On néglige trop souvent l'effet du silence sur un interlocuteur. Il se met à parler à votre place, à meubler le vide et vous en savez bien plus sur lui que ce qu'il souhaitait révéler. Ne prononcez pas un mot et la bobine glissera sur elle-même, le fil se déroulera, révélant les histoires cachées, les enfants non désirés, la duperie, l'adultère, le doute. J'ai gardé le silence et Sean le Bavard a parlé.

Au milieu de phrases qui devaient me faire frémir, des obsessions qu'il m'imputait et qui ne sortaient que de son cerveau pourtant moins malade que le mien, il y avait des détails, des pièces du puzzle. Tous les éléments nécessaires pour construire un scénario. À la fin j'en savais plus sur lui que sur n'importe quel habitant mâle de cette ville mais il est vrai que je leur avais accordé peu d'attention. Il était épuisé, toute joie l'avait quitté. Il m'observait et j'aurais presque voulu qu'il me frappe. Souffrir c'était se savoir vivant. Je me suis redressé sur ma chaise, avec mes doigts j'ai replacé mes cheveux comme je pouvais, j'ai regardé ce grand sac vidé par tant d'efforts et je lui ai dit ce qu'il rêvait d'entendre. C'est moi qui l'ai tuée. Applaudissements. Rideau.

On ne se complique pas la vie dans une si petite ville, à peine plus grande qu'une maison de poupées, peuplée de minuscules figurines immobiles, les bras rivés le long du corps. On ne se complique pas à essayer de percevoir les ombres, les demi-teintes. Tout est forcément dans la lumière alors que même le jour le plus cru comporte sa part d'obscurité, une part empruntée à la nuit et c'est ma part de nuit qui les obsède. J'ai signé des aveux en bonne et due forme puis j'ai été remis aux policiers d'une ville voisine pour être conduit à la prison du comté, à croire qu'une foule en délire allait me lyncher si je restais ici une minute de plus. Avant mon départ, Donegan est entré dans ma cellule en triturant son chapeau et le voir était ce qui me chagrinait le plus. Je me suis excusé de ne pas être un type bien, de n'avoir sans doute pas été à la hauteur de ses espérances, et pendant que je parlais pour éviter qu'il me dise à quel point je l'avais déçu il a braqué sur moi son regard franc, sans jugement, il a sorti un grand mouchoir pour s'essuyer les yeux et m'a dit *je ne sais pas pourquoi vous avez raconté tout ça à Sean, mais moi j'y crois pas une seconde.* Je me suis allongé sur le banc, les mains croisées derrière la nuque, les yeux fermés pour ne pas flancher, pour ne pas croiser son regard avant qu'il quitte la cellule. Dans le fourgon qui m'emmenait vers la prison, les policiers me considéraient autrement. Ils n'étaient pas de Mercy mais ce que j'avais fait était universellement répréhensible et tout homme digne de ce nom se serait fait un devoir de me le rappeler. Arrivés à destination, l'un d'eux a avancé sa jambe au moment où je m'apprêtais à descendre et j'ai dégringolé jusqu'au sol. Ma lèvre était ouverte, le sang dans ma bouche se mêlait à la poussière mais je me suis relevé et je lui ai souri. Le type m'a dit *tu rigoleras moins en cabane, crois-moi* et j'ai eu envie de lui répondre que je rirais partout, en toutes circonstances, parce que c'est l'apanage de l'homme désespéré et que c'est tout ce qui me reste.

Ma cellule est étroite, quatre pas en longueur, une fois et demie mes bras déployés en largeur. Je suis seul, pour le moment. *On vous a fait une fleur*, m'a dit le surveillant-chef, *en attendant de vous lancer dans le grand bain.* Je porte une chemise beige boulochée et un pantalon à taille élastique de la même couleur qu'on m'a remis à mon arrivée. Je n'ai pas prononcé un mot, je n'en prononcerai plus aucun, j'ai fait vœu de silence. Je m'allonge sur le lit du haut qui est si fatigué qu'il grince sous mon poids. Ce n'est sans doute pas le plus confortable des deux mais au moins je peux voir un morceau de ciel d'été et les oiseaux qui passent devant la fenêtre. Je les vois mais ils ne me voient pas, moi, l'être humain enfermé dans sa cage, captif par sa seule volonté. L'heure du repas approche, je sais que les autres attendent dehors, qu'il n'y a entre nous qu'une grille coulissante qui finira par s'ouvrir pour les libérer et il faudra bien que j'aille éprouver leurs crocs, moi qui n'ai que des canines de professeur, des canines d'écrivain, des dents juste assez acérées pour mordiller mais pas assez pour se défendre. La première fois, ils m'ont incarcéré dans un quartier à part, privilège du statut social et de l'argent. J'étais avec du beau monde, des hommes d'affaires, des traders et même un acteur célèbre poursuivi pour avoir harcelé son ex-femme au point de l'envoyer à l'hôpital. À les entendre ils étaient tous innocents. Le bien, le mal, il n'y a pas de notions qui soient plus à géométrie variable. *Et toi, tu es là pour quoi ?* m'avait demandé l'acteur même s'il le savait déjà. J'avais répondu que tout cela n'était qu'un grotesque malentendu. Ma vie entière était un malentendu. Est-ce que je croyais vraiment à ce vilain mensonge ? Est-ce qu'un type aussi éduqué que moi pouvait croire qu'il n'avait rien fait de grave ? À ce moment-là tout m'avait paru injuste, la privation de liberté, l'opprobre, la chute du piédestal. Je ne méritais pas ça pour une simple histoire de sexe. Le désir gouvernait le monde, je n'avais fait qu'assouvir le mien mais avec tant d'arrogance que la chute était sans doute prévisible depuis la première minute. La sonnerie a retenti, la porte s'est ouverte toute seule et je me suis préparé à entrer au Colisée, à pénétrer dans l'arène avec pour seule arme des mots, ceux que je refusais de prononcer.

Tout avait débuté comme un jeu. Depuis le début des vacances j'étais bloqué dans notre maison d'été par une jambe cassée, vue sur l'Hudson, rien à faire à part regarder les bateaux passer et écouter mes parents parler du dernier prix Strega ou de ces deux écrivains qui en étaient venus aux mains sur un plateau télé pour une histoire de femme. J'avais vingt-deux ans, l'été s'étirait, je me traînais de ma chambre au salon, du salon à la terrasse, de la terrasse au jardin, puis même chemin en sens inverse et pour m'occuper je m'étais mis à griffonner une histoire racontée à l'envers, une histoire qui débutait par la fin et s'achevait par le début. *La Flèche du temps* me narguait dans la bibliothèque mais je m'étais dit qu'à écouter mon père, tout n'était que recommencement à moins qu'il ne s'agisse simplement de recyclage. J'avais prévu de raconter la vie d'un prospecteur d'or, de la côte Ouest à la côte Est, de la richesse des dernières heures de sa vie au dénuement de son adolescence, saloons devenus silencieux, Indiens ressuscités reprenant possession de leurs terres, colons blancs misérables reculant dans la poussière jusqu'à se retrouver acculés, contraints de remonter sur des bateaux qui prenaient la mer en tanguant pour disparaître à jamais dans les vagues scélérates de l'Atlantique, direction l'Europe. Tout cela n'était qu'un jeu. Je voulais juste savoir si j'étais capable de raconter une histoire sortie de mon imagination débordante mais c'était compter sans ma mère. En me voyant écrire sous les arbres du jardin, la nuit à la lumière d'une lampe de chevet, toujours un carnet dans la poche, elle avait compris que quelque chose se tramait. On ne peut rien cacher à une mère. À la mi-août mon père m'avait emmené à la clinique retirer mon plâtre et à mon retour je l'avais trouvée assise dans ma chambre, mon tas de feuilles sur les genoux. Sans lever les yeux elle m'avait dit *il y a du travail mais tu tiens quelque chose. À partir de demain nous nous y mettrons sérieusement.* Le jeu avait été stoppé net. Il s'était métamorphosé en une entreprise familiale, Byrd, mère et fils. Pendant trois mois elle avait fait des recherches, refusant toute approximation historique, annoté le travail du jour, repris, remanié et puis un vendredi soir, insatisfaite de mes corrections, elle était repartie dans notre maison d'été en emportant le tout, me dépossédant du moindre feuillet et deux semaines plus tard elle était revenue et m'avait tendu un paquet. Toute l'histoire était réécrite, tout s'articulait à merveille. Elle avait produit un chef-d'œuvre et elle me remettait ce chef-d'œuvre en me disant que j'avais fait du bon travail alors qu'il ne me devait plus rien. Le lundi suivant, elle s'était rendue dans le bureau de mon père, elle avait pris l'ascenseur jusqu'au dernier étage, serrant le manuscrit contre elle comme s'il s'agissait d'une excroissance de son fils et, pénétrant dans le bureau de son mari, elle lui avait dit qu'il serait le dernier des crétins de ne pas publier mon livre sous prétexte qu'il était mon père. Que pouvait-il dire ? Le livre avait été publié, la critique m'avait encensé. Il n'y avait qu'elle et moi pour savoir qui en était réellement l'auteur. J'étais passé du statut de jeune homme oisif à celui de prodige de la littérature, on m'invitait partout, le livre était traduit sur tous les continents mais j'avais en permanence un goût d'imposture dans la bouche. J'étais entré dans la lumière tandis que ma mère restait invisible, ne formulant jamais l'évidence : ce livre était le sien. Elle était retournée à ses mondanités, à sa vie de femme dans l'ombre d'un mari et désormais d'un fils. Quelques années plus tard j'avais tenté de rééditer l'exploit mais cette fois en rejetant son aide. J'étais orgueilleux, je ne voulais plus lui être redevable. Le livre avait été gentiment accueilli, les critiques n'y avaient pas trouvé leur compte sans savoir qu'il y manquait sa patte. Je n'étais plus un jeune premier et, à trente ans à peine, il fallait croire que j'avais déjà perdu la fraîcheur de la jeunesse. Et quand on a perdu sa jeunesse, que fait-on pour la retrouver ? Je suis redevenu oisif, bâclant mes cours, me refusant à travailler sérieusement pour si peu d'honneurs. Mon père désapprouvait ma nonchalance, mais quelle importance qu'un parent désapprouve si l'autre adhère ? Ma mère continuait à adhérer aveuglément parce que j'étais son fils, parce qu'elle avait concentré toute son attention sur moi et je le lui rendais bien puisque j'aimais la lumière, j'aimais être choyé, j'aimais être adoré. Elle avait fabriqué un leurre : un jeune homme délicieux, le fils de son digne père, le fils de son exquise mère, même si je crois qu'elle était bien trop intelligente pour y croire. Il n'y avait de place pour rien d'autre que son désir et le mien. Le mien surtout. Mon désir s'était reporté sur le sexe, je consommais les femmes sans modération. Pourquoi se priver puisque ma mère approuvait ? Je me demande par quelle volonté de revanche elle souhaitait autant de mal à son propre genre pour me laisser me comporter comme un affreux Don Juan de l'Upper East Side. Ici, plus de jeunes femmes diaphanes à charmer, plus de cœurs à briser, rien que des filles aux joues roses, élevées au grand air, faites pour durer, faites pour ce qu'on leur demande. Du moins, c'est ce que j'imaginais en arrivant dans ce coin perdu, mais il se place toujours sur mon chemin quelque chose qui fait tout dérailler, quelque chose que je repousse et qui revient sans cesse.

Je commence à comprendre le sens de ces actions répétées : lever, appel, petit déjeuner, douche, cellule, repas, promenade, cellule, temps libre, repas, appel, coucher. Il faut nous ramener à ce statut de gamin pour qui tout est décidé à l'avance par des parents intraitables. Bien sûr les gardiens n'échappent pas aux crises de nerfs, aux grands enfants qui résistent à cette tenue beige qui bouloche, à cet uniforme ingrat, si loin des soies, cachemires et lins qu'ils n'ont sans doute jamais effleurés. De temps en temps leur colère explose, des plateaux-repas changent de camp, des gobelets en aluminium volent et rebondissent sur des crânes, de la purée translucide macule les tables et le lino jusqu'à ce qu'un coup de matraque leur rappelle qu'ils ne sont plus que des détenus, sans prise sur leur vie. De temps en temps, l'un d'entre eux reste étendu au sol, sonné par un coup plus fort que les autres avant de se relever comme si de rien n'était. C'est de cette manière que se règlent les conflits dans la cour de récréation, sans rancune. De temps en temps, un détenu s'arrête devant moi, me considère en fronçant les sourcils avant de repartir. Je suis une anomalie dans ce paysage masculin, je suis un homme qui ne ressemble pas aux hommes qu'il côtoie alors que faire de moi ? Lors de ma première incarcération, un délicat codétenu m'avait conseillé de me rendre utile à celui qui dominait le groupe. Dans cette petite prison perdue au milieu de la campagne, celui qui dominait s'est présenté à moi au bout de cinq jours et j'ai constaté que la seule chose que je pouvais lui offrir c'était de lui servir de défouloir. Il avait un intense besoin de cogner et il le faisait consciencieusement, avec la méthode rigoureuse d'un homme soucieux du travail bien fait, paradoxalement pétri de justice alors qu'il n'était pas là par hasard. Voilà toute la beauté de la situation : être corrigé quotidiennement par un homme qui sait mieux que quiconque ce qu'est un crime.

Ma mère m'a envoyé l'un de ses avocats. Elle n'est pas venue en personne, j'ai usé sa patience, voire son amour. Elle s'est contentée de déléguer cet homme dont j'ai admiré le costume délicat à peine froissé par le trajet, tout juste voilé des grains de poussière auxquels on ne peut échapper ici en été. Ce n'était pas l'endroit dont il rêvait en plein mois de juillet, il espérait peut-être voyager quelque part avec son épouse probablement blonde et leurs jeunes enfants mais ma mère l'avait expédié ici pour défendre son fils, elle l'avait grassement payé pour compenser le fait que, cette fois-ci, elle ne viendrait pas car c'était la fois de trop. On survit mal à l'humiliation dans mon milieu. L'avocat a sorti de sa mallette une lettre cachetée, papier vélin ivoire et écriture délicate. Même en écrivant à son fils incarcéré pour meurtre, sa main n'avait pas tremblé. J'ai regardé la lettre sans rien dire. Il y avait tout un monde dans cette enveloppe et, entre ce monde et moi, un gouffre sans fond. J'ai passé la première partie de mon existence à contempler cette femme avec toute l'adoration du fils unique qui n'a qu'un modèle à admirer et la seconde à chercher son double sans jamais le trouver. Sa lettre était là devant moi, j'étais sûr qu'il ne s'agissait même pas d'une lettre de reproches, elle n'avait pas besoin d'en formuler. Quelque chose s'était rompu. C'était écrit entre les lignes, dissimulé derrière les *m* et les *p*. Elle était là, glissée dans cette enveloppe, sa déception d'avoir cru engendrer un fils parfait et de n'avoir créé qu'un pauvre type incapable de dominer ses pulsions. L'avocat m'observait et s'il connaissait bien ma mère, il savait que cette lettre contenait sa sentence avant même que le procès ait eu lieu. Tandis que je l'entendais vaguement parler d'audience préliminaire, de ligne de défense, de validité de mes aveux, je me suis demandé à quel moment les choses avaient pris cette tournure étrange, me faisant passer de fils chéri à renégat. L'avocat s'est penché vers moi, je sentais son parfum mêlé à une discrète odeur de transpiration. Il m'a demandé comment s'était passé l'interrogatoire, si mes droits m'avaient été lus, si mes aveux avaient été obtenus sous la contrainte. Je n'ai pas bronché, j'ai fait glisser la lettre vers lui et j'ai fait signe au gardien que j'en avais terminé parce que, autant je pouvais supporter la prison, autant l'avoir encore déçue était insupportable.

Ma brute s'appelle Anton, en souvenir d'une grand-mère russe. Russe mais pas communiste, aime-t-il rappeler aux rares personnes qu'il ne cherche pas d'abord à assommer. Les rouges sont tout juste bons à être écorchés la tête en bas comme des cochons. Sa grand-mère avait de bonnes raisons de détester les communistes, alors par respect pour elle, il les frappe dès qu'il en croise, bien qu'en réalité il me paraisse peu probable qu'il y ait un seul communiste dans ce coin perdu, et en reste-t-il seulement un en Amérique ? Anton frappe donc ce qu'il estime être un communiste, soit toute personne différente de lui, ce qui correspond objectivement à ma personne. Avec ma tête de New-Yorkais, je devais clignoter dans son champ visuel dès mon arrivée. On pense qu'un uniforme permet de se fondre dans la masse, mais il n'en est rien. Dès que nous sortons de nos cellules pour le repas du matin et que nous nous mettons en rang, je le vois se retourner pour vérifier que je suis là dans la file, comme s'il existait un risque que je disparaisse au cours de la nuit, aidé par ceux de mon milieu puisque, bien que me croyant communiste, il doit aussi penser que je suis un nanti, un de ceux dont les relations et la fortune leur permettent d'échapper à la loi. En somme, j'ai réussi l'exploit d'être communiste et capitaliste. Avant même que j'arrive au réfectoire, Anton m'attend, posté à côté de la porte battante, pour me flanquer le premier coup de la journée, le coup de bienvenue en somme. Un direct dans l'abdomen qui me coupe le souffle et me fait me traîner, plié en deux, vers les autres détenus qui font comme si de rien n'était. L'un d'entre eux remplit ma tasse d'un liquide brun et me tend un bol qui contient une sorte de porridge accompagné d'un petit pain déjà trempé mais je n'ai pas le plaisir d'y goûter. À chaque fois Anton, précis comme un horloger suisse, attend que je m'approche d'une table pour réaliser d'un mouvement rapide de sa jambe droite une balayette qui me fait m'écraser sur le métal, le menton dans mon bol et le café coulant sur le sol. Ensuite, je suis de corvée de nettoyage devant des surveillants qui apprécient à leur juste mesure les blagues de leur meilleur élève, le plus assidu, le plus régulier, celui qui rend justice pour le groupe et punit le pécheur impénitent que je suis. J'ai joué ce rôle un bon moment, devant le même public qui ne semblait pas s'en lasser, jusqu'à ce qu'ils mettent Anton dans ma cellule.

De mon lit, j'aperçois le vol des oiseaux au couchant, les nuages égarés et puis la nuit qui s'installe, les étoiles à perte de vue. Le ciel est le seul espace qui me reste. Les gardiens m'ont conseillé de garder le lit du haut parce qu'il était trop fragile pour un homme de constitution normale, comme si je n'étais qu'un adolescent prépubère. Ils m'ont laissé le lit du haut en compensation pour que, dans un si petit univers, je conserve une chose infime, une chose à laquelle je n'aurais accordé aucune importance auparavant. Il n'y a que les couples mariés qui se soucient d'occuper toujours la même place dans le lit conjugal. Ils m'ont laissé le lit du haut parce que lui n'en voulait pas, parce que les vrais hommes ont les pieds qui reposent sur le sol quand ils se lèvent, leurs jambes pliées forment un angle droit parfait lorsqu'ils sont assis, leurs pognes posées à plat sur les troncs qui leur servent de cuisses. Ils ne vont tout de même pas rester assis avec les jambes qui s'agitent dans le vide en un ballet hésitant pour rejoindre le sol. Évidemment la petite échelle vissée au montant des deux lits a disparu au retour d'une promenade. Avant ça, le chef Harmond avait traversé la cour, passant devant des groupes de détenus qui le saluaient au passage et plaisantaient avec lui. Ils se connaissaient tous, parfois depuis l'enfance. Ils étaient du coin ou des comtés environnants, parlaient le même langage et raisonnaient de la même manière, tous sauf moi. Harmond avait la peau eczémateuse, épaisse comme celle d'un rhinocéros, j'avais du mal à évaluer son âge avec ses cheveux qui blanchissaient aux tempes et ses rides au coin des yeux, mais il avait dans le regard la lueur vive de celui qui sait juger un homme en un coup d'œil. *Chapman, une canalisation a cédé dans un bâtiment, plusieurs cellules sont inondées.* J'ai cru qu'il y avait erreur, que ses problèmes de plomberie s'adressaient à quelqu'un d'autre et j'ai haussé les épaules. *J'aurais préféré vous éviter ça mais il faut que je reloge les gars. Vous allez avoir un camarade de cellule, il est en train d'installer ses affaires.* Je n'ai pas bronché, tout m'était indifférent. Il a pincé les lèvres, a sorti un paquet de cigarettes qu'il m'a tendu. J'ai décliné l'offre mais sa proposition m'a rendu soupçonneux et j'ai froncé les sourcils. *C'est Anton. Je suis sûr que vous voyez de qui il s'agit. Ne le contrariez pas trop et tout se passera bien.* J'ai fait non vigoureusement de la tête, j'étais même prêt à abandonner mon vœu de silence mais Harmond a réajusté sa casquette et m'a lancé avant de partir : *Vous n'êtes pas à l'hôtel, Chapman. Je ne peux pas vous accorder de traitement de faveur. Rappelez-vous ce que vous avez fait pour atterrir ici.* Je suis resté planté là, les bras ballants, j'avais l'impression que tous me regardaient avec un air goguenard, que tous étaient au courant, qu'ils attendaient le match en un set, la curée et que personne, vraiment personne, ne pariait sur ma victoire.

Peau contre peau. Peau d'homme contre peau de pêche. J'aimais leur peau à elles, une peau souple, tendre, parfaite pour y laisser les marques de mes dents. Belle à mordre, belle à dévorer comme les mères rêvent de manger leur enfant quand l'amour les submerge. Un trop-plein d'amour, trop d'amour pour un seul être, trop d'amour pour un seul homme. Ici, pas de peau de femme, uniquement des peaux râpeuses, plissées, coupées, des peaux tendues sur les os ou qui pendent tels de vieux vêtements. J'essaie de ne pas regarder la peau des autres sous la douche, mais la peau d'Anton est là sous mon nez à me narguer en racontant une histoire que je voudrais comprendre. Sur le haut de son torse il a deux tatouages grands comme des assiettes à dessert : son père d'un côté, moustachu et pas commode, et de l'autre sa mère, également moustachue à moins que l'encre n'ait bavé et je ne peux pas m'empêcher de l'admirer de vouer un tel culte à ses géniteurs. Sur les bras, des dessins hétéroclites : cheval au galop, tête de loup, serpent, un drapeau américain qui paraît incomplet et quelque chose qui ressemble aux dômes du Kremlin à moins qu'il ne s'agisse d'un gâteau. Compte tenu de ma position hasardeuse, je ne regarde tout cela qu'à la dérobée, quand Anton se déshabille et que j'ai réussi à force de contorsions à grimper dans mon lit malgré la disparition de l'échelle. J'essaie de m'allonger le plus délicatement possible pour ne pas heurter davantage des hématomes aux teintes d'arc-en-ciel. Hématomes sur hématomes, il me frappe toujours aux mêmes endroits, c'est la constance faite homme. Il me cogne avec la même interrogation : *tu vas parler ou quoi ?* Parce que là est le nœud du problème. Je ne parle pas et ça le rend nerveux. Partager une cellule c'est déjà une épreuve, mais la partager avec un petit snobinard qui ne dit pas un mot en est une autre. Il me frappe le matin dès que je pose un pied sur le sol et jusqu'au soir. Il me frappe pour que je parle, peut-être que même une injure lui ferait plaisir, mais je le laisse me cogner comme une pauvre bête parce que je le mérite bien et je découvre ce que je n'ai jamais connu, le corps telle une plaie, martelé, bosselé sous les poings, les coups de tasse, de chaussure, tout ce qui lui passe sous la main. Un jour qu'il m'avait laissé choir sur le sol comme un sac-poubelle, il m'a dit *mais qu'est-ce que tu pouvais bien faire avant d'arriver ici pour te laisser taper dessus ? T'as donc pas d'honneur ?* Je me suis appuyé sur mon coude et du doigt j'ai désigné les livres que j'avais empruntés et qui gisaient sur le sol. Il n'a pas compris. *Quoi les livres ? Les autres disent que t'étais prof. Tu lui lisais des livres à cette pauvre fille ?* J'ai secoué la tête en signe de dénégation, j'ai à nouveau désigné les livres puis martelé mon torse de mon index. Il a froncé les sourcils, je voyais qu'il se creusait les méninges et puis il a eu un éclair de génie. *Les livres, c'est toi qui les écris ? Alors comme ça, t'es écrivain ?* J'ai secoué bêtement la tête en souriant. Si j'avais su que ma situation ne ferait qu'empirer après ça, je me serais couché au sol et j'aurais enduré ses coups sans broncher.

Elle s'appelait Lexie. Je m'ennuyais tellement que j'avais accepté un programme de rencontres avec des lycéens du New Jersey à l'invitation d'une association qui croyait encore aux vertus de la littérature. Ma mère avait levé les yeux au ciel à cette perspective, je suppose qu'elle se figurait une bande de lycéens débraillés et braillards qui n'avaient sans doute jamais terminé une lecture de leur vie et se contentaient d'en récupérer un résumé sur Internet. *Il y a des limites à la gentillesse*, m'avait-elle dit. *On ne peut pas faire avancer des ânes contre leur gré. Tu perds ton temps.* Je ne savais même pas pourquoi j'avais renoncé à prolonger mes vacances d'été pour lire à la rentrée scolaire des passages d'un roman que j'avais fini par haïr puisque c'était le seul qui avait été aimé et qu'il me devait si peu. Le seul livre auquel on me ramenait sans cesse. Les organisateurs avaient vu les choses en grand en improvisant un amphithéâtre dans le gymnase avec une scène au centre, ma scène, le lieu où je me donnerais en spectacle encore et encore jusqu'à ce qu'une nausée insidieuse me vienne. La salle était presque pleine, des élèves volontaires ou menacés de sanctions, classés par groupes de filles et groupes de garçons comme si l'idée même du mélange leur était insupportable. J'avais mis un pantalon en lin impeccable et une chemise en soie bleu pâle assez audacieuse pour la circonstance mais parfaite pour les côtes méditerranéennes où j'étais censé être. Mes cheveux tout juste coupés tombaient légèrement sur mon front et ce geste, répété depuis l'adolescence, qui consistait à repousser délicatement une mèche faisait partie de ce que j'étais, du personnage que j'avais construit. J'ai salué avec chaleur enseignants et proviseur, sous l'œil consterné de l'attaché de presse envoyé par ma mère qui tentait d'obtenir du photographe qu'il avait traîné avec lui une photo exploitable. Benjamin Byrd au contact de jeunes défavorisés, convaincu que la culture doit être accessible à tous ? Caricatural. Avide d'échanger avec la vigoureuse jeunesse de ce pays ? Illusoire. Désirant frôler ces corps qui lui rappelaient tant le sien avant le succès ? Trop près de la réalité. Il n'y avait pas de raison valable à ma présence sinon ce désir incontrôlable qui me traversait et remontait jusqu'à ma nuque.

Tout ne tournait qu'autour de mon désir. C'était mon désir d'être flatté qui me poussait à accepter des invitations dénuées de sens pour que l'on me parle de moi, de ce livre dont j'étais à peine l'auteur. C'était mon désir de briller qui me faisait m'habiller de ce que ma ville comptait de plus coûteux, cachemire épais, soie, lin, chevreau, des matières aux antipodes des lycras, nylons et méthylpropylènes des tenues adolescentes. Regardez à quel point je suis beau. Je suis ce que les garçons rêvent d'être et ce que les filles rêvent d'avoir. C'était mon désir d'être aimé qui me faisait regarder cette jeune fille au premier rang de ce gymnase transformé en amphithéâtre, cheveux blonds, aussi fins que de la gaze, visage rond de poupée et lèvres mordillées tandis qu'elle m'écoutait. Nous deux, seuls au milieu des autres, le maître et l'élève, celui qui sait et celle qui veut apprendre. Elle était si émotive que ses yeux s'emplissaient de larmes tandis que je racontais l'enlèvement de l'enfant par les Navajos – il faut toujours un enfant en danger dans un bon livre – et le désespoir de sa mère. J'avais envie de boire ses larmes, de les absorber avec mes lèvres. Viens là petite, ce n'est qu'une histoire d'adultes pour faire peur, mais je suis aussi le maître du conte, je pourrais en changer la fin pour toi. J'avais choisi de finir ma lecture sur un passage plus joyeux parce qu'ils étaient adolescents et qu'ils avaient besoin de croire que la vie pouvait être belle. Ils avaient ri de bon cœur, soulagés que la corvée s'achève. Alors que la salle se vidait, la jeune Lexie s'était approchée, hésitante comme un jeune faon, encouragée par une camarade qui lui donnait des coups de coude dans les côtes en gloussant. *Monsieur Byrd, comment trouvez-vous toutes ces idées ? Je veux dire pour vos livres, comment vous faites ?* Mordillement des lèvres, la mécanique était enclenchée. Je me suis penché vers elle. Mes idées ? Je les trouve au fil de mes rencontres. J'ai baissé la voix d'un ton. Même une jeune fille comme vous aurait quelque chose à m'apprendre. Elle m'a regardé droit dans les yeux, la bouche entrouverte. Drôlement audacieuse pour un jeune faon, me suis-je dit. Elle avait dix-huit ans, tout juste quinze ou bientôt dix-sept, je ne sais pas. J'étais incapable de me raisonner.

Le chef Harmond a fini par s'inquiéter de mon état, non par sollicitude mais par sens pratique : je ne pouvais décemment pas comparaître couvert d'ecchymoses le jour où, enfin, un juge daignerait me convoquer. De manière assez comique compte tenu du lieu où nous nous trouvions, il m'avait vanté les mérites de la communication et de l'empathie. Anton n'était pas un mauvais bougre, il était certes violent, il avait dérapé plus d'une fois mais il n'avait jamais tué personne et sa famille lui manquait cruellement. Ce pauvre type avait besoin de parler à quelqu'un, c'était humain non ? Mon silence l'agressait, il le prenait pour de l'indifférence, voire du mépris. Il y avait de quoi être en rogne et ça ne pouvait quand même pas être si difficile que ça de lui parler. Je l'écoutais, tête baissée, et rien qu'à ma mine il avait compris que c'était peine perdue. De guerre lasse, Harmond m'avait expédié quinze jours à l'isolement, *le temps de vous refaire un peu et de réfléchir aux conséquences de vos actes. De tous vos actes.* J'avais l'impression d'être puni comme un enfant qu'on met au coin mais l'isolement me convenait. Aucun mot échangé, aucun contact, si ce n'est le plateau en plastique passé par l'ouverture de la porte et les messages de mes prédécesseurs gravés sur les murs. Mais rien ne dure éternellement. Lorsqu'ils m'ont fait sortir un matin, août était déjà bien entamé. La cellule d'isolement au sous-sol était demeurée fraîche, mais dans les étages c'était l'étuve. Les relents de transpiration, de cheveux gras, de corps négligés me prenaient à la gorge tandis qu'ils me ramenaient à ma cellule. Toutes ces sécrétions masculines me donnaient des haut-le-cœur, moi qui n'aimais que l'odeur des femmes. Les cellules étaient vides, les heures de promenade avaient été décalées pour échapper à la chaleur de l'après-midi. Je suis passé devant des lits défaits par les cauchemars de la nuit, devant des posters d'actrices porno dans des poses qui évoquaient tout sauf la sensualité, devant des pots en fer-blanc contenant une pauvre fleur cueillie je ne sais où, des tasses en plastique fané, des instantanés de vies réduites au plus simple. Tenter de garder quelque chose de sa vie d'avant était illusoire. Tout disparaissait, absorbé par le nombre, avalé par le groupe et je n'étais moi-même plus qu'un prisonnier parmi les autres. Ma cellule était propre et rangée, Anton avait des aptitudes ménagères qui dépassaient largement les miennes. Sur la petite table il y avait même un livre. J'ai souri en imaginant ses grosses pognes tenant l'objet, son index humecté de salive pour tourner les pages, sa langue collée à la lèvre supérieure dans l'effort. Je me suis penché pour lire le titre et il m'a semblé que la température de la pièce avait chuté d'un coup. C'était mon livre, ma malédiction. Anton se l'était procuré, Dieu sait comment, et il le lisait, moi qui me croyais à l'abri de cette éventualité. Je me suis effondré sur son lit et le gardien m'a fait un signe de la tête. Le lit d'Anton, ça n'était pas une bonne idée. J'ai gémi, je me suis relevé tant bien que mal, surprenant mon reflet dans le petit miroir collé au mur. Mon visage était émacié, j'avais le teint pâle et mes yeux me paraissaient avoir entamé une vie propre, grandissant encore et encore dans un visage qui rétrécissait. Ma mèche amoureusement travaillée avait été coupée à mon arrivée et elle refusait de pousser comme avant. Tout m'échappait. J'ai entendu les voix des détenus, les bruits de pas. Ils revenaient de la promenade et ils savaient que j'étais revenu aussi. Le jeu pouvait reprendre là où il s'était arrêté dix jours plus tôt. J'ai reconnu le pas lourd d'Anton, sa carrure dans l'embrasure de la porte. *T'es revenu, Chapman.* J'ai haussé les sourcils, seule manière que j'avais d'exprimer l'évidence. Il s'est avancé vers moi et j'ai d'instinct croisé les bras à hauteur du visage pour le protéger des coups. Anton m'a écarté de son chemin presque avec douceur. Il s'est assis sur le lit et a enlevé ses tennis avant de s'allonger. *Chapman j'ai bien réfléchi. T'as écrit des livres, t'es instruit.* Je n'ai pas bougé d'un pouce. *J'arrête de te cogner et en échange, tu vas écrire mon histoire.* Je me suis évanoui, c'est aussi bête que cela.

À cette époque, je ne reculais devant rien. Le lendemain de ma lecture, j'avais appelé l'association et proposé de mon propre chef, sans en informer personne, des ateliers d'écriture dans mon appartement de l'Upper East Side. Mon interlocuteur était resté sans voix face à une telle proposition mais il avait dû la trouver moins saugrenue qu'elle ne l'était en réalité puisqu'il l'avait acceptée. Est-ce que quelqu'un s'était seulement demandé s'il était bien sérieux qu'un adulte reçoive des adolescents en tête à tête ? Quoi qu'il en soit, une fois par semaine des gamins volontaires étaient convoyés en minibus orange, du New Jersey vers Manhattan, ils débarquaient dans mon appartement comme s'ils entraient à la Maison Blanche, écarquillant les yeux devant le double escalier, la rotonde dans ma bibliothèque et la vue sur Central Park. Cela faisait partie du plan : admiration, envie, adoration. Je leur servais des jus de fruits et des pâtisseries en pantalon et chemise aux manches retroussées, parfois pieds nus. Les écrivains sont fantasques. Il y avait quatre filles et trois garçons que je soupçonnais de venir uniquement pour elles. Il y avait Lexie bien sûr et sa copine Lisa, une rousse tout à fait charmante. Elle m'appelait Benjamin quand Lexie me donnait du *monsieur Byrd* qui me faisait curieusement frissonner de plaisir. Pendant deux heures je lisais à haute voix leurs œuvres, commentais, corrigeais, encourageais, même lorsque c'était aussi indigeste qu'une barre protéinée. Un des garçons m'a surpris avec un récit qui avait l'air décousu mais qui s'achevait sur un retournement de situation inattendu. C'était le seul qui avait des aptitudes mais je n'étais pas là pour lui. Les filles me soumettaient des histoires qui mettaient à nu leurs désirs d'adolescentes comme si je pouvais faire office de docteur, poser un diagnostic, proposer un remède. Avec aussi peu d'encouragements de ma part, les garçons se sont lassés. Au bout de quelques semaines, il ne restait plus que mon apprenti écrivain et les quatre filles. Le trajet était long, il y avait trop de choses à faire pendant la semaine pour s'infliger un atelier d'écriture avec un drôle de type dans mon genre. En décembre, il ne restait plus que trois filles que j'encourageais en leur prêtant des livres, en soulignant une phrase dans les textes qu'elles m'avaient envoyés, en ponctuant mes appréciations de multiples points d'exclamation. Times New Roman, police douze, interligne un et demi. C'est vraiment intéressant. Si, je vous assure, je sais de quoi je parle. Allons Lexie ne pleurez pas, c'est un compliment, on ne pleure pas en recevant un compliment. Lexie qui effleure mon pied avec le sien. Ses grosses bottes en caoutchouc qu'elle n'a pas voulu enlever sur ma moquette en laine vierge couleur coquille d'œuf. Une légère rougeur à la base du cou, puis passer à Lisa, ne pas oublier Lisa parce qu'il faut toujours reporter son attention sur quelqu'un d'autre pour que le désir consume. Lexie, la lèvre tremblante pendant qu'elle glisse son pied soudain sorti de sa gangue pour le passer sur ma cheville nue. Parler à Lisa et à l'autre fille renfrognée dont j'ai oublié le prénom, ne plus regarder Lexie avant dix bonnes minutes. Retirer mon pied, voilà. A-t-on besoin d'écrire des manuels de cinq cents pages pour expliquer l'art et la manière de séduire ? Raccompagner les demoiselles à la porte, Lexie tel un chiot abandonné par son maître et puis, alors qu'elle s'apprête à partir, glisser dans la poche de son mauvais blouson un petit paquet cadeau, en toute discrétion, et murmurer à son oreille *Joyeux Noël Lexie*. Les yeux qui s'écarquillent, la bouche qui s'entrouvre et très vite le paquet escamoté pour que les autres ne voient rien. Elle était devenue ma complice même si elle n'avait alors qu'une idée imprécise du crime. Pendant les vacances d'hiver j'ai laissé mes amis partir dans les Alpes, je suis resté à New York, sûr de moi, sûr d'emporter la mise puisque je n'avais jamais échoué. Un mercredi après-midi, entre Noël et le Nouvel An, Lexie a sonné à ma porte, elle était venue seule du New Jersey. Elle avait acheté avec son argent de poche un billet pour le Metropolitan, histoire d'avoir un alibi et elle a débarqué chez moi, des flocons de neige accrochés à ses cheveux, son nez rougi et ses mains glacées parce qu'elle avait oublié ses gants. J'ai pris ses doigts et, l'un après l'autre, je les ai glissés dans ma bouche pour les réchauffer en regardant le volcan qui grondait devant moi. Elle a enlevé son manteau, ses bottes, retiré son pull avant que je ne l'arrête d'un geste. J'ai enlevé un par un ses vêtements comme si je tournais les pages d'un livre, sa jupe humide, son collant détrempé, son tee-shirt. Je me suis agenouillé, j'ai posé ma tête sur son ventre. Elle sentait la lavande. *Je l'ai déjà fait avant si vous voulez savoir, monsieur Byrd.* Tant mieux Lexie, pour autant nous allons tout reprendre depuis le commencement.

Anton m'a laissé un délai pour donner ma réponse, comme une sommation des Nations unies avant un embargo. Lorsque j'ai repris connaissance dans la cellule, son visage occupait tout l'espace devant mes yeux. *Qu'est-ce que t'as, Chapman, t'as pas mangé ?* Il n'avait pas fait le lien entre sa demande et mon malaise. Un homme ça ne s'évanouit pas parce qu'on lui demande d'écrire une histoire. Comment lui expliquer sans prononcer un mot que je n'écrivais plus, que j'avais perdu toute envie d'essayer ? Anton n'était sans doute pas si facile à berner, il avait peut-être lu ma biographie sur l'ordinateur de la bibliothèque, il savait peut-être que je n'avais plus jamais connu le succès, que le temps des louanges était révolu, que les couronnes de lauriers ornaient d'autres têtes plus méritantes. Je n'avais plus rien d'un phénomène, j'étais juste un écrivain qui ne s'était pas relevé d'une si belle réussite, à croire qu'un échec aurait été plus facile à surmonter. Anton m'a éventé avec son exemplaire, histoire d'enfoncer le clou. Je me suis redressé et j'ai fouillé dans mes maigres possessions pour trouver un papier et un crayon. Un large sourire est apparu sur son visage. *On commence tout de suite ?* J'ai secoué vigoureusement la tête en faisant la grimace, impossible de se méprendre, et je lui ai tendu le bout de papier. Je n'écrirais pas, je n'écrirais plus, je me suis promis de ne plus jamais le faire. Il a pris le papier du bout des doigts, sans même lui accorder un regard. Son sourire avait disparu de son visage aussi subitement qu'il était apparu. *Tu vas écrire mon histoire, un point c'est tout.* D'un lancer parfait, j'ai jeté le crayon par la porte ouverte, il a roulé jusqu'à la rambarde puis est tombé à l'étage inférieur. Je n'ai pas eu le temps de parer le coup. Anton m'a giflé comme on gifle un adolescent rebelle. *J'te laisse deux jours pour me donner ta réponse. Après j'te garantis rien.* Et comme si les éléments étaient de son côté et voulaient appuyer son geste, la lueur d'un éclair a zébré les murs, le tonnerre a retenti, suivi d'une pluie drue qui ricochait sur le bord de la fenêtre. Le désespoir m'a écrasé la poitrine en même temps qu'une odeur de terre en décomposition emplissait la pièce et j'ai compris que, depuis la première heure, je courais à ma perte.

J'avais beau savoir que je m'aventurais sur une voie hasardeuse, j'ai foncé la tête la première, comme si rien ne pouvait arriver de grave, comme si je pouvais maîtriser la situation mais je n'étais pas préparé à cette lente dégringolade. Ma mère ne m'avait jamais enseigné l'existence même de l'échec. Pourquoi parler de quelque chose qui ne se produira pas ? Je me suis glissé dans le costume confortable du pygmalion, de l'amant paternaliste qui vous apprend à tenir votre fourchette, qui reprend point par point ce qui doit être corrigé. Au cours de cet étrange hiver, je m'ennuyais tellement que Lexie était devenue mon nouveau projet. Je voulais façonner ce qui pouvait l'être et elle se laissait faire, sérieuse et appliquée, petite élève modèle. Elle se donnait sans réserve et petit à petit cet abandon avait enlevé tout son charme à la situation. Elle était apparue nue, jeune fille à la peau lisse qui rosissait pour un rien et j'avais fini par la trouver sans relief. J'avais l'habitude de choisir, de laisser, sans grand risque de crise parce qu'une femme adulte savait à quoi s'attendre avec moi. Et quand on ne risque pas de perdre une chose, elle finit par ne présenter aucun intérêt. Au printemps, je m'étais lassé de son obéissance, nos jeux étaient devenus monotones, presque intégrés à une improbable vie de couple. Tous les mercredis après-midi, 13 heures-16 heures, horaires qui correspondaient à des cours qu'elle était censée prendre et auxquels elle ne s'était jamais inscrite. Le propre d'une éducation bourgeoise est de savoir mettre un terme à ce qui ne peut raisonnablement pas continuer, en y mettant les formes, juste les formes. *Sauvons les apparences en toutes circonstances*, aurait dit ma mère. Encore fallait-il que l'interlocuteur entende le message. Lexie, petite mauvaise herbe poussant à tort et à travers, ne voulait pas comprendre et comment le lui reprocher ? C'était la première fois qu'elle tombait sur un sale type dans mon genre. J'ai annulé un premier rendez-vous, puis un second. J'ai prétexté mille choses à faire, mille choses plus intéressantes qu'une adolescente qui s'était donnée tout entière mais elle revenait toujours à la charge, la tête baissée, le chagrin chevillé au corps. Lexie, petite Lexie, pourquoi n'as-tu pas renoncé, pourquoi as-tu tout tenté pour plaire au monstre que j'étais ? Un mercredi je l'ai tout simplement oubliée. J'ai passé la journée dehors, libre de toute obligation. Je suis rentré à la nuit tombée et dans le hall le concierge m'a lancé un regard qui en disait long. Devant ma porte, Lexie m'attendait assise par terre, les bras serrés autour de ses jambes, elle avait la tête d'une enfant abandonnée. Je ne me souviens même pas d'avoir eu honte. J'aurais dû avoir honte, mais cela non plus ne m'avait pas été appris. Je l'ai relevée, je l'ai sermonnée à voix basse puis nous sommes redescendus par l'escalier de service jusqu'au parking. Je te ramène chez toi Lexie et après ce sera fini. Pendant que je roulais comme un lâche, pressé de me débarrasser d'elle, elle a tourné le visage vers moi. La lumière des réverbères jouait avec les larmes sur ses joues. *Vous vous ennuyez avec moi monsieur Byrd ?* J'ai essayé de lui sourire gentiment. Ce sont des choses qui arrivent, on se lasse, on recommence avec quelqu'un d'autre et parfois ça marche. Tu savais bien que ça ne pouvait pas durer indéfiniment. Elle a ravalé un sanglot et elle s'est penchée vers moi, sa bouche tout contre mon oreille. *Et s'il y avait quelqu'un d'autre, monsieur Byrd, moi et quelqu'un d'autre, est-ce que ça vous plairait à nouveau ?* Parfois les élèves dépassent les espérances de leur maître. Parfois. Et parfois ils ouvrent la trappe qui le fera disparaître.

En tendant l'oreille je serais peut-être parvenu à entendre le tic-tac, la course-poursuite du temps qui s'écoule. Deux jours, quarante-huit heures, deux mille huit cent quatre-vingts minutes avant que le verdict ne tombe. Pas celui d'un jury, il était trop tôt pour ça. Le dossier traînait, m'avait dit mon avocat au cours d'une autre visite. On était en août, le juge n'était toujours pas revenu de ses vacances dans l'Oregon. Le juge ? L'avocat avait surpris mon regard. Un juge oui, un seul, et encore est-il le plus souvent désœuvré dans un coin pareil. Mon sort suspendu à des vacances, voilà qui n'était pas banal. Anton, lui, n'était pas en vacances. Il avait compté jusqu'à deux et entouré sur le calendrier mural la date de fin de son ultimatum pour que les choses soient claires. Il ne m'avait pas adressé la parole, mutique comme un agent des forces de l'ordre, et il avait imposé la trêve au réfectoire, en promenade, partout où je me déplaçais. Personne ne bougeait, personne ne me parlait, j'étais intouchable, en sursis, en suspension dans l'air. Au cours de ma dernière soirée, je me suis hissé jusqu'à la fenêtre, j'ai humé cette odeur de nuit d'été, j'ai pensé au parfum des figuiers en Italie, j'ai pensé à Leo et la culpabilité a débarqué comme une vague. Les étourneaux dansaient en nuées devant mes yeux, heureux d'être libres ensemble tandis que j'étais seul, agrippé aux barreaux, emprisonné par ma seule volonté pour expier tout ce qui avait été fait et même ce qui ne l'avait pas été.

Sa proposition m'avait pris au dépourvu. Deux pour le prix d'une, ai-je dû penser avec le cynisme qui me caractérisait. Tout sonnait l'alerte, j'aurais dû reconnaître les signaux, me rappeler qu'il y avait des limites à ne pas dépasser, mais un garçon dans mon genre en avait connu si peu. À vrai dire, j'ai attendu pour répondre un bon moment parce que cette idée me procurait un plaisir inédit. J'ai attendu, non parce que je voulais résister mais parce que je me doutais qu'une fois réalisée, la chose perdrait tout son attrait. C'était le seul point sur lequel j'étais lucide. J'ai passé quelques jours au bord de l'océan avec des adultes raisonnables et matures en espérant que leur compagnie me ramène à la raison. J'ai joué au tennis, nagé, flirté avec une journaliste de mon âge bien trop intelligente pour moi et qui, par miracle, n'avait pas lu mon livre. Le dernier soir j'ai bu consciencieusement jusqu'à finir la bouche pâteuse dans la cabine téléphonique d'une station essence, tapant nerveusement son numéro, raccrochant dix fois, me maudissant, martelant la porte avec mon pied, jurant, conjurant je ne sais quelle divinité de l'honneur et de la morale de me venir en aide, de me rappeler à la réalité, de me remettre dans le droit chemin. Étais-je pourri au point de ne pas savoir qu'il fallait résister ? C'était une soirée de printemps fraîche et odorante, une soirée qui invitait aux projets, qui aurait dû me faire regarder cette femme autrement, prendre son numéro, la revoir. J'aurais dû me souvenir de son prénom, me rappeler les grains de beauté dans sa nuque, lui laisser la possibilité de me faire bifurquer, de me ramener dans le droit chemin. Je n'étais peut-être pas tout à fait perdu, je m'étais égaré mais il suffisait sans doute d'un peu d'amour pour que je me sente à nouveau digne d'intérêt. C'est comme cela que ça se passait dans les romans que je n'écrivais pas. C'est de cette manière que la réalité rejoignait la fiction, que les histoires de rencontre que les parents racontaient à leurs enfants se construisaient. J'ai décroché une dernière fois le combiné, tapé les chiffres sauf le dernier, écouté le silence sans tonalité puis, avec l'aveuglement de celui qui refuse d'admettre qu'il ne vaut rien, j'ai appuyé sur la dernière touche. Longues sonneries puis sa voix d'adolescente, et moi qui l'interroge de but en blanc. Quelqu'un d'autre ? À qui penses-tu Lexie ? Le Diable était entré dans la boîte depuis longtemps, il s'était promis de tout dévorer, tout ce que je lui donnerais jusqu'à ce qu'il ne reste plus rien d'autre que lui et moi.

Mon temps a fini par s'écouler. Le matin du dernier jour je me suis levé avant Anton, je me suis débarbouillé le visage, j'ai essayé de redonner un peu de tenue à ma mèche. Je me suis habillé et j'ai attendu sans rien dire, le front appuyé contre la porte tandis que les ressorts gémissaient sous le poids de son corps qui se soulevait, soulagés de ne plus avoir à le porter, soulagés que son poids se reporte sur autre chose, sur moi. Les grilles se sont ouvertes, libérant les détenus, et je sentais dans mon dos le souffle court de mon vrai juge puisqu'il avait le pouvoir de signer mon arrêt de mort plus facilement qu'un magistrat en vacances. Je suis allé prendre ce que je considérais être mon dernier repas, je me suis assis à l'angle d'une table, mesurant toute l'ironie de devoir me contenter d'un jus tiède qui ne ressemblait pas à du café et d'un gruau indéfinissable. Anton s'est installé en face de moi, les mains posées à plat sur la table, prêtes à décoller. *Alors, qu'est-ce que t'as décidé ?* Je lui ai souri et j'ai sorti de ma poche le mot que je lui avais écrit pendant la nuit. Les quelques lignes du condamné à mort dans lesquelles je lui expliquais que non, vraiment, tout cela était hors de ma portée, que c'était trop pour un écrivain raté comme moi et que dans ces circonstances je me voyais contraint de décliner son offre même si j'étais conscient des conséquences qui en découleraient. J'ai fait glisser le papier sur la table. Anton l'a regardé sans broncher, il l'a pris, l'a tripoté en plissant les yeux puis s'est penché vers son voisin, sûrement le détenu le plus âgé de la prison avec son sonotone qui pendait sur son épaule. *Dis donc, qu'est-ce qu'il a écrit là ? C'est oui ou c'est non ?* Tout s'est soudain assemblé dans mon cerveau, aussi simplement que si j'avais essayé de faire entrer un stylo dans son capuchon. J'ai arraché le papier des mains du vieillard, je l'ai déchiqueté en morceaux que j'ai jetés dans ma bouillie et j'ai mangé le tout en manquant m'étouffer dix fois. Parfois la vie vous fait des blagues pour compenser sa légendaire vacherie. Anton ne savait pas lire et je ne m'en étais même pas aperçu. Il a soulevé légèrement ses fesses de sa chaise, s'est penché vers moi et a attrapé le col de ma chemise. *Ça veut dire quoi, cette histoire ? Tu vas faire ce que je te demande ou non ?* J'ai hoché vigoureusement la tête et c'était le oui le plus franc que j'avais jamais produit.

J'ai conduit à travers la nuit, longeant l'océan, les champs, les petites villes endormies, les banlieues qui bientôt s'éveilleraient jusqu'à ce que l'île de Manhattan apparaisse illuminée, servie sur un plateau, se refusant comme moi au sommeil. J'ai roulé dans l'euphorie de la nouveauté, quelque chose que je n'avais pas encore expérimenté allait se produire. Ennui, voici que tu t'éloignes. Le vice est à ma portée, il est à la portée de tout le monde et je ne serai pas le dernier à prendre ma part. J'ai garé ma voiture dans le parking, pris l'ascenseur jusque chez moi, je sifflotais, le jour s'était levé, les promesses étaient infinies hormis une légère odeur d'iris qui flottait dans l'air, le parfum de ma mère. Elle était assise sur mon canapé, les jambes serrées, inclinées sur le côté comme des guillemets, les mains croisées sur ses cuisses, son sac Kelly posé à ses côtés. C'était toujours la plus belle femme du monde. Il n'était même pas 8 heures du matin et je me suis demandé comment elle parvenait à me localiser avec tant d'exactitude. À la manière dont elle m'a regardé j'ai compris qu'elle savait, mais quoi exactement, c'était la seule inconnue. L'œil bleu de ma mère m'observait avec sa connaissance absolue de toute chose me concernant. Lexie endormie sur mon paillasson, et avant cela, Lexie s'appliquant à lire ses textes, Lexie mangeant des tartelettes aux framboises du pâtissier français à la mode, Lexie nue dans mon lit. L'œil savait tout et il réprouvait évidemment. Trop jeune, trop risqué, moralement contestable, pénalement répréhensible, conséquences indésirables, dommages, dédommagement, trop gros dédommagement pour si peu d'intérêt. Je décevais mon premier soutien sur Terre, celle qui fondait ses plus grands espoirs en moi. Et pour quoi ? demandait-elle. Pour une envie bassement terre à terre, du niveau de n'importe quel homme. *Elle a tout juste quinze ans Benjamin.* Quinze ans ? Vraiment ? Je n'avais pas honte, j'étais juste mortifié d'être pris sur le fait comme un gamin fautif. J'avais renoncé à poser à Lexie des questions inutiles une fois que le mal avait été fait. Il n'était pas envisageable de la revoir, disait ma mère, on pouvait trouver une solution à tout à condition d'arrêter maintenant. Pendant qu'elle formulait ses injonctions d'une voix calme, en arpentant de ses souliers italiens la moquette de mon salon, il m'est venu à l'esprit des images incongrues de Lexie sur cette même moquette. Ma mère a achevé son tour du propriétaire, elle s'est plantée devant moi et m'a notifié la fin de la partie, retour des joueurs au vestiaire, fréquentations de mon âge et pourquoi ne pas se chercher enfin une fiancée ? Promis maman, Lexie ne reviendra jamais ici et si je devais la revoir, je ferais en sorte que nous ne soyons jamais seuls. J'étais devenu un expert en mensonges.

Anton est parvenu à se procurer le matériel nécessaire pour l'œuvre de sa vie. En prison, il n'était pas question d'ordinateur et j'avais décliné la vieille Remington que l'un des gardiens avait proposée, trop vieille, trop bruyante. Je m'étais dit qu'il n'y avait rien de pire qu'un bruit répétitif dans un espace clos, c'était un coup à déclencher une mutinerie ou à rendre un fou encore plus fou. Tout le monde paraissait ravi de la situation, les détenus me saluaient gentiment, Anton était apaisé, tout entier concentré sur cette biographie de haut vol, prêt à explorer sa psyché avec l'aide d'un écrivain brillant dont il ignorait l'imposture, un pauvre type qui avait profité du talent de sa mère pour être porté aux nues avant que la réalité le rattrape. Puisque la machine à écrire aurait définitivement rompu le charme, il ne restait plus que la bonne vieille méthode, cahier et stylo. Je n'avais pas été trop gourmand, j'avais demandé un stylo simple et pas un stylo plume comme celui qui était resté chez moi, pour peu que ce *chez moi* ait encore une signification. J'ai essayé de faire comprendre à Anton qu'il était impossible d'écrire en continu tous les jours, qu'il fallait faire des pauses et que trois ou quatre heures de travail quotidien étaient largement suffisantes. J'ai cru qu'il allait m'allonger d'un coup de poing lorsque le détenu qui lui lisait mon message a fini ma phrase, mais Anton s'est contenté de lui assener une gifle pour la forme avant de déclarer que j'écrirais chaque fois qu'il serait décidé à parler. J'ai griffonné un mot que mon messager a lu en reculant sa chaise pour éviter le coup suivant. Le travail devait se faire sans témoins, dans notre cellule, moi assis sur mon lit et lui allongé sur le sien, ce qui, je me suis bien gardé de l'écrire, s'apparentait de manière comique à un rendez-vous chez un thérapeute. C'était la première d'une longue suite d'erreurs de ma part : avoir considéré tout cela comme une parodie, un jeu, avoir mésestimé ce que ce travail représentait pour lui, avoir pris Anton pour ce qu'il n'était pas : un abruti. Nous avons commencé un lundi d'août et, sans savoir qu'à cette date j'allais peut-être creuser ma tombe avant que mon compagnon de cellule ne décide de me démembrer et de mettre le feu à mon cadavre, j'ai avancé sur ce chemin périlleux que j'avais moi-même tracé. Car, bien sûr, il n'était pas question d'écrire un seul mot le concernant.

Un individu adulte doit-il nécessairement céder aux injonctions de sa mère sous prétexte qu'elle finance tout ce qu'il mange, ce qu'il porte, ses loisirs, ses sorties et jusqu'au toit qui abrite sa tête ? La réponse était oui. J'étais prisonnier, éternel enfant aux crochets de mes parents puisque mes cours ne m'auraient jamais permis de maintenir le train de vie auquel ils m'avaient habitué. Raisonnablement j'aurais dû obéir, il y avait tant de femmes de mon âge sur Terre, mais je ne savais pas être raisonnable. Je n'en avais jamais eu l'utilité, alors pourquoi essayer ? Je ne ressentais que le besoin urgent de tromper l'ennui, de trouver quelque chose qui rendrait à nouveau mes journées moins mornes, qui donnerait du sens à ma brève existence d'écrivain. Je pensais avoir droit à tout, qu'il n'y avait pas de raison valable de se restreindre puisque personne n'avait l'air de le faire. J'ai donné rendez-vous à Lexie dans un hôtel discret, à mi-chemin entre chez elle et chez moi. Un hôtel dans lequel un billet glissé au réceptionniste vous permettait d'éviter certaines questions délicates. C'était un mercredi après-midi, j'avais laissé ma voiture et pris les transports en commun dans un léger accès de paranoïa, au cas où ma mère aurait fait équiper mon véhicule d'un GPS pour suivre mes moindres faits et gestes. Pour la même raison, j'avais acheté un téléphone jetable et laissé le mien en évidence sur mon bureau. Je suis arrivé en avance, j'ai tiré les doubles rideaux, plongeant la chambre dans une quasi-obscurité. Je ressentais curieusement une angoisse de débutant alors que je n'étais pas novice en matière de perversion. Je n'étais plus assez jeune pour ne pas voir le mal où il était, pas assez vieux pour me savoir suffisamment coupable pour tout arrêter. On a frappé deux coups brefs et un coup long à la porte, c'était le code puéril que j'avais proposé. J'aurais pu ne pas bouger, les laisser repartir comme elles étaient venues avec leurs douces idées d'adolescentes. Je savais que tout cela n'avait aucun sens, mais j'ai ouvert en grand, j'ai laissé entrer tout ce qui devait déferler sur moi, la beauté et la laideur, pas tout à fait à parts égales.

Au début j'ai réellement écouté Anton parce que ça me rappelait un peu ma vie d'avant, quand je me postais au comptoir d'un bar à cocktails en tendant l'oreille pour saisir ces petits morceaux de vie, la drague, les ruptures, les analyses de fin de nuit sur le sens de la vie, les mensonges surtout. Ces mensonges que les adultes sont capables de formuler autant à l'adresse des autres que pour eux-mêmes. Je vais arrêter de boire. J'aime ma femme plus que tout. Je vais écrire un grand roman. Tout est déjà dans ma tête. C'étaient des petites phrases murmurées ou lancées à la volée, des choses graves ou futiles et j'avais l'impression qu'il me suffisait de tendre les bras pour attraper ce petit bois et m'en servir pour rallumer la flamme. Je prenais des notes, persuadé de tenir enfin quelque chose et au petit matin je contemplais ces gribouillis informes, aussi informes que les récits que j'avais entendus comme si, privés de ceux qui les avaient formulés, ces propos n'avaient plus aucun sens. Ici, c'est une autre histoire qui se raconte, sans alcool pour délier les langues. Anton a commencé méthodiquement par le commencement, sa naissance, ses parents et même avant sa naissance, ses aïeux et la fameuse grand-mère russe. J'ai griffonné des mots sur mon carnet, des dessins, des lettres de l'alphabet cyrillique, des étoiles rouges avec en leur centre un Staline grimaçant sous sa moustache. J'ai toujours eu un bon coup de crayon. De temps en temps, je tendais l'oreille pour l'écouter raconter de son débit monocorde l'enfance sans argent, les coups de ceinture paternels pour l'endurcir, méthode dont il considérait qu'elle avait porté ses fruits sans avoir l'air de se rappeler où elle l'avait mené. De temps en temps il me disait *tu suis ?* et je laissais pendre mon bras avec le pouce levé. Ma position en hauteur était parfaite pour dissimuler mes dessins, mais en contemplant mon carnet au bout de quelques jours, un frisson m'a parcouru l'échine. Si Anton se mettait à regarder mon cahier il n'y verrait rien qui ressemble de près ou de loin à un récit. Je jouais avec le feu et bien qu'absolument certain de mériter le brasier final, je n'étais pas pressé d'y rôtir. Il fallait noter quelque chose, mais quoi ? Le simple fait d'écrire, quel que soit le sujet, de faire se suivre des mots échappés de mon cerveau, de contempler ces lignes noircies m'angoissait. Depuis combien de temps n'avais-je plus écrit ? J'ai commencé par tracer les lettres de l'alphabet, lettres liées et majuscules, l'une après l'autre jusqu'au *L*, le *L* de Lexie, celui de Lisa et celui de Leo, à croire que tout se résumait à cela, à l'initiale de trois prénoms qui avaient tout bouleversé.

C'était bien sûr Lisa que Lexie avait ramenée avec elle pour cette expérience multiple, la Lisa des ateliers d'écriture. Elle était bien plus calée sur la vie que sa copine. Elle avait vite compris ce qui se passait entre Lexie et moi. J'ignorais si elle en avait éprouvé de la jalousie ou de l'envie, tout ce que je savais c'est qu'elle comptait bien rattraper le temps perdu, et pour cela elle avait une longueur d'avance. Les rideaux tirés, la chambre à peine éclairée par une petite lampe de chevet posée au sol, je ne savais plus à qui j'avais affaire. À la Lexie appliquée qui voulait bien faire succédait une furie qui me griffait, me mordait, me malmenait comme si j'étais un ballot de linge. Lisa avait pris les commandes et cela me convenait parce que, à bien y réfléchir, j'avais toujours été pris en main par une femme, qu'elle ait quinze ans ou cinquante-cinq n'y changeait rien. L'idée m'a traversé l'esprit qu'elle puisse être du même bois que ma mère, qu'elle ait déjà compris que les individus de mon sexe sont trop faibles pour se débrouiller seuls. Lexie était tendre,

Lisa rectifiait le tir, elle distribuait les rôles, décidait qui faisait quoi dans notre trio d'adolescents car je me comportais comme tel, refusant de saisir la portée de mes actes et, ainsi que le noterait par la suite l'expert désigné par le tribunal, comment prétendre à la rédemption quand on ne voit même pas où est la faute ? J'ai profité de ces après-midi, je les ai empilés en autant de souvenirs brumeux de la période la plus obscure de ma vie et puis j'ai tout démonté en sens inverse, pièce par pièce, sur injonction du juge. Ils attendaient mon mea culpa, ils voulaient m'entendre dire qu'il ne s'agissait pas d'un jeu, que j'étais le seul adulte responsable dans cette pièce, que je n'avais aucune excuse, même pas celle d'avoir voulu arrêter le temps, d'avoir voulu rester un jeune homme. Je me moquais bien alors du montant des chèques que mes parents avaient dû signer pour indemniser mes victimes. Il me semblait encore que le prix le plus élevé de toute cette histoire c'était de renoncer à ce que j'étais, d'abandonner mon patronyme, ma vie dorée et de disparaître à la vue de tous, enterré dans un coin perdu. Évidemment, je n'avais rien compris. Même dans les coins perdus la vie vous joue des tours et rebat les cartes pour finalement toujours abattre une paire, Lexie et Lisa, Leo et Emmy, et vous laisser le choix de changer la donne, de reprendre votre vie en main et de faire peut-être enfin quelque chose de bien.

J'écris sous la dictée. Pas celle d'Anton dont je ne distingue même plus la voix, mais celle de ma mémoire. Ma thérapeute serait satisfaite, j'écris ce que je n'ai jamais pu formuler. Comme la première impulsion du skieur qui se lance sur la piste, Lexie avait enclenché le processus de fin. Elle avait commencé à bouder, à se tenir à l'écart puis à quitter notre lit. Assise sur un fauteuil, les bras passés autour de ses genoux, elle nous observait, Lisa et moi, en pleine expérimentation des limites d'un corps souple s'agissant du sien, plus raide me concernant. Si je n'avais pas été aussi immature, j'aurais perçu son chagrin, j'aurais eu assez de présence d'esprit pour m'inquiéter de ce que peut faire un cœur trahi. J'aurais eu un peu de compassion tout simplement. Elle continuait à venir, avec des cernes de grande fille sous les yeux mais je ne voulais rien voir, je ne voulais être responsable de personne. Et puis un jour elle n'est pas venue et le tête-à-tête avec Lisa m'a paru incongru. Elle semblait contente de m'avoir pour elle seule mais soudain tout était redevenu terne. Comme rien ne m'arrêtait, je lui ai demandé pendant qu'elle se rhabillait si elle n'avait pas une autre amie que nos après-midi récréatifs pourraient intéresser. Lisa n'a pas dit oui, pas dit non, elle m'a jeté un regard sans indulgence. Même une gamine de quinze ans n'était pas dupe. Elle est venue seule le mercredi suivant et, sans aucune honte, j'ai renouvelé ma question. Une autre partenaire ça devait bien se trouver non ? Je raisonnais comme si elles étaient toutes interchangeables, comme si à un corps d'adolescente pouvait se substituer un autre corps d'adolescente. Avant de partir, Lisa a juste répondu qu'elle tenterait de convaincre Lexie de revenir et j'étais presque déçu de cette éventualité, convaincu d'avoir fait le tour de la question. Leur conversation a eu l'effet inverse. Les événements se sont enchaînés si vite. Dès le week-end suivant, Lexie a tout avoué à ses parents. Lisa a d'abord nié puis affirmé que nous avions une liaison sérieuse. Leur récit s'est fait plus précis à mesure qu'elles ont perçu l'intérêt des adultes, policiers attentifs, parents pleurant l'innocence perdue en faisant semblant d'ignorer qu'elle avait disparu depuis longtemps. Elles ont tout déballé, le grand bazar et les petits détails, et comment leur en vouloir ? J'étais allé si loin qu'il fallait que quelqu'un me stoppe dans mon élan – sans quoi, qui sait jusqu'où je serais allé ? Je n'ai revu Lexie qu'une fois dans le bureau du juge. Le dos droit, les cheveux attachés dans la nuque, le regard fixé sur l'anneau en argent que je lui avais offert et qu'elle faisait tourner inlassablement autour de son doigt. Elle paraissait plus âgée maintenant que je l'avais précipitée dans l'âge adulte, exposée à la lumière âpre d'un monde d'hommes où les choses se prennent et se laissent sans s'appesantir. C'étaient les règles du jeu, j'avais juste oublié qu'elle ne les connaissait pas.

Un an après ma damnation, il a été décidé que le purgatoire était peut-être à ma portée. J'avais reconnu ma culpabilité. En échange de sommes importantes j'avais évité, grâce à ma mère et à ses avocats, un procès public et un long séjour en prison. Mais il restait des images pour n'importe quel citoyen ayant accès à un écran. Moi essayant de me cacher le visage à la sortie du tribunal, moi me bouchant les oreilles pour ne pas entendre les questions des journalistes, moi baissant la tête pour ne pas voir le mépris des autres. Ma mère tenait la barre, royale et digne. Même dans ce domaine, elle m'était largement supérieure. Elle avait eu un mot pour mes deux victimes, elle avait exprimé son incompréhension et plaidé le pas de côté, l'erreur de jugement. J'avais trente ans passés, elle me tirait l'oreille comme à un vulgaire gamin et je n'avais rien à objecter, sauf qu'elle avait entièrement tort : j'étais pourri de l'intérieur. Petit à petit, j'étais revenu à la réalité comme un soldat s'extirpant d'une tranchée et j'avais découvert l'étendue des dégâts. En plus du fait que leurs noms à elles avaient été révélés et que par ma faute elles se trouvaient exposées en plein jour, mon nom était devenu une injure. Mon nouvel éditeur avait exigé le remboursement de l'avance consentie pour un livre dont je n'avais pas écrit une ligne, mon unique succès avait été retiré des rayonnages des bibliothèques et mon père passait ses journées enfermé dans son bureau. J'étais désormais l'indésirable, celui par qui le scandale arrive. J'ai vécu caché dans un appartement qui appartenait à ma mère et dont l'adresse était plus discrète que le mien. Je ne sortais que la nuit, parcourant les rues de cette ville dont je croyais naïvement qu'elle m'avait aimé, contemplant les façades des bars, des restaurants que j'avais fréquentés quand j'avais encore une vie. J'observais les noctambules, les groupes d'amis en me demandant ce qu'étaient devenus les miens, ce qu'étaient devenus tous les gens que j'avais croisés et à qui j'avais accordé si peu d'attention. Je me souvenais à peine des visages, parfois des noms, je ne savais plus si ces relations humaines avaient existé, si j'avais été autre chose qu'un fils dérivant volontairement pour voir à quel point la corde était longue. Un an d'enfermement dans cet appartement avec injonction de soins, trois fois par semaine avec la thérapeute la plus chère qui puisse exister pour déloger et disséquer ce qui m'avait conduit à ne plus percevoir les limites. Finalement ma mère avait décidé qu'il n'y avait rien de bon à rester là, qu'on ne pardonnait pas à celui qui restait sous votre nez à quémander un regard alors que sa faute clignote comme un feu de signalisation déréglé. Elle m'avait expédié par le premier train qui partait de Grand Central vers sa sœur qui habitait Washington mais était opportunément en Europe pour six mois, ce qui lui épargnerait ma vue. Puis, la vie dans une grande ville lui paraissant encore trop risquée, elle m'avait enterré ici, à Mercy, aux bons soins d'un ami d'enfance proviseur d'un petit lycée, et pour faire quoi ? Enseigner les langues étrangères à des jeunes gens, ce qui paraissait une idée bien saugrenue. Je n'ai pas compris qu'il s'agissait d'un test, qu'elle voulait savoir comment son fils avait tourné, mesurer à quel point il pouvait avoir changé. Et elle ne s'était pas déplacée, pensant que j'étais retombé exactement là où j'étais tombé la première fois, voire plus bas encore. Elle avait à la fois tort et raison. J'ai désiré mais je n'ai pas succombé à la tentation, même si la tentation était là comme toujours, fidèle au poste.

La chaleur s'est calmée, l'air est devenu ce souffle doux et sucré de fin d'été, portant l'odeur des derniers fruits de saison qui tombent au sol et se décomposent. Il n'y a pas d'arbres fruitiers autour de la prison, juste quelques chênes blancs peuplés d'oiseaux qui s'interpellent. Certains se préparent au départ, d'autres resteront avec moi, ils m'accompagneront peut-être dans la tristesse de l'automne, la rudesse de l'hiver, le printemps qui était la saison de Leo et puis cet été au cours duquel j'étais censé l'accompagner dans ce voyage à l'autre bout du monde. Elle paraissait si peu préparée au périple qu'elle voulait accomplir que, sur un coup de tête, je lui avais promis de l'emmener en Italie, de l'aider à chercher des traces de sa mère, comme si je pouvais me le permettre. J'éprouvais un attachement pour cette jeune fille qui avançait seule, le nez dans ses livres, mue par le désir de retrouver la femme qui l'avait abandonnée. J'avais mûri, je me disais que je ne courais aucun risque de rechute, je n'avais pas d'attirance pour elle. Où était le danger ? Quelques semaines après cette promesse je m'étais réveillé en sursaut en réalisant l'évidence. On ne confie pas un magasin de spiritueux à un ancien alcoolique. Je ne pouvais pas partir en tête à tête avec elle. Personne ne m'aurait cru si j'avais dit que j'avais eu pitié de cette adolescente qui voulait fuir cette ville. Comme un avertissement du destin, c'est ce jour-là qu'elle m'a envoyé des photos d'elle, des photos qui lui ressemblaient si peu. J'avais immédiatement supprimé le message comme s'il pouvait me contaminer et dès la fin des cours j'avais pris Leo à part, sans ménagement. C'était la ligne rouge. Pas de ça entre nous, on en resterait là, adieu l'Italie. Je lui donnerais tous les renseignements nécessaires, je lui trouverais des contacts sur place mais ce serait sans moi. Leo avait pleuré, elle ne comprenait pas pourquoi j'avais changé d'avis. Pour comprendre il aurait fallu qu'elle sache ce que j'étais. Hier Anton s'est mis à me parler de son grand amour et j'ai tendu l'oreille. Avec tout le mépris de classe dans lequel j'avais grandi, j'avais oublié que même un homme dans son genre pouvait aimer et j'ai eu envie de lui confier que moi aussi j'avais connu le grand amour, celui dont on parle moins et que le sexe ne vient jamais contrarier. Je me souviens de la première fois que je les ai vues toutes les deux. Elles avançaient côte à côte en ce début d'année scolaire, la brune et celle aux cheveux châtains, leurs chevelures se balançant, hypnotiques, glissant sur leurs épaules, ondulant comme le blé dans la brise. En les voyant pour la première fois, mon cœur a marqué le pas, comme pour me signifier la gravité du moment. Ça valait bien un ajustement de la cadence. J'ai porté la main à ma poitrine et elles sont passées devant moi, elles sont entrées dans la salle de cours, se sont assises l'une à côté de l'autre, on aurait dit un seul corps articulé en deux morceaux. Je suis entré à mon tour, revêtu de mon costume d'enseignant, d'adulte responsable en essayant de rester digne. On ne voyait qu'elles au milieu des autres élèves. Non parce qu'Emmy était particulièrement belle ou que les cheveux de Leo n'avaient pas leur pareil, mais parce qu'elles étaient liées, un regard de l'une suffisait à l'autre, et même ici, à Mercy, sans plus aucune volonté de commettre les mêmes erreurs que dans ma ville natale, je crois bien que c'est moi qui les ai séparées.

Il n'y a pas que les oiseaux qui se préparent à la migration. Le juge est enfin revenu de ses vacances, personne n'avait jugé utile de les interrompre pour moi. Mon avocat m'a annoncé la nouvelle avec l'air gourmand d'un type qui sait que la bataille commence. Je n'ai pas envie de bataille mais je sens bien que l'atmosphère a changé, qu'après cet été suspendu, placé dans un élément qui n'est pas le mien, je pourrais retrouver progressivement ma place. *Vous n'avez pas de raison d'être en détention provisoire*, me dit cet homme que le droit a rendu si sûr de ses convictions. J'ai signé des aveux mais sans témoin, sans preuve que mes droits m'aient été lus et avec la réputation du type qui les a obtenus, ils sont plus que douteux. Que vaut l'aveu d'un homme si personne n'y croit ? L'avocat a brassé les papiers posés devant lui, les formulaires, les attestations de témoins, des feuilles manuscrites, d'autres dactylographiées, des lignes, du vent. Voulez-vous savoir exactement ce dont je suis coupable ? C'est tout ce que j'aurais voulu lui demander mais il n'était pas payé pour écouter mon histoire, seulement pour en proposer une version modifiée, réorientée d'un quart de tour. Audience en urgence, libération avant la fin du mois, retour chez moi. Chez moi, mais où est-ce au juste ? Dans cette ville où Leo n'est plus ? Dans cette ville où Emmy respire encore ? Je jure que j'ai résisté, j'ai tenu bon même si l'une ne venait jamais sans l'autre. À celle qui m'interrogeait sur l'île de sa mère que j'étais le seul de la ville à connaître, je répondais en décrivant les côtes de Sicile, la couleur des pierres dans la lumière du soir, les temples devenus cathédrales, les façades baroques, les pavés polis par les pas, les femmes aussi, comme si elles ne formaient qu'une unique personne. Sa mère, envolée, disparue, un jour ici, le lendemain soustraite à son regard, effacée de la surface de la Terre. J'ai alimenté sa curiosité comme on nourrit un enfant, à grand renfort de livres, de films, de récits, je voulais l'aider à traverser un océan entier pour retrouver ses origines, mener son odyssée l'année de ses dix-huit ans et poser le pied là où sa mère était née. Tout nous séparait, ma famille soudée et la sienne en morceaux, mon aisance financière et sa pauvreté, mon trop-plein de mère et la sienne manquante. Je n'avais rien fait de ma vie et elle voulait tant construire la sienne. C'était peut-être là mon rôle : accompagner ses pas sans arrière-pensée, sans désir qui consume, pour la beauté du geste. Nous discutions pendant des heures, l'été sur les pelouses du lycée, dans un café en hiver, au vu et au su de tout le monde puisque je n'avais rien à cacher. Elle me questionnait en italien, dépliait des cartes, dessinait des parcours avec son doigt. D'où part-on quand on décide de traverser la moitié du globe vers un nouveau continent ? Où part-on quand on laisse son enfant derrière soi ? Je ne ratais pas un rendez-vous, heureux de pouvoir aider, je pensais pouvoir me racheter, je croyais être devenu un autre homme. J'avais abîmé deux adolescentes à New York et, comme en miroir, deux adolescentes m'écoutaient à Mercy. Leo discutait avec moi et Emmy nous regardait sans rien dire, avec juste au fond des prunelles un feu qui se ravivait à chaque battement de cils, un feu qui me pétrifiait quand je croisais son regard parce que j'étais encore capable d'y lire une histoire de désir vieille comme le monde.

Dans notre cellule, Anton a accumulé tout ce qui selon lui peut satisfaire un écrivain. Nourriture industrielle, stylos, cahiers d'écolier avec de grosses lignes pour n'en manquer aucune. J'ignore comment il s'est procuré tout cela mais ces attentions m'angoissent, la peur m'empêche de dormir. Non seulement je n'ai écrit aucune ligne de son histoire mais, après l'amusement des premiers temps, je n'ai pas écouté un traître mot. Impossible de rattraper le temps perdu en brodant sur un récit que je ne connais pas. S'il faut que je sorte d'ici, il faut que je sorte vite, avant que la supercherie ne soit découverte. Mais la prison est un bocal. Tout se sait dans l'heure et pas un mot de ce que mon avocat m'a annoncé n'a été ignoré. Le soir même, Anton m'a coincé contre le montant du lit et je n'ai pas aimé son regard plein d'espérance. *Il faut que t'aies fini d'écrire avant de sortir. J'ai encore des tas de trucs à raconter alors on va s'y mettre jour et nuit. On n'a plus de temps à perdre.* J'ai conservé l'attitude la plus neutre possible mais il commençait à me connaître. *Si t'as pas fini à temps, je trouverai un moyen de te faire rester un peu si tu vois ce que je veux dire.* J'ai ouvert la bouche, je me suis dit qu'en lui expliquant calmement mon histoire il comprendrait. Il recelait peut-être des trésors de compassion, il pourrait m'écouter, il pourrait même me plaindre. Pauvre Benjamin cherchant à expier une faute qu'il n'a pas commise. Tout cela n'est qu'un malentendu, une fausse direction, un jeu d'enfant. J'ai dit que c'était moi mais pouce, le jeu s'arrête. C'était pour rire, pour de faux. J'ai regardé Anton et son regard m'a fait baisser les yeux. Ce type était probablement un meilleur homme que moi, ce n'était pas difficile. Ma vie ici ne tenait à rien. Un cahier tombé sur le sol révélant mes dessins, mes mots jetés dans le désordre et je recevrais le juste châtiment qui attend ceux qui ne savent faire que mentir.

J'aimerais ne pas me souvenir de tout, je voudrais que ma mémoire me joue des tours, qu'elle réinvente l'histoire. Parfois la nuit s'achève et les visages se superposent. Je ne sais plus qui est qui, comme si Lexie avait eu le visage d'Emmy, ce visage trop beau pour son âge. J'ai passé tellement de temps à me consacrer à Leo, à répondre à ses attentes sans inquiétude puisque j'avais appris de mes erreurs, sans prendre garde à Emmy. Elle avançait pourtant en général aguerri, testant toutes les armes en sa possession, les anodines et les létales. Les regards directs, sans ambiguïté, les cheveux qu'on noue et qu'on dénoue, le bouton de chemise qui se défait, son genou contre le mien, sa main prenant la mienne. Je la contemplais en sachant que tout ce qu'elle tentait pour que je cède pouvait marcher mais je ne devais pas capituler. J'en avais fini avec l'ennui, avec le désœuvrement, je pensais savoir où étaient mes limites. On ne peut pas tomber deux fois pour la même faute. Je me contentais de l'observer quand elle ne me regardait pas, j'essayais de trouver le terme exact pour définir la couleur de ses cheveux, je me demandais si en vieillissant son nez changerait et lui ferait perdre cet air mutin, j'essayais de deviner ce que cela ferait d'embrasser l'ourlet de ses lèvres, de glisser ma langue dans sa bouche. À moi l'imaginaire, à des garçons de son âge la réalité. Et en même temps que je luttais pour la maintenir à distance, j'ai lâché Leo comme un dommage collatéral, je l'ai abandonnée, parce qu'il ne devait pas y avoir d'exception, je ne pouvais pas repousser l'une et partir avec l'autre. C'était trop de dangers, trop d'efforts. Tant pis pour les promesses, tant pis pour les rêves. Voilà ce que les adultes responsables sont censés faire : doucher les espoirs adolescents les plus fous parce qu'il faut les habituer à la dureté de la vie. Peut-être étais-je enfin devenu un adulte comme un autre.

Automne

Ma mère est plantée dans l'embrasure de la porte, une main posée sur la hanche, à croire qu'elle va débuter un défilé en maillot de bain. Elle a sa tête de *je ne suis pas contente, vraiment pas contente* qui est moins affreuse que sa tête de *tu ne sais pas à quel point tu me déçois* qu'elle réserve à papa. Elle n'a pas accouché de lui, j'imagine que du coup elle n'est pas obligée de l'aimer tout le temps, alors que moi je suis la chair de sa chair, je suis sortie de son corps et elle a eu une révélation. C'est ce qu'elle rabâche depuis que je suis assez grande pour comprendre ce qu'elle me dit, et encore, quand j'arrive à la suivre. C'est pas une question de débit, c'est une fille du Kentucky elle parle assez lentement, même les vieux arrivent à la comprendre. Non, c'est ce qu'elle dit qui m'échappe des fois. Un spécimen, ma mère. Je pense qu'elle a été rejetée par son peuple d'extraterrestres, elle les a usés et ils l'ont foutue dehors. Tiens, va pourrir la vie de quelqu'un d'autre et surtout ne reviens jamais. Elle a bien bossé depuis. Personne la ramène quand elle est dans les parages parce que Vicky Ellis, c'est un programme en soi, pas besoin d'aller au cinéma. Papa dit qu'il a craqué quand il l'a vue la première fois, elle lui faisait penser à Vicky Vale, mais j'ai eu beau chercher dans sa collection de comics, j'ai pas trop compris le rapport. Donc la Vicky qui me sert de mère est là, plantée à l'entrée de ma chambre avec sa bouche pincée. C'est pas bon ça comme expression, ça va lui faire des rides et après on va en entendre parler matin, midi et soir. Personne a envie de ça, même pas papa, aussi amoureux soit-il. Elle n'est pas contente que j'ai séché les cours depuis une semaine alors que, jusqu'à ce que le lycée appelle, elle ne s'était rendu compte de rien, c'est dire l'écart entre le discours de la mère parfaite et la réalité. Et qu'est-ce que je vais devenir si je ne vais plus en cours, si j'arrête ma scolarité ? Aucune université ne m'acceptera ; est-ce que je veux avoir le même destin que les gamines de Mercy, mariée à vingt ans et mère à vingt-deux ? Est-ce que c'est ça que je veux, vraiment ? Je ne dis rien mais j'ai bien envie de rigoler. Elle a arrêté l'école à seize ans et à dix-huit elle défilait déjà en maillot. Vierge mais en bikini devant des vieux dégoûtants sûrement capables de deviner son tour de hanches et la profondeur de ses bonnets en un coup d'œil. Elle dit que c'est justement parce qu'elle n'a pas fait d'études qu'elle veut autre chose pour moi. Je n'arrive pas à savoir quoi mais je ne marcherai pas dans ses traces d'escarpins, pas de carrière de miss pour moi, j'ai hérité de la taille de papa, je suis trop petite. Je vois bien que c'est un motif de déception pour elle. Quand elle dit aux gens combien je mesure, elle le fait sur le ton de la confidence en se penchant vers eux comme si c'était un secret honteux. Ça me fait marrer parce que de toute façon je ne veux pas d'une vie de potiche. Donc oui, je suis pas allée en cours mais ça veut pas dire que j'y retournerai jamais. J'ai aucune envie de passer le restant de mes jours ici, plutôt crever. Je suis pas allée au lycée parce que j'avais une excuse en or pour sécher les cours, une excuse qui tient en un mot qui cloue le bec de tout le monde alors pourquoi se priver ? Leo. Voilà, il suffit que je dise Leo pour que les gens ferment leur clapet et prennent un air désolé. Leo, Leo, Leo, Leo. Qu'est-ce qu'ils peuvent répondre à ça ? Je tourne la tête vers ma mère dans un mouvement cinématographique si souvent répété devant ma glace, mes cheveux déferlent sur mes épaules comme s'ils voulaient me cacher, mes yeux sont humides, deux larmes coulent déjà le long de mes joues, me voilà dans mon rôle. Maman, je peux pas y aller sans elle, c'est trop dur. Elle me regarde sans qu'aucune expression passe sur son masque de cire, je crois que le docteur Morris y est pas allé de main morte avec les injections. Elle soupire, elle n'est pas loin de la saturation mais elle ne peut rien faire pour régler ce problème. Leo n'est plus là et elle n'a rien à répondre à ça.

En septembre, j'avais manqué la première semaine de cours. J'avais aucune envie d'y retourner et de retrouver les mêmes têtes, rentrée après rentrée, depuis le jardin d'enfants. Certains ont changé, ils sont moins laids que quand ils étaient petits et parfois c'est le contraire. La puberté rebat les cartes il paraît. Dans tous les cas, même avec des seins et des fesses qui apparaissent de nulle part, des biceps qui triplent de volume, même en ayant l'air de futurs adultes, ce sont déjà des vieux sans ambition. C'est carrément à vomir. Parfois à la fin de l'été on découvre qu'un vilain petit canard s'est transformé en beau gosse ténébreux mais on me la fait pas. Quand on a été moche petit, on reste toute sa vie un gamin maigrichon ou obèse. Il y a des trucs qui se réparent pas je crois. J'ai raté la première semaine parce que j'avais pas envie de les voir, parce qu'arpenter ce lycée même pour la dernière année c'était un peu comme enfiler les mêmes vêtements tous les jours sans exception. À quoi bon s'habiller alors ? Je l'ai ratée aussi parce qu'arriver une semaine après les autres c'était la garantie d'être inratable, la star du jour, même si franchement j'avais pas besoin de ça. Ils guettaient ma tête, ils m'avaient pas vue de l'été, j'étais loin, en Californie et après au Mexique, mon père avait payé toutes les vacances que je voulais sans broncher. Mes parents ne pouvaient rien me refuser après ce qui s'était passé. Je suis arrivée juste avant la sonnerie pour que l'information circule pendant les cours, de classe en classe. J'avais mis les plus grandes lunettes de soleil de ma mère pour cacher mes yeux et je suis entrée dans le hall du lycée comme un chat, pattes de velours, accrochez-vous, je suis de retour. Ils sont restés les bras ballants, ils formaient presque une haie d'honneur. Emmy souffre mais reste classe même dans le chagrin. Et là, qu'est-ce qui m'attendait au bout du hall dans le plus grand format que le seul photographe en ville ait réussi à sortir ? Le portrait de Leo avec un ruban noir collé en diagonale dans un coin et des lys blancs à moitié fanés dans un vase. Leo qui me regarde comme le ferait la Joconde parce que personne ne savait lire son regard, à part moi. Je contemple la Leo de papier, même avec mes lunettes sur le nez elle est vivante et je sais ce qu'elle pense, je pourrais presque l'entendre me le dire. Alors j'ai fait demi-tour parce qu'il n'y avait pas assez de place pour nous deux le même jour.

J'ai fini par sortir de ma chambre. On n'est qu'en octobre mais l'été a été si chaud que les feuilles des arbres sont recroquevillées sur elles-mêmes, elles font un bruit de papier froissé quand elles tombent sur le sol. Autant dire que les parterres de ma mère font désordre. Sa pelouse est vert tendre, elle a veillé à ce que le jardinier l'arrose comme si sa vie en dépendait et, puisqu'il n'a pas de papiers, d'une certaine manière c'est vraiment le cas. Je descends dans le salon, on est lundi, il est 11 heures et mon père est assis dans son fauteuil préféré face à la fenêtre. Il n'est pas au boulot, donc maintenant on sèche tous les deux. D'où je suis, je ne vois que son bras gauche toujours bronzé, sa montre suisse, sa main posée à plat sur l'accoudoir et le haut de sa tête. C'est fou à quelle vitesse il perd ses cheveux. Maman veut que le docteur Morris lui pose des implants, elle a pris rendez-vous trois fois et à chaque fois il n'y est pas allé. Elle dit qu'elle ne va pas supporter de vivre avec un chauve, que c'est trop déprimant. Ça va papa ? *Ça va Emmy.* Tu ne travailles pas aujourd'hui ? *Je n'ai pas trop envie, je vais rester là je crois.* Il se penche en avant, le regard rivé sur la pelouse. *As-tu vu cette mésange ? Elle est là tous les jours à la même heure et au même endroit, tu devrais venir voir ça.* OK pour la mésange papa, mais la banque va pas tourner sans toi. Il ne me répond pas, je l'entends juste pousser un soupir. Je pourrais rester avec lui, je pourrais lui dire que je comprends sa peine mais je n'ai pas le temps. Pas le temps pour les mésanges, pour les fauteuils à accoudoir, j'ai des choses à faire, j'ai un monde à mener.

Je suis retournée en cours, j'ai rattrapé les leçons que j'avais ratées et qu'on m'avait gentiment photocopiées. On va pas laisser Emmy Ellis en rade. Un élève dont j'ai oublié le nom m'a tendu un paquet de feuilles agrafées avec code couleur par matière au cas où le chagrin m'aurait fait perdre tout sens commun. C'est un deuil que j'ai vécu, pas une tumeur au cerveau. J'ai parlé à cinq ou six personnes, surtout des garçons, allez savoir pourquoi, les filles m'évitent. J'ai parlé aussi au proviseur, ce petit bonhomme à nœud papillon qui se tient toujours à distance comme si j'allais l'accuser de harcèlement sexuel. Il me sort un discours du même genre que ma mère, avec mes notes, j'ai ma place dans les meilleures universités, il ne faut pas que je laisse le chagrin m'aveugler, Leo n'aurait pas voulu ça. T'as rien compris mon vieux, t'as même pas idée de ce que Leo voulait pour moi. Je lui ai fait un petit sourire, genre vous inquiétez pas, j'ai le cœur brisé mais je vais m'en remettre. Ces foutus adultes ne comprennent rien à rien. Je suis rentrée à pied en traversant cette ville qui me donne envie de vomir. Je suis passée devant le marchand de journaux qui me regardait toujours bizarrement quand j'étais petite et que j'allais acheter le journal de papa. Le type venait se coller contre moi, il posait la main sur mon épaule et se penchait pour attraper le journal de manière que je sente le poids de son corps sur le mien. Qu'est-ce qu'il y a en vitrine ce jour-là, à la une de la feuille de chou locale ? Une photo de lui qui doit dater d'un bon moment, sur laquelle il avait son putain d'air charmeur et sa mèche qui lui tombait dans les yeux. Je suis entrée, j'ai pris le journal, j'ai lu l'article, un codétenu lui a filé deux coups de couteau sans aucune explication, il l'a pas raté, il est à l'hôpital entre la vie et la mort. Ça s'appelle le destin où je m'y connais pas. J'ai reposé le journal, j'ai fait un doigt d'honneur au buraliste pour la forme et je suis sortie. Le soleil m'a cueillie, il faisait sacrément beau pour un début d'automne. Ça m'atteint pas. Je veux que plus rien m'atteigne.

Je connais Leo depuis que je suis toute petite et peut-être même que c'est la première personne que j'ai rencontrée, en tout cas le premier enfant. On était filles uniques toutes les deux alors autant dire qu'on occupait toute la place pour nos parents. À l'époque des premiers jeux son père avait encore son garage, je m'en souviens parce qu'il avait le côté des ongles noirci malgré le savon et qu'il sentait un peu le cambouis. Il devait bien gagner sa vie pour que ma mère ait accepté de le fréquenter ou alors c'était l'exotisme d'avoir une femme aussi unique dans son genre que la sienne. Sur les quelques photos que j'ai retrouvées, ils ont de l'allure tous les quatre. D'un côté mes parents, sportifs et bronzés, de l'autre Seth et sa femme, elle avec ses cheveux noirs et lui avec ses grands yeux verts et son visage taillé au couteau, une vraie gueule de mâle américain. Je sais pas dans quelles circonstances bizarres ils se sont rencontrés et sont devenus amis, tout ce que je sais c'est que dans mes premiers souvenirs d'enfant Leo était déjà là à côté de moi en train de manger sa compote, taper la tête de mes poupées sur le sol ou essayer d'arracher ma barrette en tirant sur mes cheveux. J'ai bien dû lui rendre la pareille. Nos parents nous ont traînées partout avec une baby-sitter qui nous surveillait vaguement pendant qu'ils se baignaient dans le fleuve ou jouaient au bowling. Toujours les mêmes équipes, Vicky avec Seth parce qu'elle avait compris qu'il était super fort et mon père avec Livia qui jouait comme un manche. À croire qu'il n'y a pas de bowling en Italie. On fêtait tous les anniversaires, le 4 Juillet, l'arrivée du printemps, Thanksgiving, la nouvelle voiture de Seth, la nomination de papa à la tête du réseau local de la banque, même si en fait la banque appartenait à sa famille et qu'il avait pas beaucoup de mérite. On fêtait tout et n'importe quoi. Même si officiellement nous étions leurs petites filles adorées et qu'ils nous exhibaient comme des trophées, nous n'étions que les spectatrices de leurs jeux de grands, de leurs jeux de rôle en fait parce que les adultes jouent toujours un rôle. Peut-être que c'est pour rendre la vie plus supportable, sinon ils se tireraient tous une balle. On était tellement habituées à être l'une avec l'autre que je croyais qu'on faisait partie de la même famille. Ça m'a fait bizarre le premier jour à l'école quand j'ai compris qu'on ne portait pas le même nom. Nous n'étions pas sœurs et pourtant nous étions si proches que personne ne pouvait se glisser entre nous. Qu'est-ce qui reste de tout ça aujourd'hui ? Que dalle. Il ne reste rien et ça, c'est une sacrée leçon.

Ma mère est collée au téléphone depuis une heure avec une de ces bonnes femmes de je ne sais quel club débile. Elle a beau prétendre le contraire, elle n'a pas d'amies. Zéro pointé. Elle a fait le tri en éliminant les femmes trop jolies et en ne fréquentant que les vieilles, les moches et les grosses, aucun risque de concurrence. Elle a enlevé le fauteuil de papa qui a fini par retourner travailler. Le fauteuil s'était avachi d'après elle et puis ça rime à quoi qu'il soit collé à la vitre ? Ça sert à quoi de payer une fortune un truc pareil pour qu'on n'en voie que le dossier ? À la place elle a installé une nouvelle console en bois verni, façon Empire dit-elle, comme si elle s'y connaissait en mobilier français. Je bois mon Cherry Coke assise sur le plan de travail de la cuisine parce qu'elle déteste ça. C'est pas hygiénique, Dieu sait où a traîné mon jean. Je sens au ton de sa voix que les nouvelles l'excitent. Forcément il s'agit de Benjamin. Je l'entends dire à son interlocutrice que tout ça c'est dingue, qu'il devait sortir de prison parce que la procédure n'avait pas été respectée. Elle se croit obligée d'ajouter que ça n'en fait pas un innocent pour autant, qu'on sait bien de quoi il est coupable et si vraiment ce n'est pas lui qui a tué Leo, il a quand même des choses à se reprocher. J'aspire le fond de mon Coca en faisant un maximum de bruit pour l'énerver. Elle me fait les gros yeux et me tourne le dos comme si ça pouvait m'empêcher d'entendre sa conversation. On ne sait même pas pourquoi le codétenu l'a poignardé. On ne sait même pas si Benjamin va s'en sortir, personne n'est devin. Je ne sais pas si ça me rend triste. Je ne crois pas qu'il mérite mes larmes.

Leo à sept ans, ça n'était pas la Leo de ses dix-sept. C'était elle qui dirigeait les opérations et je me laissais faire. C'était elle la fille unique avec sa tignasse noire et ses yeux tellement sombres qu'elle prétendait être une sorcière. Moi, j'avais encore des cheveux de bébé que ma mère lavait à la camomille en espérant qu'ils ne foncent pas. J'étais blonde, pâlotte et malade pour un rien. Leo avait pris le pouvoir ou bien je le lui avais laissé, c'est difficile à dire après toutes ces années. J'étais impressionnée par cette fille qui disait qu'elle connaissait des sorts et rembarrait les garçons en sortant tous les gros mots qu'elle avait entendus dans le garage de son père. Niveau gros mots, Seth en connaissait un rayon. Et comme la probabilité pour qu'une pièce de monnaie lancée en l'air tombe sur la tranche est infime, nos rôles se sont ensuite inversés sans jamais s'équilibrer. Tout est une question de pouvoir, dit ma mère, et pour une fois elle a raison. On court après et quand on l'a, on doit se battre pour plus le lâcher. Leo a abandonné le sien sans rien faire pour le garder, c'est un peu comme si elle m'avait tendu les clés d'une voiture de course en me disant *tiens, prends-la, j'en veux plus. J'ai suffisamment joué avec. À ton tour de faire rugir le moteur*. C'était une drôle de victoire parce qu'au fond de moi j'avais envie de mener le jeu, mais j'aurais voulu gagner ma place parce que j'étais la plus forte et je l'avais eue seulement parce qu'elle avait décidé de me la laisser. C'était Leo, tout juste huit ans et elle n'avait déjà plus envie de décider ce qu'on faisait, quand on le ferait et avec qui. J'ai pris sa place et franchement je n'attendais que ça depuis cette nuit d'hiver. Elle m'a laissée lui faire subir ce qu'elle m'avait fait subir. À l'époque ce n'était pas méchant. Elle devait croire que c'était ça l'amitié, souffrir ou faire souffrir alors que c'est juste la vie en fait.

La shérif s'est pointée au lycée, elle a interrogé presque tous les élèves de dernière année en présence du proviseur pour éviter que les parents râlent. Je sais pas ce qu'elle cherche exactement, elle a juste dit qu'elle voulait en apprendre un peu plus sur Leo. Autant parler dans le vent. Les autres la connaissaient pas, ils la regardaient à peine. Quand son père a tout perdu elle a rejoint le bataillon des pauvres. Parce que ça, pour être pauvres, ils étaient pauvres. Seth avait pas perdu que son entreprise, il avait perdu tout ce qu'il avait, à croire que rien ne dure jamais. Presque jusqu'à la fin on a continué à aller en cours ensemble. Sur le chemin on parlait de vieux trucs, même pas de musique ou de films parce qu'elle n'avait pas la télé et que son vieil ordinateur ramait comme s'il avait notre âge. On parlait des autres élèves qu'on connaissait depuis toujours, on parlait parfois de nos parents mais surtout de là où on irait quand on pourrait enfin partir d'ici. Je lui parlais de plus en plus des hommes avec qui j'avais couché en rajoutant des détails parce que je pensais qu'elle l'avait toujours pas fait. C'était pas difficile de me faire mousser et je voyais qu'elle aimait pas trop ce genre de sujets. Alors pourquoi se priver d'appuyer là où ça fait mal ? On discutait jusqu'à la porte de la classe et là nos chemins se séparaient. On entrait ensemble mais on s'asseyait plus à côté l'une de l'autre. J'ai un rang à tenir et c'est moi qui distribue les bons points. Toi tu peux t'asseoir à côté de moi aujourd'hui, toi non, tu m'as déçue. La tête qu'ils font à ce moment-là. À seize ou dix-sept ans, ils n'ont déjà aucun amour-propre. Évidemment Leo n'aimait pas ce jeu-là, elle trouvait que c'était un peu sadique mais on s'amuse comme on peut dans un trou pareil. Le seul cours où nous étions assises à la même table c'était le cours de français de Benjamin. On arrivait ensemble, on répondait ensemble, on repartait ensemble et je voyais bien que dans sa tête à lui il se passait plein de trucs. Un type pareil ça n'atterrit pas ici sans une bonne raison. Ça a piqué ma curiosité, c'était un beau challenge et les challenges ça me connaît, voilà un des rares trucs que je tiens de ma mère. C'est pas si difficile de faire craquer un homme, on devrait même apprendre ça à toutes les filles. Maman maîtrise le truc, elle a eu papa comme ça alors qu'elle avait juste un tour de poitrine inversement proportionnel au niveau de son compte en banque. *Il faut être pragmatique ma chérie. On ne perd pas son temps avec un type qui n'a même pas de quoi vous payer un bon restaurant.* Elle me dit que tout ce qui intéresse les hommes c'est mon physique *alors sers-t'en*. Bonjour la modernité. Personne ne décidera pour moi, certainement pas un type qui bave devant moi comme devant un bout de viande. Benjamin ne nous regardait pas de cette manière. Dès le premier cours, Leo lui avait demandé s'il parlait italien, il avait dit oui et elle lui avait demandé s'il pouvait l'aider à se perfectionner, lui recommander des livres ou des trucs pour la faire progresser. Venant d'une Leo qui parlait de moins en moins ça m'avait étonnée mais j'avais trouvé ça pratique parce qu'il me plaisait bien ce prof qui ne ressemblait pas aux autres. C'est facile de faire craquer un homme mais parfois ça marche pas comme on veut parce qu'on n'a pas toutes les cartes en main pour maîtriser le jeu. Qu'est-ce qu'il y a gagné ? Deux coups de couteau. Et qu'est-ce que j'ai appris ? Qu'on ne m'y reprendra plus.

Ses parents et les miens ne se sont pas quittés d'une semelle pendant presque dix ans et puis ils ont cessé de se voir du jour au lendemain. Le samedi dîner à la maison, le dimanche tous alignés sagement à l'office et puis le lundi, plus une seule allusion, contact sectionné. *Basta* comme disait la mère de Leo. En guise d'explications à une gamine de huit ans, maman a dit que Seth n'avait pas mesuré ses responsabilités, qu'il n'avait pas saisi le travail de papa. Sur le moment évidemment j'ai rien compris à part que Seth et Livia ne viendraient plus chez nous, qu'on n'irait plus chez eux et qu'ils allaient même laisser leur jolie maison à deux rues de la nôtre pour s'installer près du fleuve dans une sorte de cabane avec une façade recouverte de bois. Leo n'avait plus le droit de venir à la maison parce que Seth le lui avait interdit mais je pouvais toujours aller chez elle, du moins en théorie. Quand Seth croisait ma mère en ville, il changeait de trottoir, ils se saluaient même plus. C'est à ce moment-là que Leo a lâché son rôle de meneuse et que j'ai pris le pouvoir. De toute façon, on a jamais vu quelqu'un de pauvre expliquer la marche du monde à un plus riche, même chez les gosses. C'était ce qui s'était passé. Avec la crise des prêts hypothécaires, Seth avait perdu son garage et sa maison, il pouvait plus rembourser les traites auprès de la banque de papa. Il avait tout perdu, nous n'avions rien perdu et plus rien ne liait ces deux couples à part deux gamines qui ne comprenaient rien à rien, du moins en ce qui concernait Leo. Parce que moi j'avais compris quelque chose que je n'aurais jamais dû comprendre et évidemment aucun adulte ne s'en est jamais soucié.

J'arrivais pas à me sortir Benjamin de la tête. Il n'y avait qu'un type comme lui en ville avec son allure et ses tenues cool. Forcément ma mère lui avait fait son numéro de charme mais ça n'avait pas marché, une ancienne Miss Kentucky c'était clairement pas son truc. Avec ses cheveux blond platine et ses tailleurs pastel, elle ressemble plus à une bonne femme qui essaierait de vous fourguer une maison qu'à une intellectuelle new-yorkaise. Il faisait semblant d'être intéressé quand elle lui parlait mais il avait le regard qui fuyait, il était pas vraiment là. Et c'est vrai que je me suis demandé quel Benjamin était devant nous. Celui dont j'avais découvert qu'il avait couché avec des adolescentes ou celui qui avait l'air de s'être racheté une conscience en donnant des cours à des lycéens débiles. J'accompagnais Leo à chaque fois qu'elle bossait son italien avec lui, elle s'en moquait que je sois avec eux, elle était trop occupée à essayer de maîtriser cette langue que sa mère lui parlait quand elle était petite. Moi, je faisais semblant de m'intéresser à tout ça en sortant mon jeu spécial *homme qui en vaut la peine*. C'était pas le meilleur basketteur du lycée, ni le beau gosse mollasson de notre classe, c'était un homme mûr, avec un corps d'homme, des mains d'homme et je voulais qu'il fasse de moi autre chose qu'une adolescente. J'ai tenté tout ce que j'avais déjà essayé avec les autres, les chemises qui s'entrouvrent, les regards d'ingénue mais il avait sûrement connu tout ça, il fallait que je trouve autre chose. Et puis, il y avait toujours Leo entre nous, Leo qui de temps en temps levait le nez de son carnet de notes et m'observait en fronçant les sourcils, façon de dire *je vois clair dans ton jeu, je ne suis pas dupe*. Ce n'était pas comme si j'essayais de me cacher. Je le voulais tout simplement. La brûlure dans le bas de mon ventre quand je le voyais, cette sensation de sang qui affluait vers mon sexe, ça me submergeait. Il me fallait ce type. Je n'avais pas besoin qu'il m'aime, je voulais juste l'avoir et m'en souvenir toute ma vie comme mon premier trophée de valeur. C'est ce que les hommes font, et en amour je veux être un homme. Je veux prendre, je veux laisser et tant pis si après moi il ne reste que des miettes.

Faut pas croire que Seth s'est laissé dépouiller sans protester. Il est venu plusieurs fois à la maison pour demander l'aide de papa, pour obtenir des délais de paiement, un étalement de ses dettes, des trucs dans ce genre. Il venait avec Leo qui grimpait me retrouver à l'étage et on s'installait en haut de l'escalier pour écouter ces conversations d'adultes auxquelles on ne comprenait rien. La dernière fois qu'il est passé on a entendu des bruits bizarres, on aurait dit un animal pris au piège qui gratte pour sortir de sa prison. C'était Seth qui pleurait et ni Leo ni moi ne l'avions jamais vu pleurer. Leo a ouvert de grands yeux et moi je suis descendue de quelques marches en glissant sur mes fesses pour mieux observer. Mon père tapotait l'épaule de Seth et il lui a murmuré quelque chose qui l'a foutu en rogne. Il est passé des larmes aux cris comme on tourne une clé dans une porte. Clic, larmes. Clac, cris. J'entendais papa lui dire de se calmer, qu'il ne pouvait rien faire, qu'il ne pouvait pas le traiter différemment des autres juste parce qu'ils se fréquentaient. *Fréquentaient ?* avait crié Seth comme si c'était un gros mot. Il m'a fallu du temps pour comprendre qu'ils n'avaient pas la même définition de leur relation parce que de toute façon ils ne partaient déjà pas sur un pied d'égalité, le fils du banquier et celui qui s'était fait tout seul. Seth a monté l'escalier avec ses grosses chaussures pleines de cambouis et je me suis dit que maman n'allait pas être contente. Il a pris Leo par le poignet et m'a lancé un regard noir parce que sa colère débordait. J'ai pas eu peur, je savais qu'il me ferait jamais de mal. Finalement il a lâché Leo et lui a dit *viens on s'en va.* Il est plus jamais revenu. Quand je suis descendue après leur départ, papa était en train de lire son journal dans le salon comme si de rien n'était. Il m'a fait signe, je me suis assise à côté de lui et il m'a dit *tu vois Emmy, parfois ce n'est pas rendre service à un ami que de lui faire une faveur.* Un ami ou une fréquentation ? je lui ai demandé. On peut dire ce qu'on veut, j'apprends vite.

Quand nous étions petites, avant l'inversion des rôles, Leo était fière de ses cheveux parce qu'en ville elles n'étaient que deux à avoir cette couleur aussi intense. Noir corbeau, noir comme la mort disait maman. Je brossais les cheveux de Leo qui coulaient entre mes mains comme du pétrole et de temps en temps j'entremêlais une mèche de mes cheveux blond pâle avec l'une de ses mèches pour observer le contraste. À l'époque je croyais que nous étions deux variantes d'un même modèle, moi habillée en bleu et elle en vert. Pourquoi ces deux couleurs alors que nous aurions dû nager dans le rose ? Livia disait que le vert était la couleur de l'espoir, mais qui avait choisi pour moi ce bleu pastel qui me faisait paraître encore plus pâle ? Je me souviens d'une période où ils ne faisaient pas attention à nous le soir, quand ils étaient ensemble et qu'ils dansaient sur des tubes des années quatre-vingt-dix et parfois sur de la disco italienne. Il n'y a rien de plus gênant que de voir ses parents danser comme s'ils étaient toujours jeunes. Avec Leo on finissait par se glisser entre eux en leur disant d'arrêter parce qu'on trouvait ça nul. Livia riait sans se soucier de cacher ses dents alors qu'elles étaient de travers et ma mère jouait son rôle d'Américaine saine, sportive et bronzée. Elles étaient nos deux seuls modèles féminins et je ne savais pas vers lequel pencher, entre celle qui n'était pas ma mère et celle qui jouait ce rôle. Pour Leo le choix était simple, elle serait l'autre Italienne de Mercy. Quand elle serait grande elle avait décidé qu'elle porterait les mêmes jupes crayon, les mêmes ceintures vernies, les mêmes chemisiers en popeline, le même médaillon en or avec le portrait défraîchi d'un aïeul. Elle avait choisi son modèle et, pas de chance, son modèle avait disparu un jour sans laisser de traces. C'était en même temps que ma fugue, alors que ma vie venait de prendre un drôle de tour, que je venais de quitter l'enfance à cause de quelques mots que j'aurais jamais dû entendre. Une fois Livia partie, c'était Leo qui me brossait les cheveux. Les siens étaient toujours attachés en une longue tresse et puis un jour Seth a fini par les lui couper, peut-être pour éviter qu'elle finisse, elle aussi, par s'échapper de son donjon.

Ce matin, alors que j'étais prête à partir pour le lycée, j'ai retrouvé à nouveau papa devant la fenêtre. Il était debout, le front collé à la vitre, avec sa respiration qui dessinait des taches de buée. Je me suis placée à côté de lui pour voir ce qu'il observait mais bien sûr il n'y avait rien. C'était juste notre jardin, avec de l'herbe mouillée par la rosée et quelques oiseaux qui sautillaient comme montés sur des ressorts. Papa ne disait rien, il était habillé pour aller travailler mais c'était pas sa tenue des grands jours. Il était mal rasé et malgré les vitamines que maman lui fait avaler tous les matins il avait le teint gris. Il s'est raclé la gorge et sans me regarder il m'a dit d'une voix qui n'était plus tout à fait la sienne qu'il ne fallait pas que je m'inquiète, qu'il avait assez d'argent pour payer mes études. J'ai ouvert des yeux ronds. Je sais bien qu'il n'est plus comme avant et je sais même exactement de quand ça date, mais pourquoi est-ce qu'il se met à parler de problèmes d'argent alors qu'on n'en aura jamais ? J'ai posé une main sur son épaule et ça m'a fait bizarre parce que j'ai eu l'impression de tenir un oiseau au creux de ma main. Il a frémi et il a tourné son visage vers moi. Ce n'étaient pas des larmes qui coulaient, c'était un torrent et ça m'a mise en colère. J'ai eu envie de lui dire d'économiser ses pleurs parce qu'il en aurait encore besoin. Il avait la bouche ouverte, on aurait dit un poisson hors de l'eau. Je lui ai demandé pourquoi il ne retournait pas travailler même si je me doutais de la réponse et il m'a répondu qu'il savait juste pas s'il avait envie de continuer ce métier plus longtemps. *Je voudrais faire quelque chose qui ait du sens Emmy, tu comprends ?* J'ai eu envie de lui répondre qu'être banquier ça avait du sens, qu'on avait toujours besoin d'un banquier, même un banquier prêt à trahir ses amis mais j'ai rien dit parce que j'avais quand même un peu pitié. Je savais que quand je partirais je les laisserais tous les deux derrière moi comme deux épaves. Et peut-être que c'est tout ce qu'ils méritent.

Je crois bien qu'à Mercy, Seth a été le seul à tout perdre. C'était le plus endetté de tous même si les gens venaient de loin pour qu'il répare leur voiture. Papa a dit qu'il savait pas faire tourner un commerce et que quand le garage avait été saisi on avait découvert dans le hangar assez de pièces détachées pour construire un bon paquet de voitures neuves. Seth avait accumulé des stocks inutiles au lieu de se chercher quelqu'un de sérieux pour tenir ses comptes. Quant à sa maison, les mensualités étaient devenues tellement énormes que c'était un miracle qu'il ait pu la garder si longtemps. Il avait visé plus haut que son cul, avait dit maman avec sa petite bouche pincée. Pourtant elle venait d'un milieu bien plus pauvre que le sien mais elle avait visé raisonnable. Un mari avec de l'argent, c'était moins risqué que monter une entreprise. Elle n'avait investi que dans son corps et comme à ce moment-là elle avait pas besoin du docteur Morris pour réparer les dégâts de l'âge, l'investissement avait dû se limiter à des fringues et du maquillage pour harponner un homme et c'était tombé sur mon père. Elle avait tiré un joli petit lot parce qu'il venait d'une famille bourgeoise, à la tête d'une chaîne d'établissements bancaires ruraux. Pas un coup à être multimillionnaire mais à l'aise quand même sur quelques générations. Papa racontait en rigolant que tout ce qu'elle avait tenait dans une valise cabine mais je crois pas qu'il ait jamais pensé qu'elle l'avait alpagué pour son argent. Les hommes sont tellement naïfs. Livia était arrivée à Mercy beaucoup plus chargée. Elle avait apporté avec elle des meubles affreux qui venaient de son pays et franchement je sais pas comment Seth a gobé ça. On vient pas tenter sa chance en Amérique en trimballant un buffet et un fauteuil avec soi. C'était sûrement n'importe quoi mais ça faisait partie de la légende et le plus drôle c'est que, quand elle a disparu, tout ce qui est resté d'elle c'était ces foutus meubles. En les voyant tous les jours, elle pouvait être sûre que Seth et Leo risquaient pas de l'oublier.

Je suis partie cet hiver-là, juste avant que Livia laisse derrière elle son mari et sa gamine. En fait j'avais pas prévu de fuguer sinon je me serais mieux préparée, j'aurais pris des vêtements chauds, des vraies chaussures, de la nourriture. Non, en fait je suis partie comme ça, juste parce que ce que j'avais entendu avait cheminé dans ma tête de moineau comme une balle de revolver, pour aller se caler dans un endroit où elle avait fini par exploser. Je n'étais qu'une gosse mais cette petite phrase que j'aurais jamais dû entendre était assez claire pour que je la comprenne. Je m'étais cachée sous mon lit, j'avais pleuré et c'est au moment où j'ai réalisé que je ne pouvais en parler à personne, ni à Leo ni à ma mère, que j'ai décidé de partir une bonne fois pour toutes. Ç'a été la première vraie décision de ma vie je crois bien. C'était deux jours avant Noël, il neigeait depuis une semaine, ma mère était encore partie faire des courses et personne se demandait ce que je fichais. Je me suis glissée en bas de l'escalier jusqu'à la cuisine, j'ai ouvert la porte et j'ai failli changer d'avis parce que le froid m'a pincé les joues comme dans un jeu cruel mais je suis partie quand même tout droit sur le chemin derrière la maison dans ma chemise de nuit, j'avais juste enfilé ma robe de chambre en molleton boutonnée bien haut et mes chaussons bleus. Je sais pas trop ce que j'espérais à ce moment-là, juste leur faire peur ou vraiment disparaître. Je pouvais bien m'enfoncer dans les bois sans que rien soit modifié. J'ai marché au milieu du chemin, là où la neige était tassée, il était éclairé par la lueur de la lune entre les branches et j'étais tellement légère que mes pieds ne laissaient presque aucune trace sur le sol, à croire que je n'existais pas. C'est drôle ces moments où tout change. Il y a un avant, puis un après et même en le voulant très fort on ne peut pas effacer ce qui a été dit. Ils m'ont interrogée pour savoir où j'étais allée et si quelqu'un m'avait emmenée de force, sans jamais imaginer que je puisse être partie de moi-même. Foutus adultes qui pensent qu'un gosse ne peut pas avoir de bonnes raisons de s'enfuir. Il n'y en a qu'un seul qui ait compris. Il paraît qu'il avait passé des jours et des nuits à me chercher. Le vieux Zulewski s'était agenouillé devant moi, il m'avait regardée avec ses beaux yeux bleus durs comme de la pierre, il m'avait parlé doucement et m'avait dit *tu préfères ne rien dire ? C'est ton secret et tu veux le garder pour toi ?* Je lui avais fait un sourire déformé par mon pouce dans ma bouche et aussi, parce qu'il paraissait plus futé que les autres, un clin d'œil qu'il avait été le seul à voir.

Après les pluies torrentielles de la nuit, l'eau s'est mise à dévaler l'allée comme une voiture de course, ça déborde de partout. De ma fenêtre je vois les graviers qui roulent, des morceaux de pots en terre cassés, des branchages, j'ai même vu passer un carton d'emballage de vélo d'appartement qui flottait sur les eaux. Des pluies orageuses en plein mois de novembre on aura tout vu. Papa bataille pour monter un rempart de fortune dans le garage en contrebas de la maison, comme s'il contenait des trucs à sauver. Les pluies peuvent bien tout emporter, les albums photo, les vieux meubles, les réserves d'eau d'Évian de maman qui lui coûtent une fortune et sa collection de sèche-cheveux qu'elle garde, on sait jamais, au cas où la troisième guerre mondiale éclaterait et qu'il n'y ait plus de possibilité de se faire livrer à domicile. Pour la forme, je shoote dans une caisse pleine de vaisselle mais papa réagit pas. Il est là, les bras pendant le long du corps, les épaules un peu affaissées. C'est un banquier pas bricoleur pour un sou. Pour ce genre d'intervention, il faudrait appeler Seth, mais Seth ne viendra pas, sauf pour ouvrir en grand les portes du garage et laisser l'eau nous noyer. Papa se relève, l'eau commence à se glisser dans les interstices, juste une petite vague envoyée en reconnaissance. Il se tourne vers moi et me dit *tu sais quoi ? Ça sert à rien, c'est pas quelques sacs de sable qui vont empêcher l'eau d'entrer, elle est plus forte que tout, crois-moi.* Je te crois papa. Il n'y a que ta femme pour penser qu'on peut faire plier la nature. Il passe devant moi avec son visage encore un peu plus émacié, sa barbe de trois jours et ses cheveux trop longs dans la nuque. Puisqu'il est reparti dans la maison, je pousse du bout du pied le carton avec les sèche-cheveux près de la porte. Il faut apprendre à se détacher des trucs trop vieux, de tous les trucs trop vieux, sans exception.

Lo amo. E lui mi ama ? J'ai eu beau essayer de me mettre à l'italien, j'ai pas progressé auprès de Benjamin. Ce type qui me rendait dingue ne souriait qu'à Leo, il ne regardait qu'elle, il la reprenait quand elle butait sur la prononciation d'un mot, ils parlaient de plus en plus vite et je n'arrivais pas à suivre. Un jour pourtant il a baissé la garde. On rentrait tous les trois du lycée à pied, il parlait à Leo d'un auteur italien et d'un livre sur une histoire d'amour contrarié qu'il avait chez lui. Elle lui a demandé si elle pouvait passer le lui emprunter parce qu'avec Benjamin, Leo n'était pas la fille réservée que tout le monde connaissait. Il a hésité. Nous voir dans un lieu public pour un cours de soutien c'était faisable mais recevoir deux jeunes filles chez lui, avec son passif, c'était une autre histoire sauf que Leo le savait pas. Elle a insisté, on resterait pas longtemps, juste le temps de prendre le livre et il a fini par céder. Leo est entrée dans son salon presque sur la pointe des pieds, peut-être intimidée par la différence de classe sociale. J'ai passé le doigt sur les surfaces pour y laisser une trace, j'ai caressé les accoudoirs du canapé et j'ai un peu dérangé l'ordre des livres et des magazines sur la table basse en faisant semblant de m'y intéresser. Il m'a regardée déambuler dans son salon, il avait l'air de ne m'avoir jamais vue auparavant, ça, je l'ai senti, je me fais pas d'idées. J'ai pointé le doigt sur le tableau qui occupait un mur et je lui ai dit *sans blague, c'est un Frankenthaler ?* Il a levé les sourcils. Tiens, lui aussi il avait dû me prendre pour une cruche qui ne connaît rien à rien. Je me suis avancée jusqu'à lui, Leo nous tournait le dos, le nez dans la bibliothèque à la recherche du bouquin. Je lui ai pris la main, il s'est raidi mais il n'a pas bougé. Je sentais son parfum, un parfum d'agrumes qui faisait penser à l'été. Je me suis mise sur la pointe des pieds et je lui ai murmuré *vous me prenez pour une petite caille monsieur Chapman, mais je suis tout sauf une petite fille à qui il faudrait tout apprendre.* Il s'est légèrement écarté de moi, a libéré sa main de la mienne et m'a répondu à voix basse *je sais Emmy, crois bien que je n'en ai jamais douté.*

Est-ce qu'on peut avoir envie de mourir à sept ans ? Avant que ça m'arrive, je croyais que c'était un truc d'adulte, que les enfants étaient faits pour vivre, pour profiter des anniversaires à venir, des goûters, du McDo, des jeux dans la cour de l'école, de tous ces trucs sans intérêt quand on devient grand et qu'on a envie de mieux que ça. Rien que de me dire que j'ai eu envie de disparaître à cause d'eux ça me donne envie de foutre le feu à cette maison. Cette nuit-là j'ai avancé tout droit dans la forêt en suivant le sentier. Dès que je m'éloignais un peu sur les côtés je m'enfonçais dans la neige fraîche et j'avais l'impression qu'elle allait m'avaler. Mes chaussons étaient mouillés, je ne sentais presque plus mes orteils et le bas de ma chemise de nuit était trempé. À un moment j'ai mis la main dans ma poche et j'ai touché le tissu sec et doux de mon mouchoir, c'était un peu réconfortant. Je l'ai sorti mais mes doigts étaient tellement engourdis que je l'ai lâché et je n'ai même pas cherché à le récupérer. Blanc sur le blanc de la neige, il était aussi invisible que moi. J'avais peur de tout, de la nuit, des bruits que je ne comprenais pas, des animaux que je ne voyais pas alors que j'aurais dû avoir peur de disparaître tout simplement. Le chemin a fini par descendre en pente douce vers ce qui ressemblait à une clairière. J'ai essayé de courir, je me suis dit qu'il y avait peut-être une maison, des gens qui m'attendaient parce que bien sûr à ce moment-là j'avais déjà changé d'avis, je voulais rentrer chez moi. Après tout je pouvais aussi bien oublier ou faire comme si rien ne s'était passé. Je suis tombée, je me suis relevée en pleurant, la morve au nez, la peau des joues coupée par le froid. Ce n'était pas une clairière mais une rivière avec quelques cabanes de pêcheurs, pas vraiment des maisons, juste des trucs pour entreposer du matériel. J'avais soif mais je n'ai pas osé me pencher pour boire, j'avais trop peur qu'une bête tapie dans l'eau en sorte brusquement pour me happer d'un coup et m'entraîner vers le fond. Je suis allée jusqu'aux cabanes mais elles étaient toutes fermées par de gros cadenas. J'ai pleuré, j'ai appelé à l'aide, il n'y avait plus que le noir qui m'enveloppait, j'avais l'impression qu'il rentrait dans mes narines, qu'il se glissait dans ma gorge, qu'il étouffait mes cris. Et puis finalement la lune est réapparue et j'ai vu une barque bâchée à moitié tirée sur le rivage. J'ai pensé que ce serait au moins un abri en attendant qu'il fasse jour. J'ai marché jusqu'à elle, j'ai soulevé la bâche et je me suis glissée à l'intérieur. Il n'y avait que des vieux bidons vides et une veste d'homme qui sentait le moisi. Je me suis allongée sur un des bancs de nage, j'ai tiré la bâche au-dessus de moi et je me suis endormie, enveloppée dans la veste, en écoutant le clapotis de l'eau sur la coque tandis que lentement, entraînée par mon poids, la barque glissait vers la rivière.

J'ai jamais trop su ce qui, aux yeux de Leo, la liait vraiment à moi. Est-ce que je représentais un souvenir d'enfance, un moment où sa mère était encore là ? Est-ce que j'étais tout ce qui restait d'une forme de famille ? Est-ce que c'était juste par habitude qu'elle calait ses pas sur les miens et restait sans rien dire alors que je voulais occuper tout l'espace ? En tout cas moi, à dix-sept ans et même bien avant, j'avais compris ce qui me liait à elle. Ce soir-là, maman était encore partie chercher des trucs pour le réveillon parce qu'elle est comme ça ma mère, elle remplit les placards, les assiettes, les ventres. Elle dit qu'elle a manqué de tout quand elle était jeune et qu'elle préfère prévoir mais je la soupçonne de vouloir surtout retirer tout ça de la bouche des autres. C'est toujours ça de pris pour les Ellis. J'ai plus de vêtements que je pourrai jamais en porter, des chaussures, des sacs, des affaires de ski, de plage, de randonnée et même une voiture toute neuve qui dort dans le garage et qui a heureusement été sauvée des eaux. De temps en temps je m'installe au volant et j'imagine ce jour béni où je partirai enfin pour l'université, loin d'ici, dans un autre État. Papa l'a achetée au type qui a repris le garage de Seth, donc d'une certaine manière elle a un lien avec cette époque. Ce soir-là, maman n'était toujours pas rentrée alors papa m'avait réchauffé des macaronis au fromage avant de m'expédier au lit. J'étais en train de relire la liste des cadeaux que j'avais demandés pour Noël au cas où j'aurais oublié un truc et j'avais entendu une voix de femme, une voix rauque reconnaissable entre toutes avec son accent. Je suis sortie sur le palier et je me suis assise sur la moquette. Livia était avec mon père à l'entrée de la cuisine, je ne voyais que ses cheveux et je l'entendais chuchoter, plantée devant lui, très près de lui en fait. Je ne comprenais pas ce qu'elle disait mais de temps en temps quelques mots s'échappaient. Seth. Le garage. Aide-nous. Pas rester sans rien faire. Livia n'était pas venue à la maison depuis que Seth avait pleuré devant papa et bizarrement je me suis demandé quelle tête ferait maman en la trouvant dans sa cuisine. Papa murmurait aussi, il disait qu'il ne pouvait pas, qu'il avait pas le droit de faire de différences. J'ai pensé qu'ils n'avaient vraiment plus d'argent pour que Livia vienne le supplier comme ça.

Papa a pris le poignet de Livia, elle a arrêté de parler et s'est mise à pleurer, faut croire qu'il était doué pour faire pleurer les gens. Et là, il a posé son front contre le sien et je suis restée pétrifiée. Quelque chose clochait, je l'avais jamais vu faire ça avec ma mère. Il a murmuré quelques mots à Livia, elle a doucement libéré son poignet, elle s'est éloignée de quelques pas, je voyais mieux son visage. Elle a essuyé ses yeux du revers de sa manche et elle lui a dit de la voix la plus triste que j'aie jamais entendu *Lucian, si tu ne le fais pas pour moi, fais-le au moins pour elle. Tu ne peux pas laisser ta fille crever de faim.* Elle est repartie, j'ai entendu le bruissement de sa jupe longue, la porte a claqué et quelque chose s'est rompu dans ma poitrine. Je m'en souviens très bien, c'était juste au niveau de mon cœur.

J'observe mon père. Il est à la même place, la tête collée contre la vitre, en pyjama, pieds nus. Hier soir ils se sont disputés, c'était pas vraiment une dispute en fait, il n'y avait que maman qui parlait et ça grondait comme le tonnerre. Une conversation avec elle, c'est pas une conversation, juste un putsch. Une fois qu'elle a fini de lui dire ce qu'elle avait à lui dire, elle a cassé un vase pour la forme. Cette fois, je savais d'avance le motif de ses cris parce que j'avais écouté la conversation quand le siège de la banque avait appelé. Des clients s'étaient plaints, le directeur était absent depuis des semaines, personne ne le remplaçait. Il avait été question de coaching pour redresser la barre, se ressaisir, reprendre les choses en main avant qu'il soit trop tard. Maman a crié que c'était la ruine, même si elle savait que la banque appartenait à la famille et qu'on ne risquait pas de tomber très bas. Je crois que ce qui l'a mise le plus en rogne c'est de penser à ce que les gens allaient dire de nous en ville. Je l'ai entendue demander à papa s'il mesurait ce qu'elle allait perdre si elle se retrouvait mariée à un pauvre type sans statut social, elle qui avait connu la misère. Je pouvais pas le voir pendant qu'elle lui hurlait dessus mais j'avais ma petite idée de la tête qu'il faisait. La même qu'en ce moment, comme s'il ne pensait à rien, que les mots ne l'atteignaient pas. Avant il essayait d'argumenter, de l'amadouer, il lui donnait du petit sucre d'amour, maintenant ça glisse sur lui, il est devenu hermétique ou alors complètement poreux et ça lui passe au travers. Et le voilà qui parle tout seul. Il veut ralentir, le monde va trop vite, on n'a plus le temps de s'arrêter pour écouter le vent bruire dans les feuilles des arbres, pour observer les oiseaux, pour sentir l'odeur de l'herbe fraîchement coupée, il a quarante-sept ans, presque quarante-huit et il a des envies de vieux. Je le reconnais plus mais à vrai dire ça date de cette nuit-là. Un gosse ça croit que ça peut s'appuyer sur ses parents, qu'ils le soutiendront toujours et puis il finit par se rendre compte qu'ils ne font que mentir du matin au soir, et pas juste à lui mais aussi à eux-mêmes. Ils racontent des histoires qui n'intéressent pas leurs enfants mais même en se bouchant les oreilles, elles arrivent jusqu'à eux. J'ai pas demandé à entendre ce que j'ai entendu. J'aurais préféré ne jamais rien savoir mais il a fallu qu'ils ouvrent leur grande gueule et qu'ils laissent leurs mots d'adultes se répandre comme un gaz mortel. Je contemple mon père qui ne me regarde plus et je me dis qu'il ne m'a peut-être jamais regardée, peut-être qu'il ne voyait qu'elle. Pendant quelques secondes j'ai envie de poser mes mains autour de son cou et de serrer de toutes mes forces, pour voir ce que ça ferait. Est-ce que dans un monde qui va trop vite les filles peuvent tuer leur père et les pères enterrer leur fille ?

Ça aurait plu à maman si j'avais seulement voulu le lui raconter. Je suis sûre qu'elle aurait apprécié la référence biblique, Emmy sauvée des eaux comme Moïse, mais elle n'en a jamais rien su. Je m'étais promis de garder le secret parce que c'était mon tout premier, je me suis dit que c'était bien de m'en fabriquer un puisque les adultes avaient tous l'air d'en avoir. La barque dans laquelle je m'étais endormie avait dérivé le long de la rivière. J'ai été réveillée par le bruit de la coque qui heurtait le sable, quelqu'un tirait la barque hors de l'eau. J'étais glacée, j'avais mal le long des jambes, je me disais que mes os étaient peut-être cassés. J'avais trop peur pour bouger. La bâche a glissé au-dessus de ma tête et j'ai vu un morceau de ciel du bleu le plus pur que j'ai jamais vu et puis juste après deux têtes de garçons roux, les cheveux presque rasés, avec des taches de rousseur, des cils et des sourcils de la même couleur que leurs cheveux. On aurait dit le même modèle en deux tailles différentes. Le plus grand a crié *maman, y a une fille dans la barque !* pendant que le plus petit appuyait son bâton sur mon bras pour voir si j'étais bien vivante. J'ai poussé un petit cri et repoussé le morceau de bois de ma main. *Elle est toute bleue*, a ajouté le grand. J'ai vu apparaître un visage de femme avec des cheveux à peine plus longs que ceux de ses fils et j'ai pas pu m'empêcher de penser à maman parce qu'elle disait qu'une femme avec des cheveux courts c'était pas vraiment une femme, et du coup, penser à elle ça m'a donné envie de pleurer. La femme m'a regardée en écarquillant les yeux. C'est pas un truc courant de trouver une gamine dans une barque. Finalement, elle a dit à ses fils de tenir l'embarcation pendant qu'elle m'en sortait et je me suis laissé faire, je l'ai laissée me porter dans ses bras jusqu'à un mobile home posé sur des parpaings. Elle sentait le shampoing à la pêche et je n'avais pas peur dans ses bras. Par-dessus son épaule je voyais ses garçons qui nous suivaient, des poules qui picoraient dans le limon de la rivière et trois chiens miteux, la queue entre les jambes. C'était clairement pas le paradis, mais de toute façon le mien avait disparu.

Il s'est mis à neiger, une neige molle comme les habitants de cette foutue ville. Les flocons disparaissent dès qu'on les touche et je me dis que ça aussi ça n'a aucune importance parce que c'est mon dernier hiver ici et donc mon dernier Noël et ça tombe bien parce que les préparatifs me donnent envie de vomir. Impossible de passer devant un magasin sans endurer des chants ou croiser un vendeur avec un bonnet de lutin sur la tête qui se force à sourire en espérant toucher ses sept dollars vingt-cinq de l'heure. C'est moi qui fais les courses depuis le massacre de Thanksgiving. Comme sa famille n'est pas assez chic pour qu'elle l'invite et que celle de papa ne veut pas venir jusqu'ici, maman a décidé que tous les ans elle allait changer de victimes. Ça commence dès le mois de juin. Elle passe en revue ceux qui pourraient être dignes de dîner à notre table pour l'Action de grâce et de goûter un repas dont tout le monde sait qu'elle ne l'aura pas préparé. La ville n'est pas bien grande, ça tourne toujours autour d'une cinquantaine de personnes qui se tapent la corvée à tour de rôle alors qu'ils ont de la famille, eux. Maman fait sa liste et le 4 juillet elle alpague ses proies pour leur notifier leur invitation quatre mois plus tard. Il y en a qui l'évitent ou qui essaient même de se cacher. Papa dit que dans ces moments-là elle est aussi sexy qu'un huissier avec un avis d'expulsion. Bien sûr, elle a voulu inviter Benjamin dès qu'il est arrivé mais à chaque tentative il s'est débarrassé d'elle gentiment parce qu'il sait faire ce genre de truc : se débarrasser des poids morts. Sauf que cette année aucun de ses invités n'est venu, ils se sont tous fait porter pâles et ça n'était jamais arrivé. L'affront est tel que maman ne veut plus sortir de la maison, elle fait les cent pas dans le salon et papa a dû quitter son poste d'observation, il est coincé dans son bureau mais toujours collé à une fenêtre. De temps en temps j'arrive à la traîner en ville, elle marche trois pas derrière moi avec ses lunettes de soleil qui lui mangent la moitié du visage et je l'entends qui grogne. Elle tient les comptes, ma mère. Chaque personne que nous croisons est classée dans une catégorie : ceux qui continent à la saluer, ceux qui se contentent d'un signe de tête et ceux qui évitent son regard ou même changent de trottoir. Énorme domination de la dernière catégorie. Elle vocifère, elle rappelle des serments d'allégeance qui datent d'une autre époque et qui ne sont plus qu'un lointain souvenir. C'est la révolution maman, ils se sont débarrassés de toi et tu devrais être contente qu'ils t'aient pas coupé la tête. Heureusement le maire lui parle comme s'il ne s'était rien passé, il tient sa main en lui murmurant des paroles réconfortantes et à les voir tous les deux je me dis qu'il a des vues sur elle et que c'est peut-être même réciproque. Devenir la femme du maire après avoir été celle du banquier, ce serait une façon comme une autre de retomber sur ses pieds. Il lui tapote la main, elle enlève ses lunettes, ses beaux yeux bleus sont au bord des larmes. Je ne sais pas comment elle arrive à faire ça, maintenir un niveau d'eau raisonnable pour ne pas ruiner son maquillage. Un boulot de professionnelle. Il a l'air sensible à son numéro. Les hommes sont tellement prévisibles que c'en est même pas drôle. Je m'éloigne, je la laisse déployer son arsenal. C'est bien la dernière femme sur Terre qui serait capable de rester avec un loser dépressif jusqu'à la fin de ses jours juste par amour.

Maintenant je suis la première à sortir de cours, je n'ai plus de raisons de traîner. Je remballe mes affaires et je fonce vers la sortie comme si j'avais le rencard du siècle. Hier la shérif m'attendait à la sortie du lycée, appuyée contre le capot de sa voiture, boudinée dans sa parka marron. Elle a proposé de me ramener et j'ai répondu que je préférais marcher même si en fait le froid était cinglant. Elle a dit qu'elle allait faire un bout de chemin avec moi parce qu'elle avait des questions à me poser. Je lui ai rappelé que j'étais mineure et qu'il valait peut-être mieux qu'elle les pose en présence d'un de mes deux parents. Elle m'a fait un petit sourire. *Qu'est-ce que tu vas imaginer Emmy ? Ça n'est pas un interrogatoire, c'est juste une discussion entre femmes.* Et sur quel sujet portait cette discussion de femme à femme ? Sur Leo bien sûr. Quel autre sujet aurions-nous pu aborder ? *Tu connaissais Leo mieux que tout le monde, non ?* Tu n'imagines même pas, j'ai eu envie de lui répondre. *Toi qui la connaissais si bien, comment expliques-tu qu'on ait retrouvé des photos d'elle dénudée chez Benjamin Chapman ? C'était pas le genre de Leo de faire ça, non ?* J'ai haussé les épaules, genre on ne peut jamais savoir. La neige avait recommencé à tomber, toujours sans conviction. Lauren avait calé son pas sur le mien alors qu'elle aurait pu marcher deux fois plus vite avec ses grandes jambes de bonhomme. *Tu vois, ce que je me demande surtout Emmy, c'est qui a pris ces photos.* J'ai soupiré, je lui ai répondu que je savais pas, que je suivais pas Leo partout comme un petit chien. *C'était plutôt l'inverse ? C'était elle qui te suivait d'après ce que je sais. Je ne sais pas encore où et quand elles ont été prises mais je me dis qu'il n'y avait qu'une seule personne qui pouvait le faire.* Elle s'est arrêtée et elle a doucement plaqué une main sur le haut de mon torse, comme on fait avec les petits enfants pour les stopper au bord d'une route, sauf qu'il y avait pas de route à traverser et que je suis plus une gamine. Elle s'est tournée vers moi et j'ai remarqué qu'elle avait plus d'assurance qu'au printemps, que quelque chose avait changé chez elle. Elle s'est penchée si près de moi que je voyais des gouttes de neige fondue dans ses cheveux. *En fait, il n'y avait que toi pour pouvoir la prendre en photo et du coup je me demande bien pourquoi tu as accepté de faire un truc pareil.* Je lui ai souri. Faut évoluer shérif, tout le monde fait ça maintenant, même les vieilles. C'était peut-être moi, peut-être quelqu'un d'autre et qu'est-ce que ça peut faire ? Leo n'est plus là pour les regretter. Elle a souri à son tour : décidément je préférais le modèle d'avant, quand elle était pataude et renfrognée. *Leo n'est plus là, mais ces photos oui et ce n'est pas le meilleur souvenir qu'on puisse garder d'elle, tu ne crois pas ?* Je l'ai regardée s'éloigner et remonter le chemin vers le lycée d'un pas assuré, à croire que toutes les réponses s'y trouvaient. Et elles y étaient en partie. J'avais oublié ces photos et à quel point il était facile de les relier à moi. Je suis rentrée en accélérant le pas, j'ai monté les marches de l'escalier trois par trois en ignorant ma mère qui buvait déjà du vin blanc sur le canapé. J'ai allumé mon ordinateur, cherché, trouvé, supprimé et comme je me suis dit que ça ne suffisait pas, j'ai renversé ma canette de Seven Up sur le clavier et sur les câbles. Ça a chuinté et puis il y a eu des étincelles, l'ordinateur s'est éteint dans une odeur de brûlé, les plombs ont sauté et maman a crié en demandant ce qui se passait. Rien, j'ai juste fait ce que j'aurais dû faire il y a des mois.

La femme s'appelait Brooke et dans son mobile home il y avait un troisième garçon, un bébé, qui essayait de défoncer les barreaux de son parc à coups de pied, à croire qu'il cherchait aussi à s'enfuir. Ça sentait les couches sales et le poulet frit, et pendant qu'elle m'enlevait mes vêtements et demandait à ses fils de faire chauffer de l'eau pour me donner un bain, j'ai regardé autour de moi ce drôle de décor. Alors c'était ça être pauvre ? C'était ça qui attendait Leo ? Quand l'eau a été prête et qu'elle en a rempli un truc qui était plus une bassine qu'une baignoire, elle m'a plongée dedans et j'avais les pieds et les mains si gelés que j'ai crié au contact de l'eau chaude. Elle s'est mise à me frictionner jusqu'à ce que je devienne écarlate. Elle m'a dit *t'es toute glacée ma pauvre, faut faire revenir le sang* et je me souviens de m'être demandé où il pouvait bien être parti. Du coin de l'œil je voyais ses deux aînés qui n'en perdaient pas une miette.

C'était peut-être la première fois qu'ils voyaient une fille nue. Brooke s'en est aperçue et elle les a engueulés en leur disant qu'il fallait se comporter comme des garçons honnêtes et qu'un garçon honnête ça ne reluquait pas les filles pas habillées, ce à quoi le plus grand a répondu qu'elle n'avait qu'à pas laisser la porte ouverte. Elle m'a sortie de l'eau, elle m'a frottée vigoureusement avec une serviette toute râpée et elle m'a passé un vieux sweat à elle qui me descendait jusqu'aux genoux. Elle a mis un truc à chauffer au micro-ondes que j'ai mangé sans arriver à savoir ce que c'était. Les deux garçons étaient sur le canapé, les coudes appuyés sur leurs cuisses, la tête posée au creux de leurs mains. Ils regardaient un dessin animé et le grand a dit *qu'est-ce qu'il va dire papa quand il va voir qu'il y a une fille à la maison ?* Brooke lui a répondu qu'il serait pas là avant plusieurs jours et qu'on allait se débrouiller sans lui pour se faire un joli réveillon. Je me suis rappelé que c'était Noël et que c'était la première fois que je ne serais pas chez moi avec mes parents, ça m'a fait monter à nouveau les larmes aux yeux. Elle m'a prise dans ses bras en me disant qu'il fallait pas pleurer, qu'on allait trouver une solution pour me ramener chez moi mais que tant que Hank, le père de ses garçons, n'était pas rentré, elle ne pouvait aller nulle part. Sa voiture était en rade et ils étaient loin de tout. J'ai reniflé, j'ai essuyé mon nez avec un bout de serviette de chez Dunkin' Donuts. La neige s'était remise à tomber et dans un autre lieu ça aurait pu avoir l'air magique mais là ça permettait juste de flouter les défauts, de masquer la désolation. Elle m'a installée devant la télé en poussant ses fils pour qu'ils me fassent une place. Ils ont râlé mais ils ont fini par me laisser le bout du canapé défoncé. Brooke s'est penchée vers moi avec son petit dernier calé sur sa hanche et elle m'a dit *au fait, tu t'appelles comment ma jolie ?* J'ai battu des paupières quelques secondes et je lui ai répondu Leo, je m'appelle Leo.

Après être allée chez Benjamin avec Leo, j'ai cru que j'avais franchi une étape, que nos rapports allaient changer. Il m'avait vue au milieu de son salon, il savait que je n'étais pas une lycéenne comme une autre. Ça ne coûtait rien de flirter, tous les hommes le font. Quand on est une fille, on apprend vite qu'ils ne refusent jamais une proposition quand elle se présente. Je connais tout le monde dans cette ville et il faudrait que je sois complètement idiote pour ne pas repérer la façon dont ils m'évaluent, même les types les plus respectables, même les pères qui trimballent leur petit dernier, même les employés de papa et ses clients, même le pasteur. Ils sont tous pareils. N'importe quelle femme qui entre dans leur champ de vision est scannée. C'est rapide parfois, juste une évaluation, une note secrète qu'au mieux ils vont garder dans un coin de leur petite tête mais c'est plus fort qu'eux. Je suis jugée sur mes critères physiques, ma petite taille, mes cheveux qui ne sont pas blonds, mes yeux qui ne sont pas bleus et aucun ne se demande ce que j'ai dans le crâne. Pour quoi faire ? Ils ne m'envisagent pas pour la discussion mais pour le sexe, rien que le sexe. Leo avait réussi à échapper à ça. Même s'ils la regardaient sûrement parce qu'elle avait un physique qui se remarquait, elle avait réussi à se rendre presque invisible, à se faire oublier à force de longer les murs en attendant de pouvoir partir. Parfois toutes les deux on observait une jolie fille du lycée se faire draguer, accepter un rencard avec le premier crétin à belle gueule qui la baratinait en lui disant qu'elle était unique alors qu'on l'est toutes en fait. On observait ça avec Leo et on n'avait pas besoin de se raconter la suite parce qu'on la connaissait déjà. Il y aurait un ou plusieurs rapports sexuels dont elle se ferait toute une histoire alors que ça ne servirait qu'à faire mousser le type auprès de ses copains. Il y aurait les photos d'elle, peut-être aussi des vidéos qui finiraient par circuler, les rires à son arrivée, les commentaires échangés à voix basse sur son passage. Et à la fin, la honte parce que c'est à ça qu'on prépare les filles. À avoir honte de tout, honte de son sexe, honte d'avoir été si idiote, honte d'être si peu armée pour la vie. Leo avait choisi une voie en espérant qu'elle la protège des hommes et moi j'ai choisi l'attaque. Je serais tout ce qu'ils n'attendent pas. Ce foutu prof me paraissait être le seul à pouvoir comprendre ça mais ce n'est pas moi qu'il a choisie. Je ne voulais que lui et en fait il n'avait d'yeux que pour elle.

Ils ont fini par envoyer papa en maison de repos pour ne pas perdre la face plus longtemps. Sa mère a débarqué de Boston, elle s'est enfermée avec maman dans le bureau de mon père pour une discussion saine et franche a-t-elle dit. Je voyais ça plutôt comme un combat de titans parce qu'elles ne peuvent pas se supporter. Il y a eu des éclats de voix, des murmures, des menaces et des moments de silence. J'arrivais pas à tout entendre même avec l'oreille collée contre la porte. Quand elles sont sorties, tout était réglé, le médecin de famille avait recommandé un institut au Texas spécialisé dans le traitement des cas comme celui-ci. Jamais le mot dépression n'a été prononcé. C'est pas une donnée qui figure dans le logiciel de ma mère. Sa vie se résume à un principe : quand on veut, on peut. Aucune des deux s'est demandé pourquoi il était dans cet état, probablement parce qu'elles voulaient pas le savoir. Elles se sont contentées de constater la situation et de trouver une solution pratique. Et on appelle ça le sexe faible. Tout ce petit spectacle s'est joué alors que papa était tassé sur le canapé du salon, réduit au rang d'objet. Quand elles sont sorties de son bureau il a levé les yeux vers les deux dragons qui avaient régenté sa vie et je me suis demandé si parfois il regrettait Livia, s'il pensait à la vie qu'il aurait eue avec elle et à l'homme qu'il aurait pu être. Il est peut-être allé jusqu'à s'imaginer une vie avec elles deux, une vie de famille dans laquelle il aurait remplacé une fille par une autre. Sa mère n'a pas eu un regard pour lui mais je crois qu'on peut dire qu'il l'avait déçue depuis qu'il avait épousé maman, il l'avait déçue en s'installant ici, en visant aussi petit que la direction de l'agence de Mercy alors que ses frères avaient plusieurs centaines de salariés sous leurs ordres. Il la décevait maintenant en se transformant en un truc bancal, un type sans volonté sur lequel on ne peut plus compter et pendant deux minutes j'ai eu pitié de lui. Ça avait dû sacrément coûter à maman d'appeler sa belle-mère mais elle avait dû se dire que s'il y avait quelque chose à sauver, elle n'y arriverait pas toute seule. Une fois que tous les détails ont été réglés, que ma mère est montée faire la valise de mon père, ma grand-mère s'est subitement rendu compte que j'avais été là pendant tout ce temps. Elle m'a scrutée de la tête aux pieds, elle a attrapé mon menton, a tourné ma tête d'un côté puis de l'autre. J'ai même cru que cette vieille bique allait inspecter mes dents, mais elle a juste attrapé une mèche de mes cheveux entre ses doigts, dubitative. Je ressemble à papa et elle s'est sûrement dit que ça ne présageait rien de bon. *Qu'est-ce qu'on va faire de toi ma petite ?* Je lui ai souri gentiment. Ne t'inquiète pas ma vieille, je vais très bien me débrouiller toute seule. En fait j'ai rien répondu. On ne mord pas le portefeuille qui vous nourrit.

Les jours qui ont suivi mon arrivée, Brooke s'est occupée de moi tout le temps. Elle me lavait, elle m'habillait comme elle pouvait avec les vêtements de ses garçons en s'excusant de ne pas avoir de jolies robes. Elle avait pas de vêtements de fille parce qu'elle avait pas de fille et j'avais beau être une enfant j'ai compris qu'une fille, elle aurait bien aimé en avoir une plutôt que des garçons qui passaient leur temps à hurler, se taper dessus et se mordre, on aurait dit des chiens enragés. En plus, Brooke était enceinte et je me demandais bien où elle allait caser un quatrième gosse dans une maison si petite. Elle avait l'air beaucoup plus jeune que maman, mais avec des cernes sous les yeux, des cicatrices d'acné et les cheveux ternes. Son corps était mince, arrondi uniquement au niveau du ventre. Elle ressemblait à une branche avec une sorte de champignon parasite qui aurait poussé sur elle. Elle savait pas le sexe du bébé mais elle espérait que ce soit une fille et du coup elle avait vu comme un signe le fait que je sois apparue comme ça, dans une barque, juste avant Noël. Elle me racontait tout ça en me coiffant les cheveux, en mettant du vernis rose sur mes ongles alors que maman disait que c'était pas pour les petites filles. Brooke ne me posait pas beaucoup de questions sur l'endroit d'où je venais ou sur le nom de mes parents, elle n'avait peut-être pas vraiment envie que je reparte et ça m'allait bien parce que je savais toujours pas si je voulais qu'on me retrouve. Nous restions toutes les deux au chaud à l'intérieur avec le petit pendant que les deux aînés traînaient dehors malgré le froid, à essayer de piéger des rongeurs ou de tuer des écureuils au lance-pierre. Le plus grand venait agiter leur cadavre sous mon nez pour me dégoûter mais je m'en foutais en réalité des animaux morts. On en avait déjà vu avec Leo, il n'y avait pas de quoi tourner de l'œil. Plus les jours passaient, plus je me disais que ma famille allait bien finir par s'inquiéter et c'était une idée qui me plaisait. J'étais câlinée, gâtée même si Brooke ne possédait presque rien. Tout se passait bien jusqu'à ce que Hank rentre à la maison. Il faut toujours qu'il y ait un type pour vous gâcher la vie.

C'était en décembre dernier, il y a presque un an, jour pour jour. Leo m'avait demandé si elle pouvait passer la nuit chez moi, comme quand nous étions petites et que nous allions tous les week-ends d'une maison à l'autre, avant la crise, avant que son père perde tout, avant cette nuit d'hiver qui avait tout changé. Après, nous nous retrouvions tous les matins au croisement de deux routes et nous nous quittions le soir au même endroit, c'était la frontière invisible entre son monde et le mien. Je lui avais dit que ça ne posait pas de problème qu'elle dorme à la maison même si je me demandais ce que ça me ferait de les voir ensemble, lui au bout de la table et elle à côté, à la place de l'invité. Je voulais le voir la regarder, elle qui, comme ma mère, ne savait rien. C'était drôle de me dire qu'à table nous étions deux à connaître la vérité et deux à l'ignorer. Nous avons dîné comme avant, quand Leo venait avec ou sans ses parents, dans la salle à manger. Ma mère avait sorti une jolie nappe, sa vaisselle Wedgwood et des verres en cristal – le grand jeu pour compenser neuf ans d'indifférence. Papa avait mené la conversation en interrogeant Leo sur le lycée, sur ses notes, sur ce qu'elle comptait faire plus tard. Il évitait les sujets qui fâchent, la situation de Seth, le manque d'argent. Lorsqu'elle avait répondu qu'elle espérait aller un jour en Italie il était resté figé quelques secondes, sa fourchette en l'air, immobile devant sa bouche ouverte. Le souvenir de Livia était toujours vivant. Je l'ai observé se dépêtrer avec cette idée de ce qui avait disparu en me demandant si cette grossesse avait été un accident ou s'ils avaient voulu un enfant ensemble, s'il avait tout de suite su qu'il était le père, s'il lui avait demandé d'avorter, s'il l'aimait tout simplement. Tout ce qui n'est pas dit n'existe pas. La seule chose qui existe c'est une demi-sœur qui ne sait même pas qu'elle en est une et un secret qui vous a sortie de votre enfance. Quand j'en ai eu assez de ce spectacle, nous sommes montées dans ma chambre. Leo n'était pas revenue depuis des années et elle en a fait le tour lentement, en contemplant ce qui restait de nos souvenirs d'enfants, en caressant des objets comme si elle reprenait contact avec eux et en souriant parfois devant des photos de nous deux. Elle est arrivée jusqu'à moi, elle m'a regardée fixement et j'ai eu l'impression que quelque chose de terrible allait se produire. Elle me dévisageait, ça m'a mise mal à l'aise. Elle était debout devant moi, les mains croisées dans le dos et elle a juste murmuré *je voulais te dire Emmy, je vais partir à la fin des cours l'année prochaine et je crois bien que je ne suis pas prête à revenir.* J'ai haussé les sourcils. Partir ? On avait toujours dit qu'on partirait de cette foutue ville, il n'y avait rien de nouveau. Leo a ajouté *tu es la seule à qui j'en parle mais il m'a promis qu'il m'emmènerait là-bas, en Italie. Il a dit qu'il allait m'aider à retrouver ma mère.* J'ai ouvert la bouche comme une idiote mais aucun son n'est sorti, j'avais même pas besoin de demander de qui elle parlait, je connaissais déjà la réponse. Pourquoi est-ce qu'il fallait qu'elle l'ait et pas moi ?

Quelques semaines auparavant, j'étais retournée chez Benjamin après mes cours, mais toute seule. La nuit était tombée et il pleuvait, une sale pluie désolante qui me foutait le bourdon. Les gens que je croisais se pressaient de rentrer chez eux, la tête dans les épaules ou cachés sous leur parapluie. En cours, Benjamin nous avait fait remarquer qu'ici les habitants se déplaçaient encore à pied alors qu'ailleurs la voiture avait tout remplacé. Je m'étais dit qu'en fait c'était un bon moyen d'avoir un œil sur tout le monde. À avancer au pas on pouvait observer la ville se déployer au ralenti. On avait largement le temps d'entendre les disputes, de voir les visages des gens qu'on croisait, de savoir s'ils étaient heureux ou tristes, de distinguer les sourires des grimaces. Même si je me moquais d'être vue, j'avais remonté la capuche de ma parka, c'était même pas la mienne mais une vieille parka de mon père. Quand Benjamin a ouvert la porte, l'eau ruisselait sur mes épaules, il pouvait décemment pas me laisser dehors. Je suis entrée, j'ai enlevé ma veste et je l'ai suspendue.

L'eau avait pénétré le tissu, mon pull était mouillé, je l'ai retiré aussi. Il m'observait sans rien dire avec sa tête d'adulte qui n'a pas envie de rigoler. *Qu'est-ce que tu fais là Emmy ? Ce n'est pas une bonne idée.* Pourquoi, vous allez me sauter dessus ? Ça l'a pas fait rire. Il a regardé la porte comme si elle allait s'ouvrir subitement sur quelqu'un qui pourrait le sauver du danger, mais il vivait tout seul, Leo bossait à l'épicerie et personne n'avait de raison de débarquer chez lui à cette heure, à part moi. Je me suis approchée et j'ai eu l'impression qu'il paniquait. *Il est tard. Il vaudrait mieux que tu repartes.* Je repartirai quand j'aurai eu ce que je veux et je sais que vous voulez la même chose. Je ne suis pas comme les autres filles, j'ai plus quinze ans et personne n'en saura jamais rien. J'ai attrapé sa main. Le contact de sa peau j'en rêvais depuis si longtemps. Être son secret c'est tout ce que je voulais. J'ai collé mon corps contre le sien, je me suis mise sur la pointe des pieds et j'ai approché mes lèvres des siennes. J'étais pleine de désir et à cet instant précis je crois que j'avais oublié jusqu'à mon nom. Il a reculé, il m'a regardée et il a replacé une mèche de mes cheveux derrière mon oreille. Il m'a souri et je savais rien qu'à ce sourire que j'allais pas aimer la suite. *Ça ne m'intéresse pas Emmy. Tu es trop jeune, tu ne sais pas ce que tu fais.* Il s'est dirigé vers la porte qu'il a ouverte en grand. La pluie avait cessé, toutes les surfaces scintillaient. Cette ville que je détestais brillait dans la nuit comme si elle voulait me renvoyer mon propre reflet cabossé multiplié à l'infini. Je me suis dit, tu as perdu, Emmy, et tout ce que je désirais à ce moment-là c'était le sang, les larmes, l'apocalypse. J'ai repris mon pull, ma veste, je m'apprêtais à ressortir tête nue, je n'avais rien à perdre. Il m'a retenue par le bras. *Tu vaux mieux que ça. Tu vas trouver quelqu'un qui t'aimera pour ce que tu es et pas uniquement parce que tu n'es qu'une jeune fille.* Je l'ai regardé d'un air mauvais et il a retiré sa main. Est-ce qu'il a senti la menace ? Est-ce qu'il avait la moindre idée de ce dont j'étais capable ?

J'étais en train de jouer avec le plus jeune fils de Brooke, le seul des trois garçons qui n'était pas hostile, mais c'était qu'un bébé après tout. On jouait tous les deux et j'ai senti un courant d'air froid qui venait du dehors. Toute l'atmosphère de la pièce avait changé. Le petit a arrêté de s'agiter et de rire, il s'est tourné vers la porte et j'ai compris que son père était rentré. Il en imposait juste en étant posté là, debout dans l'embrasure, jambes écartées, mains sur les hanches. Il était grand, bien plus grand que mon père et aussi plus costaud, plus encore que Seth. Il portait pas de veste, malgré le froid, et il avait une masse de cheveux qui s'échappait de sa casquette et rejoignait la barbe qui lui dévorait le bas du visage. Mais ce sont ses yeux dont je me souviens le mieux, des yeux enfoncés dans leurs orbites et extrêmement clairs, comme le bord d'une rivière. Des yeux vert pâle, sans douceur, des yeux de type qui n'a peur de rien. Il m'a regardée sans qu'aucune expression passe sur son visage, j'aurais pu être un meuble. Brooke est revenue de la salle de bains et elle aussi a changé instantanément d'attitude. Elle m'a paru toute frêle et quand elle lui a souri, ça ressemblait à un pauvre sourire désespéré. *Je vais t'expliquer, Hank, c'est une histoire incroyable. Tu vas pas en croire tes oreilles.* Sauf qu'il avait pas tout à fait la tête de quelqu'un qui a envie qu'on lui raconte une histoire. Ses fils sont rentrés derrière lui, l'aîné tenait une carabine et il souriait comme je l'avais encore jamais vu sourire. Son père était revenu et les choses allaient retrouver leur place. Le petit a fini par chouiner à côté de moi et Brooke s'est penchée pour le prendre dans ses bras. Elle m'a dit que tout allait bien, qu'il fallait pas que je m'inquiète et rien qu'au ton de sa voix j'y ai pas cru. Quand le soir est venu, elle m'a installé un lit de fortune dans un coin du salon puisque je ne pouvais plus dormir avec elle et le petit dans sa chambre et les murs étaient tellement fins que j'entendais tout ce qu'il lui disait et à quoi elle ne répondait rien parce que c'était probablement le genre de type qui préfère que sa femme se taise. Il lui demandait ce qui lui était passé par la tête, une barque et puis quoi encore ? Jésus marchant sur les eaux ? Elle aurait pu repousser la barque vers le cours de la rivière et laisser quelqu'un d'autre s'occuper du problème. Maintenant on allait les prendre pour quoi, pour des voleurs d'enfant ? Est-ce qu'elle savait ce qu'ils risquaient ? Il grondait, elle gémissait et moi je redevenais celle qui était en trop. Avant même que le jour se lève, Brooke est venue me réveiller, elle m'a dit que Hank connaissait Mercy, qu'il me déposerait là-bas et qu'il fallait surtout que je raconte jamais à personne où j'avais été tout ce temps parce que ça leur causerait des problèmes et elle était sûre que je ne voulais pas leur causer de problèmes à elle et à ses petits. Elle m'a dit que ce serait notre secret à toutes les deux et j'ai fait oui de la tête. Elle m'a habillée avec des vêtements de son aîné et elle a posé un baiser sur mon front. Elle avait des cernes pires que d'habitude. Je suis montée dans la cabine du camion, Brooke m'a fait un petit sourire triste tandis que ses deux aînés entamaient une danse de la joie à l'idée de me voir disparaître de leur vie. Pendant tout le trajet Hank m'a pas dit un mot, j'osais à peine le regarder parce qu'il ressemblait à une bête penchée sur le volant. Il s'est arrêté le long de la forêt, il n'y avait pas de ville à l'horizon, il m'a montré la route devant lui et il m'a dit qu'en marchant tout droit j'y arriverais forcément. Il s'est penché vers moi pour ouvrir ma portière et j'ai eu envie de fuir le plus loin possible parce qu'il avait l'air d'être électrique. Je suis descendue de la cabine, il a fait demi-tour avec son camion et il a fait rugir le moteur pour s'éloigner au plus vite. Pendant que je marchais en trébuchant au bord de la route avec mes bottes en caoutchouc trop grandes, j'ai décidé que pour Brooke j'allais garder ce secret bien au chaud avec celui qui m'avait fait fuir et que j'allais remplir ma boîte de bien d'autres secrets que personne ne connaîtrait jamais.

J'ai encaissé le choc, j'ai même réussi à faire semblant d'être enthousiaste. Pendant que Leo dormait dans mon lit, à côté de moi comme si rien n'avait changé depuis nos huit ans, je suis restée éveillée en essayant de comprendre ce qu'elle avait de plus aux yeux de Benjamin. Il était sûrement le seul à pouvoir répondre à cette question mais je n'avais pas envie d'entendre ses raisons. C'est à ce moment-là que je me suis juré qu'on ne m'y reprendrait pas. Jamais plus je ne me laisserais humilier à ce point. Je les avais pas lâchés d'une semelle et pourtant j'avais rien vu venir, j'avais pas réussi à percevoir des gestes, des paroles entre eux qui auraient pu m'ouvrir les yeux. Ils avaient vécu tout ça en cachette, en m'excluant comme si je n'existais pas. En voilà encore un secret. J'avais presque envie d'étouffer Leo avec mon oreiller. Est-ce que ce serait grave d'étouffer sa demi-sœur ? Est-ce qu'en racontant toute l'histoire on me trouverait des excuses ? Le lendemain au petit déjeuner mon père m'a trouvé une petite mine et j'aurais aimé lui dire que tout était sa faute, c'était lui qui avait tout gâché. Je l'ai regardé, j'ai regardé ma mère, Leo et derrière elle, par la porte-fenêtre, la neige qui recouvrait les traces. Je me sentais tellement seule au milieu d'eux. Ils faisaient tous semblant de se soucier de moi mais j'étais quantité négligeable. Il y avait tellement plus important que la petite Emmy, tellement plus important que son cœur brisé, tellement plus grave que le gâchis que ces foutus adultes avaient provoqué. Je ne voulais pas perdre Leo, je voulais juste qu'elle n'ait pas ce qui m'était refusé alors je me suis lancée comme en haut d'un grand huit. Je lui ai proposé de m'accompagner à la fête qu'un des types du lycée organisait pour la fin de l'année. Leo a refusé. C'était pas son truc les fêtes, elle y allait jamais mais papa lui a dit que c'était de son âge, qu'elle avait bien le droit de s'amuser un peu et qu'il pouvait venir nous récupérer quand on le voudrait. Il savait être persuasif quand il voulait. Leo s'est laissé convaincre, elle a accepté que je lui prête des vêtements pour cette soirée qui promettait d'être unique et elle a dû croire qu'elle risquait pas grand-chose à y aller, que rien ne pouvait lui arriver de grave avec moi, et à une autre époque, ça aurait été vrai.

Depuis que papa est parti en maison de repos, maman a repris du poil de la bête. Elle s'est trouvé un nouveau personnage, elle arpente la ville en femme courage, celle dont le mari a une santé fragile mais qui tient la barre à croire qu'elle a une pelletée de mômes ou une entreprise à gérer. Elle s'est trouvé un chirurgien dans une autre ville du comté pour lui faire ses injections, discrétion garantie, et je crois qu'elle prévoit de grands travaux de rénovation, elle conçoit son corps comme un bâtiment qui doit être mis aux normes. Je suis sûre qu'elle a une idée derrière la tête. Elle est toujours fourrée avec le maire et elle lui a même proposé de diriger le comité de campagne pour l'élection du prochain shérif mais il a refusé. Son candidat a du plomb dans l'aile depuis que Benjamin est passé de la prison à l'hôpital. Même moi j'évite Sean parce qu'on ne peut pas dire que ce soit une flèche. Après la soirée mémorable où j'avais emmené Leo, je l'avais croisé au 7-Eleven et on avait discuté d'un peu tout. L'air de rien je lui avais parlé de Benjamin, je lui avais glissé qu'il y avait des rumeurs sur lui, on disait qu'il collectionnait des photos d'adolescentes en petite tenue. Sean m'avait regardée comme un abruti incapable de savoir quoi faire d'une information pareille. À ce moment-là Leo n'était pas morte, elle était bien vivante et moi tout ce que je voulais c'était que quelqu'un l'empêche de partir avec son prof et que tout redevienne comme avant. C'était pas méchant. Je n'ai reparlé qu'une seule fois à Sean depuis qu'elle n'est plus là. Il avait son air renfrogné des mauvais jours et il m'a juste dit que Lauren l'avait affecté aux tâches administratives. Elle n'avait pas exigé qu'il démissionne et c'était pire que tout parce qu'il avait pris ça pour de la pitié *et j'ai pas envie que cette bonne femme ait pitié de moi*. En plus, il y avait des chances qu'elle soit réélue alors qu'elle avait pas été fichue de trouver qui avait tué Leo. J'ai compati. C'est dur d'être un homme et de bosser pour une femme pareille. Il a froncé les sourcils parce qu'il ne savait pas si je me fichais de lui ou non. Je me suis approchée et je lui ai dit sur le ton de la confidence eh Sean, entre nous, on sait bien tous les deux que c'est Chapman qui est responsable de sa mort, non ? Il a humecté ses lèvres, il n'était plus sûr de rien le pauvre. Avant de partir, il m'a dit que Benjamin avait quitté l'hôpital et que sa mère était venue le chercher dans une voiture médicalisée qui ressemblait à une limousine pour le ramener chez eux. Ça, je le savais déjà, j'étais là de l'autre côté de la rue, au volant de la voiture de papa, j'ai vu cette femme poser la main sur son front comme les mères le font, le regarder comme j'aurais voulu le faire. Il est parti, Leo n'est plus là et qu'est-ce qui reste à la fin ? Juste moi.

Leo a changé dix fois d'avis. À son âge, elle n'était encore jamais allée à aucune fête. J'ai plaidé, vanté, menacé de ne pas y aller si elle ne venait pas avec moi et le soir venu elle a fini par céder, même si c'était à contrecœur. Elle la sentait pas cette soirée, il faut croire qu'elle avait un sixième sens ou bien elle avait commencé à douter de moi. Je lui ai trouvé une jupe en daim un peu trop courte et une chemise à carreaux avec des boutons de nacre, une vraie cowgirl je lui ai dit même si elle avait plutôt des cheveux d'Indienne. Elle était mal à l'aise dans des vêtements qu'elle n'aurait jamais portés si elle avait eu le choix mais je ne le lui ai pas laissé. Je l'ai maquillée et en posant du fard sur ses paupières lourdes comme celles de sa mère et du rouge sur ses lèvres, je l'ai imaginée adulte. À force de l'avoir à côté de moi depuis que nous étions petites je suppose que je la voyais plus vraiment et que j'avais pas réalisé qu'elle avait autant changé. Elle était belle dans son genre parce qu'elle ressemblait à personne et je me suis dit qu'un jour au milieu de la foule on ne verrait plus qu'elle. J'ai chargé son maquillage, j'avais beau l'aimer, la jalousie me tordait le ventre. Je lui ai passé un manteau long pour que mes parents ne fassent pas une crise cardiaque en la voyant et nous sommes parties pour le grand spectacle, la représentation unique en l'absence de la seule personne qui comptait pour nous deux. Il n'était pas là mais cette soirée arriverait jusqu'à lui, portée par du papier. Le papier ça fait pas mal dit-on. Il n'y a que les imbéciles pour croire ça. Ça fait parfois plus mal qu'un coup. Leo n'a rien vu venir. Toute la soirée j'ai rempli son verre jusqu'à ce qu'elle devienne nauséeuse et amorphe, elle n'avait jamais bu d'alcool de sa vie. J'ai dansé avec elle, j'ai ri avec elle, j'ai tenu ses cheveux pendant qu'elle vomissait dans un saladier de chips et on a fini affalées sur le vieux canapé du sous-sol. Elle me regardait de la même manière que quand nous étions petites, quand elle avait confiance en moi et qu'elle savait que je la lâcherais pas. Je lui ai dit que j'avais appelé mon père, qu'elle n'avait qu'à dormir un peu le temps qu'il arrive. Elle s'est allongée sur le canapé, les jambes sur mes cuisses et quand elle s'est endormie pour de bon j'ai déboutonné sa chemise, elle ne portait pas de soutien-gorge. J'ai remonté un peu sa jupe et j'ai disposé son corps dans une position qui lui ressemblait si peu. Je l'ai prise en photo avec mon téléphone. J'avais même pas l'excuse de l'alcool, j'avais presque rien bu. J'avais aucune excuse en fait et si je pouvais remonter le temps, je crois bien que j'effacerais ce moment-là. Il n'y avait personne dans la pièce, j'entendais au-dessus de notre tête les autres hurler sur des chansons débiles et un type qui s'envoyait en l'air dans la buanderie sans que personne lui réponde. Les types sont des animaux et il faut leur parler la seule langue qu'ils connaissent, celle du sexe.

C'est bientôt Noël et il fait chaud comme au printemps. Plus rien ne tourne rond dans cette ville. Maman hésite entre se réjouir parce qu'elle pourrait presque bosser son bronzage et se lamenter parce qu'on n'a jamais vu de fêtes sans neige. Elle s'accroche à cette fête idiote qui n'a plus aucun sens. Papa n'est pas là, la clinique a refusé tout retour dans sa famille pour un moment, ils doivent être moins nuls que je le pensais. J'ai dit à ma mère que fêter Noël alors que papa faisait une dépression c'était quand même bizarre et ça l'a fichue en colère. *Il est juste fatigué, il n'est pas dépressif. Pourquoi voudrais-tu qu'il fasse une dépression ?* Moi j'ai ma petite idée et je crois que ce n'est pas près de s'arranger. Leo ne risque pas de ressusciter. Seth, lui, il sait se tenir. Pas de dépression, pas de larmes en public, pas de crise de nerfs. Je me suis toujours demandé s'il savait pour Livia et mon père et s'il connaissait la suite de l'histoire. Ça doit être un sacré truc de découvrir que votre gosse n'est pas la vôtre. Évidemment, j'ai jamais abordé la question frontalement avec lui, j'ai suggéré deux trois trucs, allumé quelques mèches. Je crois que je voulais provoquer l'explosion, sentir son souffle sur mon visage. Je voulais voir tous ces adultes se désintégrer en paillettes de cendre qui disparaîtraient au contact de mes doigts. Ça n'a pas pris la tournure que j'espérais, c'étaient eux qui devaient souffrir et au lieu de ça, c'est Leo qui a tout pris.

Après la soirée, elle ne m'a pas parlé pendant un bon moment, et encore, elle savait même pas pour les photos. Elle s'est enfermée dans le silence sans me faire de reproches, elle était juste mal d'avoir été traînée là où elle ne voulait pas aller. Elle m'a évitée pendant toute la fin des vacances et quand on est retournées au lycée en janvier, les cours avec Benjamin n'étaient plus pareils. Elle me regardait pas, elle me parlait à peine et ça me mettait mal à l'aise, j'avais l'impression d'être assise à côté d'une statue en marbre. Benjamin a senti qu'un truc tournait pas rond, son regard passait de l'une à l'autre, il essayait de comprendre ce qui nous était arrivé et j'avais envie de lui hurler que c'était sa faute à lui, qu'il avait tout foutu en l'air entre nous en choisissant la mauvaise fille. À la fin d'un cours, j'ai fondu en larmes. Leo n'était pas venue, la classe s'était vidée, il n'y avait plus que lui et moi. Peut-être que c'était ça qu'il aimait chez les jeunes filles, l'idée de pouvoir les sauver. J'ai pleurniché sur Leo qui me parlait plus, ma meilleure copine depuis toujours. Il essayait de me rassurer, la vie n'était pas facile pour elle, elle avait sûrement des problèmes à régler mais elle reviendrait. Est-ce que nous ne formions pas une paire depuis toujours ? Il m'a tendu son mouchoir et je me suis jetée dans ses bras sans qu'il me repousse cette fois. Mon cœur s'emballait dans ma poitrine. Je croyais n'éprouver pour lui que du désir, mais c'était un amour qui me dévorait. Je voulais l'avoir pour moi seule, le couper du monde, l'absorber tout entier. Je voulais que plus rien d'autre que nous deux n'existe. Il a refermé ses bras sur moi et, je ne suis pas stupide, j'ai bien vu qu'il n'était pas indifférent. Je sentais son odeur et je repensais à cette histoire de phéromones, peut-être que quelque chose allait se passer, que les atomes de son corps lui enverraient le message que j'étais celle qu'il attendait. Et puis un crétin a crié dans la salle d'à côté et c'est comme si ce cri l'avait ramené à la réalité. Il m'a écartée doucement de lui, m'a regardée dans les yeux et m'a dit qu'il parlerait à Leo, il n'y avait rien de grave entre nous, il en était sûr. Nous n'allions pas gâcher une aussi belle histoire d'amitié pour des broutilles. Il m'a reconduite à l'extérieur du bâtiment, il m'a souhaité une bonne soirée et il a fermé la porte derrière moi avant de retourner dans sa foutue classe. Je suis sortie dans la nuit noire, à peine éclairée, dans cette ville qui fait semblant de dormir sagement même quand le pire va se produire. Il a tenu parole, il a parlé à Leo, elle est revenue vers moi comme un animal méfiant et on a repris notre petite partition. Ça voulait pas dire que je comptais abandonner pour autant. Un samedi après-midi j'ai débarqué chez elle, Seth m'a ouvert, il n'a même pas eu l'air surpris de me voir. Il m'a dit que Leo n'était pas là, qu'elle travaillait au supermarché, comme si je ne le savais pas. Je lui ai répondu que je voulais juste récupérer des cours que j'avais manqués. Il a fait un geste vers sa chambre. *Tu connais le chemin ?* Je lui ai souri. Je ne l'ai pas oublié. Je suis entrée dans sa chambre, son ordinateur était sur le bureau, pas de mot de passe, du Leo tout craché. J'ai ouvert sa messagerie, inséré ma clé, transféré les photos, envoyé le mail. J'avais l'impression d'être dans un film sauf que c'était la vraie vie et que dans la vraie vie les actes produisent des conséquences qu'on ne mesure pas toujours.

La shérif a débarqué ce matin à la maison et elle a demandé à maman si elle pouvait me parler. De sa voix aux intonations graves elle expliquait à ma mère qu'elle voulait discuter avec moi à propos de Leo, en articulant chaque mot pour bien se faire comprendre. Avant, elle discutait souvent avec mon père et ils s'entendaient bien je crois, mais maintenant qu'elle se retrouvait face à une femme qui l'aimait pas, c'était plus compliqué de se faire entendre. Et ça n'a pas loupé, ma mère s'est énervée en disant qu'il fallait qu'on me laisse tranquille, qu'on allait finir par me traumatiser avec cette histoire et que j'avais déjà suffisamment de soucis à porter sur mes petites épaules. La shérif a pas insisté, elle a juste demandé comment allait papa. Il manquait aux habitants, ils s'inquiétaient pour lui. Le nouveau directeur n'était pas du coin, il n'arrivait même pas à se souvenir des noms de ses clients. Maman a répondu qu'il allait bientôt revenir et qu'il reprendrait son travail comme avant. Je me demande si elle y croit vraiment ou si elle se dit qu'en y pensant très fort, ça finira par arriver. Est-ce qu'elle est assez bête pour croire que notre vie va reprendre là où elle s'est arrêtée ? Il y a quelques jours je lui ai dit que j'avais été admise dans une université à l'autre bout du pays. Ça lui a fait un sacré choc, elle a même pas été capable de râler. Est-ce qu'elle croyait vraiment que j'allais rentrer tous les week-ends ? Plus de mari, plus de fille, plus personne pour l'écouter, comme si elle devenait obsolète, une presque vieille mise au rebut. La shérif est repartie et avant de monter dans sa voiture elle s'est retournée et elle a levé les yeux vers la façade, je crois qu'elle savait pertinemment que j'étais à ma fenêtre. Elle m'a fait un geste de la main et j'ai pas aimé son sourire. C'est pas le genre de femme qui sourit simplement pour être aimable. Je me suis dit que je craignais rien, j'avais balancé mon téléphone dans le fleuve un soir après les cours, il n'y avait plus trace des photos, elles avaient été envoyées de l'ordinateur de Leo et à moins que Seth se soit rappelé que j'étais venue chez lui un an auparavant, personne ne pouvait savoir que j'avais envoyé un message à Benjamin. N'empêche qu'il a dû lui en parler et qu'elle a compris que ça ne pouvait venir que de moi. Elle m'a envoyé une vraie lettre de rupture. Dix-sept ans passés côte à côte et je la trahissais comme ça alors qu'elle m'aimait plus que tout. Elle a jamais demandé pourquoi j'avais fait ça. Elle a jamais posé la moindre question, elle m'a jamais reparlé en fait et si elle l'avait fait, je crois que je lui aurais enfin raconté l'histoire depuis le début. Toute l'histoire, depuis nos parents, depuis cette nuit d'hiver et jusqu'à ce type qui était arrivé dans nos vies et qui avait tout foutu en l'air. Parce que s'il avait pas tout gâché en voulant partir avec elle, peut-être qu'elle serait encore là. Parfois je me dis qu'on aurait fini par s'en aller toutes les deux d'ici, on aurait été deux sœurs sur les routes d'Amérique, sans aucun parent pour nous faire souffrir. C'est cette maudite ville qui nous a étouffées, qui nous a retenues dans ses bras, mais c'était pas par amour, c'était juste pour nous empêcher de fuir.

Leo me parlait plus, Benjamin m'évitait. Il m'avait dit que les discussions en italien, c'était fini, que Leo se débrouillait suffisamment pour ne plus avoir besoin de son aide et j'ai pensé qu'elle avait encore suffisamment besoin de lui pour qu'ils partent ensemble. Bientôt ils se retrouveraient en tête à tête, les yeux dans les yeux pendant que je resterais dans ce trou perdu à laisser l'été filer en faisant mes cartons pour une université où je n'avais plus envie d'aller. À quoi bon partir si les autres sont partis bien avant moi ? À quoi bon faire quelque chose si on n'est pas la première à le faire ? J'ai commencé à tourner en rond. Ils n'allaient pas partir tout de suite, il restait une année de lycée avant qu'elle ait dix-huit ans, j'avais le temps de trouver un moyen d'empêcher ce voyage mais la patience ça n'a jamais été mon truc. Je me suis mise à rôder autour de la maison de Benjamin en espérant l'apercevoir le soir, ne serait-ce que son ombre derrière la fenêtre. À chaque fois j'attendais, accroupie au fond de son jardin, avec l'humidité qui remontait du sol et j'espérais ne jamais voir sa silhouette à elle, j'espérais encore qu'ils n'aient rien fait ensemble. Je guettais jusqu'à ce que je sois frigorifiée et je repartais de la même manière que j'étais venue, par un passage dans la haie que tous les gamins connaissaient. Je rentrais à la maison et c'est à peine si mes parents s'apercevaient que j'étais là. Si je rentrais vraiment tard la bouteille de chardonnay était vide sur la table basse et ils somnolaient devant la télé, on aurait dit deux petits vieux. J'allais de plus en plus souvent espionner Benjamin, je connaissais tout son emploi du temps, je savais que le jeudi soir il rentrait tard parce qu'il animait un truc nul, un club de théâtre avec des gens qui se croyaient doués ou espéraient qu'on les reconnaîtrait un jour à leur juste valeur, qu'ils auraient leur quart d'heure de gloire. Est-ce qu'ils ont oublié où ils vivaient ?

La gloire à Mercy, ça va jamais très loin. Un jeudi, il est rentré avec elle et mon cœur a chuté dans ma poitrine. C'était un cauchemar. Elle et pas moi, elle au lieu de moi. Elle n'est pas restée longtemps, ils ne se sont pas touchés, il ne l'a pas embrassée, il lui a juste tendu quelques livres qu'elle a pris comme si c'était une transaction habituelle entre eux. C'est ce geste-là qui a tout déclenché. Je me suis dit qu'il n'y avait qu'un livre pour tout arrêter. Le jeudi suivant je me suis glissée jusqu'à la porte arrière de sa maison, une vieille porte en bois dont la clé était cachée sous un pot de fleurs. La porte a grincé, j'ai laissé mes chaussures à l'extérieur sur le paillasson, je me suis glissée jusqu'à son salon à peine éclairé par les phares des voitures qui passaient. La bibliothèque était devant moi, remplie de ces foutus bouquins qu'il nous avait prêtés et que j'avais eu la bêtise de lire en pensant que je trouverais un peu de lui à l'intérieur. J'ai cherché le livre idéal, une édition originale de Faulkner qu'il nous avait montrée parce que c'était un des trucs auxquels il tenait le plus. C'était jamais qu'un tas de papier en fait. J'ai glissé dedans les photos et une partie de la lettre de Leo, j'avais déchiré l'en-tête, mon prénom n'apparaissait nulle part, mais j'étais assez grande pour savoir que, parfois, quelques mots suffisent à déclencher des tempêtes.

Hiver

Vous savez ce qu'on dit des Italiens ? Ce sont des Français qui sourient. Je n'ai jamais rencontré de Français. En revanche, ce que je sais c'est qu'elle m'a souri, au moins pendant quelques années. J'étais allé à Daytona avec Wallace parce qu'on adorait les voitures à l'époque. Le vrombissement des moteurs, les pots d'échappement qui pétaradent, la gomme des pneus qui fond sur le bitume, ce spectacle me remuait toujours les tripes. J'étais parti nous chercher de la bière fraîche et de quoi manger et je l'ai vue au milieu d'une allée, toute seule dans une robe juste assez décolletée pour attirer l'œil. Et l'œil elle l'attirait, croyez-moi. Elle avait de longs cheveux noirs qui descendaient jusqu'à la taille, des cheveux dans lesquels vous aviez envie de glisser vos doigts tellement ils semblaient épais et nerveux. Forcément, je n'étais pas le seul à l'avoir remarquée, on voyait bien qu'elle ne venait pas d'ici. Une fille dans son genre, en tout cas, ça ne se laissait pas passer, alors j'ai tenté ma chance. Je n'étais pas timide et j'avais suffisamment de succès avec les femmes pour oser leur parler. J'ai dû lui sortir mon baratin habituel, je ne me souviens plus trop et elle m'a souri. Elle n'avait pas les dents bien alignées, ses canines étaient un peu tournées, saillantes. Elle avait aussi des petits défauts, le nez un peu trop long et des cicatrices de varicelle sur le front et les joues, mais ça lui donnait du chien de ne pas être parfaite. Elle était italienne, pas une Italienne de Brooklyn ou du New Jersey, une vraie Italienne, de Sicile précisément, d'un village perché sur un rocher. Je lui ai demandé si c'était le village de Don Corleone dans *Le Parrain* et elle a levé les yeux au ciel avant de se mettre à rire. J'ai tout de suite aimé son rire, il vous mettait à l'aise, dénouait les nœuds que vous aviez dans le cœur. Elle riait sans se cacher les dents derrière la main comme le font souvent les filles, à croire qu'elles ont honte de montrer l'intérieur de leur bouche ou peur qu'on y découvre quelque chose de laid. Elle avait des bracelets aux poignets qui tintaient à chaque mouvement et vous rappelaient qu'elle était bien là avec vous. Wallace disait *c'est comme une cloche autour du cou d'une vache* mais je crois qu'il était un peu jaloux. Une fille pareille, ça n'était pas à la portée de tout le monde. Je lui ai montré les stands et les modèles de voitures qui en valaient la peine. Je me souviens qu'elle a écarquillé les yeux devant les monster trucks. Elle n'avait jamais vu ça en Italie. Je lui ai dit qu'on avait inventé des tas de trucs aux États-Unis que les autres n'arrivaient pas à imiter parce qu'on était des leaders. À cet âge-là j'y croyais encore. J'ai discuté avec elle jusqu'à la tombée de la nuit même si c'était surtout moi qui parlais en fait. De temps en temps elle fronçait les sourcils quand elle ne comprenait pas un mot. Elle avait appris l'anglais des livres et pas celui des compétitions de voitures. Cette fois c'est moi qui ai ri quand elle a dit ça. Wallace a fait une drôle de tête en nous retrouvant, il a regardé Livia, c'était son prénom, et il a râlé parce que je l'avais laissé en plan, mais franchement, entre un frère qui ne m'avait pas lâché d'une semelle depuis notre naissance et une belle Italienne, le choix n'était pas difficile. Ce n'est pas allé plus loin ce soir-là, je suis reparti avec lui le lendemain en me disant que je ne la reverrais sans doute jamais. Je lui avais quand même donné un bout de papier sur lequel j'avais noté le numéro de téléphone de la maison parce qu'on n'avait pas de portable à l'époque. Je lui ai dit que j'habitais une jolie petite ville à la campagne, Mercy. Tout un programme ce nom. Elle a pris le papier et l'a observé comme si c'était un truc indéchiffrable. Je lui ai dit en rigolant que si ma mère décrochait, il valait mieux qu'elle raccroche tout de suite, mais je ne crois pas qu'elle ait compris la blague. Ensuite, on s'est quittés, elle est repartie dans la nuit avec sa démarche chaloupée, un peu chaotique parce qu'elle portait des talons sur un terrain boueux. Maintenant que j'y pense, je ne lui ai jamais demandé comment elle était arrivée à cet endroit précis, ni où elle était repartie dans la nuit, disparaissant au loin sur une route à peine éclairée. Je ne pensais pas la revoir un jour et ça m'a fait un pincement au cœur. L'espace d'une soirée j'avais eu l'impression d'avoir décroché la timbale. Wallace et moi on est rentrés à Mercy dans sa vieille Chevrolet et il m'a charrié le long du trajet en prononçant tous les mots italiens qu'il connaissait, pas grand-chose mais juste assez pour me mettre les nerfs en pelote. À la maison, il n'a pas pu s'empêcher de raconter à notre mère que j'avais failli lui ramener une Italienne et elle a failli s'étouffer en mangeant. Une catholique, c'était ce qui pouvait arriver de pire, elle a dit. Livia ne m'a pas rappelé et les semaines ont passé, j'ai fini par l'oublier même si parfois quelque chose me ramenait à elle, une fille aux dents trop parfaites ou une couleur de cheveux qui ne tenait pas la comparaison. Et puis au début du printemps, un soir qu'il s'était remis à neiger, mon frère m'a appelé pour me dire que quelqu'un me demandait. Son ton était bizarre, comme s'il avait un truc coincé dans la gorge. Je suis descendu en courant prendre le téléphone mais Wallace m'a désigné la porte d'un signe de tête. Elle se tenait là dans l'embrasure, avec un manteau trop fin constellé de flocons qui commençaient à fondre et des escarpins pas vraiment faits pour ce temps. Elle a demandé si elle pouvait entrer et avant même que je réponde, elle avait déjà posé sa valise dans un coin. Pour me donner une contenance, j'ai dit à mon frère de fermer la porte parce qu'on allait avoir plein de neige dans l'entrée et maman n'aimait pas ça. Il a maugréé que la fille embêterait plus notre mère que la neige mais j'ai fait semblant de ne pas l'entendre. Maintenant qu'elle était là, je ne pouvais pas lui dire de repartir. Elle paraissait plus jolie encore que dans mon souvenir avec sa tresse brune qui s'échappait de son bonnet et ses joues rosies par le froid. Je l'ai aidée à enlever son manteau, je lui ai proposé une paire de chaussons de notre mère pour se réchauffer les pieds et je lui ai préparé du thé brûlant. Elle était arrivée jusqu'à moi avec juste mon nom, mon prénom et le nom de la ville. Le téléphone ne répondait pas parce qu'elle avait pris mes 7 pour des 1 et qu'en Europe ils ne les écrivaient pas pareil. C'était incroyable qu'elle soit venue jusqu'ici pour moi. Est-ce que vous croyez qu'on sait quand on vit un moment important de sa propre histoire ? Moi, je n'ai rien vu venir, je ne savais pas que ma vie allait changer, qu'elle allait glisser lentement vers quelque chose d'inimaginable. Et si je l'avais su, est-ce que j'aurais fait autrement ?

La maison est froide et humide, le chauffage est encore en rade. Pour Noël j'ai fait une grosse flambée avec ce qui me restait de bois même si j'avais rien à célébrer. Wallace a insisté pour que je passe les fêtes chez lui à Pasadena avec ses enfants mais j'ai refusé. C'était trop loin et trop cher même s'il m'avait proposé de me payer le billet. Il n'avait pas fait la même erreur que moi. Au lieu de réparer des voitures, il en vendait des neuves, de bonnes bagnoles américaines qui n'étaient pas censées tomber en panne. Il a ouvert une concession, puis deux, puis trois et comme il possédait les murs, il a survécu à la crise alors que j'ai bu le bouillon. Ou, plus exactement, on m'a fait boire le bouillon. Lucian m'a laissé couler sans lever le petit doigt, à croire que nous n'avions rien partagé toutes ces années. Il n'est pas plus avancé que moi maintenant qu'ils l'ont envoyé en maison de repos. Si j'ai bien compris, il n'est pas près d'en sortir et la banque n'a plus de patron. Moi ça me va. Je n'ai rien à mettre sur un compte bancaire de toute façon. Ce que je gagne me sert pour manger, payer les factures et c'est à peine si je m'en sors. Après la mort de Leo, la banque m'a envoyé un papier pour récupérer l'argent qu'elle avait sur un compte épargne bloqué à son nom. J'ai d'abord cru que sa mère l'avait ouvert pour elle mais le montant m'a fait tiquer. C'était plus d'argent que je n'avais pu en économiser en travaillant tous les jours de ma vie. Il n'y avait aucune explication, je ne savais pas d'où cet argent sortait. En revanche, je savais qu'il ne l'aurait pas rendue heureuse. Il n'y a bien que les riches que l'alignement des zéros sur un compte en banque excite. Je contemple ce foutu buffet, cette mascarade avec ces personnages qui ont l'air joyeux. Elle l'avait fait venir après notre mariage de Dieu sait où. Ça et d'autres choses qui n'avaient rien d'américain et que ma mère regardait avec horreur. Je ne lui ai pas facilité la fin de sa vie en lui flanquant une belle-fille pareille dans les pattes. Rien ne collait entre elles, autant essayer de faire cohabiter la glace et le feu. Livia n'est jamais repartie de chez nous, elle s'est installée dans ma chambre sous l'œil de ma mère qui a manqué faire une crise d'apoplexie, elle s'est installée aussi dans sa cuisine pour préparer des plats italiens, des ragoûts, des sauces, des boulettes de riz que ma mère regardait sans y toucher avant de repousser son assiette d'un air mauvais. Manger avec elles, chacune à un bout de la table, c'était comme être le pauvre type avec un drapeau blanc essayant de raisonner deux armées qui ont prévu de s'étriper jusqu'au dernier soldat. Je risquais une balle perdue, alors je la fermais et Wallace aussi, même s'il prenait logiquement le parti de notre mère. Livia a paru remporter la bataille dans un premier temps. C'était mal connaître l'adversaire. Aux beaux jours notre mère a ressorti le barbecue de papa et on n'a jamais mangé autant de viande. Des travers de porc marinés pendant deux jours, des côtes de bœuf à se faire exploser la panse, toujours accompagnés de haricots rouges, de pommes de terre cuites dans la graisse de porc ou de maïs luisant de beurre. Cette fois, c'était Livia qui regardait son assiette avec dégoût. C'était du mauvais gras, disait-elle avec son accent, ça finirait par nous tuer. N'empêche que si ma mère avait repris possession de mon estomac, elle ne pouvait rien pour le reste. J'étais dingue de mon Italienne, de ses cheveux que je peignais le matin pour les démêler, de sa poitrine ronde, de ses fesses hautes et de ses mollets musclés comme si elle avait passé sa jeunesse à courir. J'étais dingue d'elle jusqu'aux lobes de ses oreilles, jusqu'au léger duvet sur ses joues, jusqu'à ses canines qui n'en faisaient qu'à leur tête. Je me réveillais le matin, épuisé par une nuit de bataille, de baisers, de morsures, les draps chiffonnés, les oreillers au sol, Livia nue à côté de moi, couchée sur le ventre, le visage caché sous ses cheveux et rien n'aurait pu me faire renoncer à elle, pas même ma pauvre mère qui devait se boucher les oreilles la nuit pour étouffer nos gémissements. Quand je descendais le matin, elle me jetait des regards noirs et je culpabilisais un peu mais c'était plus fort que moi. La peau de Livia m'aimantait et même quand je m'échinais au garage pour prouver aux clients que les frères Jenkins étaient aussi compétents que leur père, je ne pensais qu'au moment où je l'entraînerais à l'étage pour faire glisser les bretelles de sa robe sur ses épaules, l'entourer de mes bras, persuadé qu'elle ne repartirait jamais.

Il a neigé cette nuit, pas assez pour cacher la misère, mais suffisamment pour que la maison paraisse un peu moins laide. J'ai fini par sortir les affaires de Leo de sa chambre, j'ai tout mis dans des cartons que j'ai rangés dans l'appentis en attendant de savoir quoi en faire. Garder tout ça ne la fera pas revenir. Je suis dans sa chambre vide et c'est comme si elle n'avait jamais existé. Il ne reste que le tableau accroché au mur, un tableau que Livia avait acheté pour notre future maison. Quand ma mère a compris que je ne changerais pas d'avis, elle a voulu qu'on fasse les choses correctement, le mariage et tout le reste. C'était bien leur seul point d'accord. J'aurais été incapable de lutter contre ces deux femmes si je n'avais pas eu envie de me marier, mais ça me convenait. Wallace m'a aidé à préparer la maison pour l'occasion. Je sentais qu'il me cachait un truc mais je n'arrivais pas à savoir ce qu'il avait manigancé. La veille de la cérémonie, il m'a emmené au garage sous prétexte d'une réparation urgente et dans la remise au bout du terrain, sous une housse, il y avait une Plymouth Barracuda 1970 bleu cobalt qu'il avait retapée en cachette. Peut-être pas la plus belle voiture de la Terre mais j'en avais envie depuis un moment et elle datait de l'année de ma naissance. J'avais demandé à ma mère qu'elle donne à Livia sa robe de mariée. Évidemment ça a tourné vinaigre parce qu'elle n'était pas à la dernière mode. Maman a fini par céder, elle a accepté de modifier le décolleté, de reprendre les hanches pour qu'elle soit plus près du corps en râlant que ce n'était pas une tenue de mariage mais on n'était plus dans les années soixante. N'empêche que même si elle a toujours dit qu'elle ne l'avait pas fait exprès, une épingle est restée dans l'encolure. Pendant la cérémonie, Livia a poussé un petit cri en se passant la main dans le cou, une goutte de sang a perlé de son pouce et fini sur la dentelle, ça leur a fait un motif de dispute supplémentaire. On a dansé toute la nuit, on a bu, on a fait des projets, on avait la vie devant nous, du moins on le croyait. Je devais être aussi bête que ma mère l'affirmait. Après le mariage, l'ambiance est devenue encore plus invivable à la maison. Il était temps de se trouver un nid douillet mais on n'a pas eu besoin de le chercher. Ma mère est morte bêtement d'une infection des bronches, un an presque jour pour jour après que Livia était apparue sur le pas de notre porte, et quand l'année suivante a commencé, elle était devenue la nouvelle maîtresse de maison.

Quand je ne tiens plus en place dans cette maison remplie de mauvais souvenirs, je pars marcher. Je marche pendant des heures jusqu'à ce que l'angoisse s'apaise petit à petit, jusqu'à ce qu'elle accepte de se nicher dans un coin de ma tête, engourdie, pour ne se réveiller qu'au milieu de la nuit suivante, lorsqu'il n'y a plus rien pour la calmer. Le plus souvent, lorsqu'il ne neige pas, je descends au bout du terrain et je coupe à travers bois jusqu'au fleuve. Il n'y a jamais grand monde dans ce coin-là, l'eau est moins poissonneuse qu'avant, les gens balancent leurs déchets sur la rive et je navigue entre les morceaux de bois, les jantes de voiture et les barils de lessive délavés. Un vrai dépotoir, vous verriez ça. Ça me répugne cette crasse qui déborde des maisons pour échouer ici. J'ai encore ma barque dans une remise que j'ai bricolée, sans trop demander l'autorisation. Le bord du fleuve était encore à peu près propre, tout le monde avait son cabanon même si certains n'ont pas tenu. Il a fallu que je change le cadenas à plusieurs reprises parce que des petits malins l'avaient forcé pour faire Dieu sait quoi à l'intérieur. De toute façon, je n'y touche plus. À quoi bon sortir la barque ? Ça valait la peine quand Leo était encore là et que je l'emmenais pique-niquer sur l'îlot au milieu du fleuve. Petite, elle avait décidé que c'était son royaume, un bout de terre vierge inhabité, trop modeste pour intéresser qui que ce soit. Quand je l'emmenais là-bas le dimanche, elle poussait des cris de joie, debout à l'avant de la barque, les bras écartés comme dans le film. Une barque, c'est pas le *Titanic*, sauf dans l'esprit d'une gosse de dix ans. J'essayais quand même de ramer le plus vite possible pour qu'elle ait du vent dans les cheveux. Juste nous deux, ma gamine et moi et il n'en reste rien. Juste une chambre vide et une barque remisée dans une cabane à laquelle je ferais mieux de mettre le feu pour en finir. Je shoote dans les boîtes de conserve et ça me fiche tellement le bourdon que je finis par remonter vers la ville pour boucler ma balade. Je commence par le pire et je finis par le pire. On ne peut pas dire que cette foutue ville soit le paradis sur Terre. J'y ai cru quand j'étais jeune. Je croyais même dur comme fer qu'on ne pouvait pas trouver de meilleur endroit que ce patelin et ses habitants. Maintenant leur sollicitude me donne la nausée, elle vient trop tard. J'en avais besoin avant. Les hommes m'ont donné assez de boulot pour occuper deux types à plein temps sans se demander si j'avais encore envie de me tuer à la tâche alors que je n'ai plus que moi à nourrir. Les femmes me déposent de la nourriture, des boîtes en plastique remplies de bouffe à vous rendre obèse rien qu'en les regardant. *Mangez, Seth, il faut manger. Il ne faut pas vous laisser dépérir, Leo ne voudrait pas vous voir dans cet état.* Ça me donne envie de leur faire avaler leurs Tupperware pour qu'elles la ferment. Elles m'apportent leur nourriture et aussi des nouvelles au cas où elles n'auraient pas parcouru la ville assez vite. Il fallait voir leurs mines désolées quand elles m'ont appris que les charges contre le professeur étaient abandonnées et qu'il avait quitté la ville. Elles attendaient une réaction, de la colère, du désespoir, mais mes réactions je les garde pour moi. Je n'ai pas besoin de spectateurs.

Les premières années avec Livia, tout a eu l'air de s'aligner parfaitement, comme dans ces moments où vous vous dites que la chance est de votre côté, que tout vous réussit, quoi que vous fassiez. Elle a repris la maison en main, elle a changé la décoration et abattu des cloisons pour faire une cuisine ouverte sur le salon. Il y avait un grand comptoir avec des tabourets hauts pour prendre le petit déjeuner et je m'installais là le soir pour la regarder cuisiner en jupe et talons hauts comme si on attendait des invités. C'était trop de changements pour Wallace qui a fini par partir. Faut dire qu'il n'y avait pas beaucoup d'espace entre elle et moi. On roucoulait à longueur de journée et je me doutais bien que ça lui tapait sur les nerfs. Il n'était pas rancunier, il avait envie de voir du pays, alors il m'a laissé la maison, le garage de papa et on a convenu que je lui verserais en compensation une somme tous les mois. Il n'en a pas eu besoin longtemps, il s'est vite trouvé un boulot à Pasadena et il a acheté une petite maison avec une fille, croyez-le ou non, qui venait du même comté que nous. J'avais épousé à Mercy une fille du bout du monde et lui en Californie une fille qui avait grandi à moins de quinze miles de chez nous. J'ai bossé pendant toutes ces années sans compter mes heures puisque j'étais mon propre patron. Les gens me confiaient leurs voitures comme ils l'avaient fait avec notre père, le bouche-à-oreille marchait, je commençais à me faire une réputation. J'ai même fini par embaucher deux mécanos tellement ça tournait bien et Livia m'aidait pour les tâches administratives. Je me doutais que certains clients venaient se faire expliquer leur facture juste pour l'observer de plus près mais je ne m'inquiétais pas, c'était une femme sérieuse. Parfois je m'arrêtais pour la regarder remplir les papiers, elle tirait la langue inconsciemment parce que les 1 et les 7 lui posaient encore problème et parfois une mèche s'échappait de son chignon, une mèche que j'avais envie d'enrouler autour de mon doigt. On en a eu des jours heureux quand, après avoir économisé, on pouvait se payer des vacances, acheter un frigo avec distributeur de glaçons ou même un manteau de fourrure en solde pour elle. On partait en virée dans les États voisins à bord de la Plymouth, mais jamais très loin non plus. Il y avait trop de boulot, trop d'argent à se faire et on en voulait toujours plus. Pourtant c'est pas l'argent qui vous tient chaud. C'est pas lui qui vous prend dans ses bras et qui vous console quand vous êtes vieux et seul. Ce n'est jamais qu'une foutue saloperie de fil à la patte qui vous pousse à faire toujours plus, toujours trop.

La neige tombe en continu depuis trois jours. La maison est mal isolée et humide, c'est tout ce que je pouvais me permettre quand tout nous a été repris. Une maison avec des fenêtres qui ferment mal et des infiltrations dans le toit. Pourquoi est-ce que je me fatiguerais à la remettre en état alors qu'elle n'est même pas à moi ? Il a fallu que je déblaye devant le garage au petit matin pour aller travailler parce que les gens se moquent de savoir s'il fait trop froid pour se déplacer jusque chez eux. Quand j'ai réussi à dégager un passage assez large pour mon pick-up, j'ai trouvé Lauren debout, les mains derrière le dos à contempler mon travail. Je lui ai dit que c'était pas une heure pour les visites, elle m'a répondu qu'elle savait que j'étais un lève-tôt comme elle. Je n'avais pas le temps pour faire la conversation, j'étais en retard avec toute cette neige à enlever et je transpirais dans ma veste, mais je sentais bien qu'elle n'était pas venue là pour rien. Elle voulait me dire un truc et ça me mettait mal à l'aise, je me doutais qu'il s'agissait de Leo. Elle m'a expliqué que Chapman avait été relâché parce que la procédure n'avait pas été respectée mais surtout parce qu'il avait un alibi. Sa logeuse, insomniaque, avait fini par se rappeler qu'elle l'avait vu chez lui au petit matin. Puisqu'il avait avoué, personne n'avait pensé à interroger ses voisins. J'ai tapé mes pieds l'un contre l'autre pour détacher la neige collée à mes semelles. Pourquoi un type comme lui avait dit qu'il l'avait tuée s'il n'y était pour rien ? À moins qu'il se soit senti coupable de quelque chose. Moi je savais qu'il était coupable des promesses faites à ma fille et ça me suffisait pour avoir envie de lui refaire le portrait. Seulement voilà, il était parti. Les riches s'en sortent toujours, c'est une loi de la nature. Je n'avais pas besoin de l'expliquer à Lauren, elle le savait déjà. Elle a tapoté son chapeau contre sa hanche. Un sacré morceau cette femme, c'était bien la sœur de son frère, même gabarit et même façon de porter leur chapeau enfoncé au ras des yeux pour vous observer l'air impassible. L'enquête n'était pas close, elle a dit. Elle continuerait à chercher jusqu'à ce qu'elle mette la main sur celui qui avait fait ça et elle ne quitterait pas son poste avant de l'avoir trouvé. Il restait quelques mois avant l'élection et personne ne pouvait prédire ce qui allait se passer. Avec ses méthodes de cow-boy, Sean s'était mis à dos une partie de la ville. Le maire n'avait pas parié sur le bon cheval. Je ne lui ai pas dit que ce vieux filou m'avait proposé le poste en me disant qu'avec ce qui m'était arrivé, tout le monde voterait pour moi. J'avais eu envie de lui casser la figure. Devenir shérif, tu parles d'un lot de consolation. C'est juste une croix de plus à porter et j'en avais mon compte. Je l'ai remerciée d'être passée, j'avais hâte qu'elle s'en aille, hâte d'être seul, hâte qu'on me laisse tranquille, qu'on arrête de me parler, de me sourire, de me donner des tapes dans le dos ou de m'offrir un verre. Franchement, est-ce que c'était trop demander ?

Bien sûr, avant cette maison à moitié en ruine, il y avait eu notre maison. Celle de mes parents ne plaisait pas tant que ça à Livia, même après les travaux. On l'a vendue, j'ai envoyé la moitié de la somme à Wallace et on s'est acheté une maison trop chère pour nous, mais le crédit était supportable et puis j'étais sûr que les affaires tourneraient de mieux en mieux. C'était une de ces maisons modernes avec de grandes baies vitrées et de la moquette épaisse couleur crème. Le terrain descendait en pente douce vers le fleuve et il y avait même assez de place pour faire construire plus tard une petite piscine. Livia avait l'air contente. Le garage marchait bien, les clients venaient parfois de loin pour retaper une voiture de collection et ça me plaisait de bosser sur autre chose que des voitures des années quatre-vingt-dix qui manquaient de style et de répondant. La seule chose qu'on n'avait pas c'était un gosse, et pourtant c'était pas faute d'essayer. Elle disait que je travaillais trop, que j'étais toujours crevé et que ça devait jouer, mais en même temps elle ne crachait pas sur l'argent que je rapportais. Nous étions mariés depuis cinq ans, nous étions jeunes, pour moi rien ne pressait mais elle me disait qu'en Italie elle aurait déjà eu quatre gosses à son âge et je lui répondais en rigolant qu'elle n'avait qu'à y retourner si elle voulait une portée entière. Ça ne la faisait pas rire. Elle n'a jamais voulu me dire pourquoi elle était partie et comment elle s'était retrouvée aux États-Unis. Je m'en fichais un peu en fait. C'est drôle que je me sois posé aussi peu de questions et que je l'aie acceptée comme le fruit tombé de l'arbre. Je l'ai prise telle quelle, avec ses qualités et ses défauts, parce que des défauts elle en avait à vouloir toujours plus, à ne jamais être satisfaite. On n'a qu'une vie disait-elle, autant la remplir à ras bord. Elle est allée voir une gynécologue à l'hôpital de Hearst pour savoir si tout allait bien de son côté et c'est là, dans la salle d'attente, qu'elle a fait la connaissance de Vicky. C'était improbable qu'elles se soient croisées là-bas toutes les deux, improbable qu'elles aient sympathisé, mais elles se sont peut-être dit qu'elles étaient trop différentes pour se faire de l'ombre. On a commencé à se fréquenter comme ça, nous le petit couple plein d'ambition et eux déjà servis par l'existence. Lucian ne voulait pas quitter Mercy alors que ses frères dirigeaient des succursales bien plus importantes qui appartenaient à sa famille. Il n'avait pas besoin d'être ambitieux, l'argent rentrait tout seul et ça n'a jamais poussé personne à se bouger le cul. Au début, on s'est surtout croisés aux kermesses, à la fête foraine ou aux barbecues géants organisés par la paroisse, mais Livia et Vicky se voyaient plus souvent. Elles allaient chez le coiffeur, chez la manucure, elles partaient en virée dans les magasins à des miles de chez nous parce qu'il n'y avait rien à leur goût à Mercy, rien qui soit à leur hauteur. Le budget vêtements s'envolait et je râlais un peu parce que je ne voyais pas ce qui justifiait le prix de ces bouts de chiffon qui s'accumulaient dans nos placards. Il a bien fallu qu'on s'entende Lucian et moi. On était des satellites de nos femmes, on se contentait de tourner autour d'elles. À deux, elles étaient sacrément redoutables, elles passaient en revue tout ce qui n'allait pas et on se faisait toujours engueuler. On a fini par ne plus se quitter, sauf pour les vacances parce que je n'étais pas en mesure de rivaliser financièrement et il fallait qu'elles aient des trucs à se raconter à leur retour, des trucs auxquels je ne comprenais rien parce que le moins qu'on puisse dire c'est que je ne comprenais pas grand-chose à l'époque.

Le boulot du jour ne s'est pas vraiment bien passé. Cette foutue cliente ne savait même pas ce qu'elle voulait. Je suis resté planté au milieu de son salon avec mes pots de peinture, à mettre un coup de pinceau là où elle le demandait. Une couleur différente à chaque fois. Bleu céruléen, bleu de Prusse, bleu outremer, bon sang, c'était jamais que du bleu à poser sur un mur. Une couleur qu'elle aurait envie de changer au bout de six mois et moi cette couleur me rappelait ma voiture, la voiture que mon frère m'avait offerte pour mon mariage et qu'il avait fallu que je brade parce que j'avais besoin d'argent pour payer mes dettes. Comme si ça pouvait suffire. J'ai tout vendu et il ne me restait rien, plus de garage, plus de maison, plus de voiture et plus de femme. Livia était partie parce que son rêve américain avait tourné court. Il ne restait plus que ma gamine. Nous deux, en tête à tête, et elle qui se retenait de pleurer. Quand je lui ai dit que sa mère était partie, qu'il ne restait plus que nous dans cette location misérable, elle a mis sa main dans la mienne et a posé sa tête contre ma hanche, oisillon au creux de mon bras. Elle était si petite encore, si vous l'aviez vue, avec ses cheveux longs et brillants, les cheveux de sa mère. Nous sommes restés là un bon moment, appuyés contre la porte d'entrée, face à ce salon sinistre, mal éclairé, face à ce buffet hideux qu'elle m'avait laissé comme pour se moquer de moi. On a fait notre vie sans elle, pas après pas, comme ceux qui n'ont pas le luxe de croire en l'avenir. Il n'y a que ceux qui ont tout ce qu'ils désirent qui peuvent marcher le nez en l'air. Les autres avancent les yeux rivés au sol en se demandant où se dissimule le prochain obstacle. Je croyais que ça convenait à Leo, mais qu'est-ce que je pouvais comprendre à une adolescente ? J'aurais dû me douter qu'elle voudrait plus qu'une vie de gagne-petit, seule avec son père. La cliente a fini par me dire qu'un vert céladon serait peut-être plus doux et que je pouvais remballer mon matériel. Elle voulait s'accorder le temps de la réflexion. La formule m'a paru tellement stupide que j'ai pris le premier pot devant moi et j'ai balancé la peinture sur le mur. Inutile de me rappeler. Je suis parti en la laissant bouche bée, elle avait l'air d'avoir été frappée par la foudre. Je m'en fous si je n'ai plus de boulot, s'il n'y a plus de boîtes Tupperware devant ma porte quand je rentre et plus personne pour me tenir la jambe à la station-service. Ce sera juste comme avant, quand Leo était encore là.

Dimanche, il a bien fallu que je me traîne jusqu'à l'église parce que Lloyd est venu me chercher pour communier. Si je ne l'avais pas connu dans ma jeunesse et si on n'avait pas fait les quatre cents coups ensemble, je l'aurais envoyé promener. Mais c'était Lloyd et même si on s'était perdus de vue parce qu'il s'était trouvé une bigote, une bonne femme tellement maigre qu'on s'attendait à ce qu'elle se casse en deux, je n'avais pas su dire non. Il n'a plus grand-chose en commun avec sa version adolescente mais quand je le vois, je me rappelle nos virées en voiture pour aller se bagarrer avec tous les types mal embouchés qu'on croisait sur notre chemin. J'avais trafiqué une vieille caisse du garage de mon père, une épave, mais elle pétaradait comme pas une et à chaque démarrage elle lâchait un nuage noir et malodorant. Ça nous faisait marrer. L'office c'était nettement moins drôle même si j'ai rigolé intérieurement en voyant ma cliente vert céladon murmurer un truc à sa voisine. Si ça se trouve, elle n'est même pas en rogne. Ils me pardonnent tout, mes retards, mes silences, ma mine renfrognée. Pauvre homme qui a perdu sa fille unique. Ils étaient où quand j'ai perdu mon garage, ma maison et ma femme ? Pas là à me contempler avec leurs têtes désolées de bons chrétiens. Je me suis installé à l'écart de Lloyd parce que voir ses mômes me faisait comme un pincement au cœur. À l'écart, voilà bien ma place. Je ne suis pas fait pour occuper les premiers rangs, ni pour parcourir la travée centrale façon Vicky, avec un vieux accroché au bras en guise de sac à main. Un vieux dont les pieds raclent le sol à chaque pas. J'entendais l'assistance murmurer et j'ai fini par comprendre que c'était Lucian, une version grise et presque décharnée du banquier qui m'avait expliqué qu'il ne pouvait pas me faire de faveur. J'avais cru que nous étions amis ou quelque chose qui s'en approchait et je m'étais trompé là-dessus aussi. Vicky a installé Lucian à côté d'elle. Il portait des lunettes noires comme une rock star en fin de carrière. J'ai entendu la femme devant moi chuchoter à sa voisine qu'il était sorti de sa clinique, il était enfin guéri, mais j'ai pensé que si c'était ça la guérison, il valait peut-être mieux crever. Je l'ai regardé encore quelques minutes pour essayer de retrouver le type enjoué que j'avais connu et puis je suis parti avant même que l'office commence. J'ai traversé le parking désert et, pour la forme, j'ai donné un coup de pied dans la portière du coupé des Ellis avant de monter dans mon vieux pick-up. Je n'ai rien de commun avec ces gens, rien ne me retient ici et pourtant je ne sais pas pourquoi je reste là, le cul vissé sur ma banquette à attendre que quelque chose se passe.

On a entamé un protocole pour avoir un bébé parce que les médecins avaient décrété que le problème venait de moi. Je n'en croyais pas un mot, personne dans ma famille n'avait jamais eu de problème pour avoir des enfants, mais je me suis plié aux visites médicales, aux analyses, aux moments de solitude avec mon godet en plastique et des magazines que ma mère n'aurait jamais tolérés chez nous. Il n'y avait qu'avec Lucian que j'arrivais à rire de tout ce qu'on était obligé de faire pour devenir père. Son seul souci à lui c'était que Vicky n'avait pas trop envie d'avoir un enfant, elle avait peur que ça transforme son corps et qu'elle finisse par ressembler à une vache. On était au point mort tous les deux jusqu'à ce que Vicky tombe finalement enceinte après des vacances particulièrement torrides. Lucian avait organisé un voyage surprise à Paris, puis sur la Côte d'Azur, il lui avait acheté un diamant énorme, un truc impossible à porter à Mercy. Peut-être avait-elle mesuré l'amour de son mari à la taille de ses cadeaux. En tout cas, elle s'était décidée et ça avait marché du premier coup. Livia s'était réjouie pour eux mais je voyais bien qu'elle avait du chagrin. Avec un autre homme, elle aurait déjà eu son gosse. Je m'efforçais de respecter les consignes des médecins, de m'abstenir plusieurs jours d'affilée pour que la concentration de spermatozoïdes soit maximale mais rien n'avait l'air de marcher. Il y avait de plus en plus souvent des cris entre nous, des portes claquées, des larmes et puis finalement un jour je l'ai trouvée assise dans sa voiture avec des résultats d'analyses sur les genoux. Elle était enfin enceinte et complètement désemparée. Elle pleurait en disant que c'était une bêtise, qu'il aurait mieux valu attendre. Je l'ai couverte de cadeaux pendant sa grossesse, j'ai dépensé des fortunes pour que la chambre du bébé soit au moins aussi belle que celle des Ellis et quand j'y repense, c'était la meilleure période de notre vie ensemble, ce moment où elle avait besoin de moi pour tout, où j'étais son homme, le type pour lequel elle avait rejoint Mercy. Même Vicky disait que je me débrouillais mieux que Lucian qui se perdait dans ces histoires de baignoire, de stérilisation de biberons, de taille de pyjama. J'étais comme un poisson dans l'eau, c'était un peu de la mécanique ces pièces à assembler pour constituer le trousseau idéal du bébé parfait. Les filles sont nées à quelques semaines d'intervalle, Emmy d'abord, Leo ensuite. On les a vite casées dans le même lit quand on passait la soirée ensemble. Quand elles étaient à côté l'une de l'autre, elles arrêtaient de pleurer et restaient collées à se renifler comme deux petits animaux. Et nous quatre, penchés sur elles, contemplant nos merveilles, on se disait que c'était le début d'une nouvelle ère, un âge d'or qui ne prendrait jamais fin.

Quand vous êtes au fond du trou, il y a toujours une femme pour essayer de vous en tirer malgré vous. Leo gardait des enfants dans toute la ville mais le plus souvent elle gardait ceux de la voisine d'en face, une femme que son mari avait laissée en plan avec deux jeunes gamins. Elle s'appelle Felicity, preuve que les parents n'ont pas toujours le nez creux, et je crois bien qu'elle s'est mis en tête de mutualiser nos chagrins. Il n'y a pratiquement plus qu'elle qui continue à déposer des boîtes de nourriture sur mon paillasson, quand elle ne s'enhardit pas à sonner. J'ai l'impression qu'elle a dissuadé les autres de me laisser à manger, à moins qu'il y ait eu consensus. Les gens raisonnent par paires. Voilà un homme qui n'a plus d'épouse et plus d'enfant et une femme qui n'a plus de mari mais deux enfants qui ont besoin d'un père. Pourquoi ne pas les assembler ? Felicity est plutôt mignonne et si ma vie avait été différente j'aurais peut-être même tenté ma chance. Presque huit ans sans femme, c'est ce qui se murmure. Un homme de mon âge n'est pas censé faire vœu de chasteté. Felicity ne se contente plus de déposer les boîtes ou de reprendre celles qui sont vides comme elle le faisait à l'automne dans un accord tacite de non-communication, elle jette un œil par la fenêtre pour voir si je suis là et elle toque au carreau, telle une pie attirée par je ne sais quoi de brillant à l'intérieur. Je suis bien obligé d'ouvrir et on se retrouve là comme deux abrutis, moi à ne pas savoir quoi faire de mes bras et elle avec ses trucs plein les mains à m'expliquer comment les réchauffer. J'ai fini par la laisser entrer une première fois et ensuite elle n'a plus vraiment attendu ma permission. Elle porte un parfum à la rose ou un truc dans le genre et après son départ je suis toujours déboussolé par cette odeur étrangère qui subsiste et qui n'est celle d'aucune femme ayant vécu ici. Parfois elle s'installe dans la cuisine, je lui fais un café et je ressors ses biscuits auxquels je ne touche jamais. Tout ça elle devrait bien s'en apercevoir mais elle se contente de croquer dedans, des miettes se collent sur son brillant à lèvres et je mentirais si je disais que ça ne me fait rien de m'imaginer passer un bras autour de sa taille, l'attirer vers moi et l'embrasser. De temps en temps on réussit à rire et ça change l'air dans la pièce, il devient plus léger. Ça me donne l'illusion quelques instants que je pourrais recommencer à vivre, mais ce n'est plus pour moi, ces histoires-là. Hier elle est passée au mauvais moment, j'avais pas la tête à discuter, elle a fait comme si elle ne voyait rien. Je l'ai laissée entrer avant de m'apercevoir qu'elle était venue avec un de ses deux mômes, à califourchon sur son dos. J'ai été subitement glacé et ce n'était pas dû au froid dehors. À peine à terre, le gosse est parti en courant faire le tour de la pièce en touchant à tout. Elle lui disait bien de rester tranquille mais c'était pas ce que le gamin faisait qui l'intéressait, juste ce que je faisais moi. Et moi, je n'avais d'yeux que pour ce petit qui courait dans tous les sens là où Leo avait couru, qui escaladait la chaise sur laquelle elle s'asseyait, qui prenait possession des lieux, à croire que la place était à prendre. Felicity voyait bien que j'étais stressé mais elle a posé délicatement la main sur ma joue pour que je la regarde, elle et pas son môme. *C'est pas grave Seth, il n'y a rien à casser ici, non ?* Rien qui n'ait pas déjà été cassé ai-je eu envie de lui répondre mais à ce moment-là son fils s'était arrêté devant le buffet de Livia, hypnotisé par les personnages. Il a passé le doigt sur leur visage, sur le pli des robes, la courbure des chapeaux, tout le long de la frise, tout le long du buffet, arêtes et corniches. Il a demandé à sa mère avec sa petite voix aigrelette pourquoi il y avait des trous dans le bois et j'ai vu rouge. J'ai hurlé à Felicity de foutre le camp, j'ai ouvert la porte en grand et attrapant le gamin par le col, je les ai jetés dehors comme deux paquets sur mon paillasson. Quelque chose me vrillait les tempes. Rien ne pouvait apaiser cette douleur et je me suis dit qu'il était temps d'en finir. Je suis parti chercher ma hache dans l'appentis. J'ai débité ce maudit meuble au beau milieu de mon salon. Les éclats de bois volaient autour de moi et dans un craquement lugubre il a fini par s'effondrer sur lui-même. Je l'ai découpé en morceaux toujours plus petits jusqu'à ce qu'il ne reste rien de reconnaissable. J'ai tout brûlé dans ma cheminée, un vrai feu d'enfer. C'était la fin d'une époque que je brûlais. La fin d'une vie.

L'arrivée de Leo, ç'a été comme découvrir une carte maîtresse dans son jeu, comme remporter le jackpot. Amants seulement, puis parents, même si je pensais que l'un n'empêchait pas l'autre. J'étais bouleversé de voir Livia devenir mère. Je ne me lassais pas de la regarder le soir, quand la petite s'était enfin endormie, enlever ses vêtements, dégrafer son soutien-gorge et libérer ses seins que la maternité avait si peu changés. La manière dont elle faisait glisser sa jupe jusqu'au sol, puis sa culotte dans le même mouvement. Elle était trop pour un seul homme. Trop d'amour, trop de beauté, trop de tout. Depuis la naissance de Leo, quelque chose avait éclaté chez Livia, comme ces pivoines qui en s'ouvrant deviennent énormes, et ça rendait les types fous. Elle leur jetait à peine un regard quand ils venaient au garage régler une facture dont ils auraient pu expédier le règlement, juste pour la voir cinq minutes. Elle ne réagissait pas à leurs blagues, à leurs compliments. Elle restait l'œil rivé sur sa calculatrice, sur les papiers devant elle et, à intervalles réguliers, sur le bébé qui dormait dans son couffin à ses pieds. J'observais tout ça du hangar où je m'occupais des voitures, je voyais les clients faire les guignols et Livia esquisser à peine un sourire, un crayon planté dans le chignon qu'elle ne défaisait que pour moi. Je n'étais pas jaloux, plutôt fier. Aucun homme ne pouvait donner à ma femme, la mère de mon enfant, ce que je lui donnais. J'étais bien le dernier des crétins. Il fallait être stupide pour croire que ça lui suffirait, mais à ce moment-là, elle n'avait que sa fille en tête et quand elle s'endormait le soir comme une masse, sans faire attention à moi, je me promettais d'être patient, d'attendre qu'elle ait à nouveau du désir, ce désir violent qui la prenait n'importe quand lorsque nous étions jeunes. Tout n'était qu'affaire de temps. Je bossais toujours plus, je commandais des pièces partout dans le pays, je rachetais des voitures de collection abandonnées au fond des jardins pour quelques centaines de dollars et je les retapais entièrement. Qu'est-ce que je pouvais rêver de plus ? La trésorerie du garage coinçait parfois, il y avait des fournisseurs pour râler parce que je tardais à les régler mais mon affaire grossissait, la banque de Lucian m'accordait des prêts pour agrandir le garage, des prêts pour de nouveaux équipements, des prêts pour partir en vacances, des prêts pour rembourser les prêts. Ça avait l'air simple, facile et j'aurais dû me rappeler que rien n'est jamais facile et qu'un jour je devrais payer le prix fort.

Février est plus sec et froid encore que ne l'était le début de l'année. L'eau infiltrée dans les fentes de la charpente gèle et la nuit j'entends le bois craquer sous l'étau de la glace. Je ne sais pas comment cette maison tient encore debout ; au fond elle est bien à mon image. C'est la seule que j'ai pu me payer quand l'avis d'expulsion est tombé. Vous mettez des années à tout organiser pour que votre foyer soit le plus parfait possible et du jour au lendemain il n'est plus à vous. Ils sont arrivés un matin, le représentant de la banque, l'huissier et des types baraqués au cas où j'aurais résisté. Mais à quoi bon s'enchaîner à la porte et rameuter tout le quartier ? Ils étaient déjà derrière leurs fenêtres à assister au spectacle. Je n'étais pas le seul à tomber en ville, mais j'ai eu l'impression d'être le seul à tomber de si haut. Je perdais tout alors que les autres conservaient un petit quelque chose. *Tu as vu trop gros*, m'avait dit Lucian en me raccompagnant au seuil de son agence. *Tu as trop dépensé, pas assez épargné*, et moi je le regardais incrédule parce que j'avais tout investi dans mon garage, j'avais créé des emplois, j'avais utilisé chaque dollar pour que mon entreprise tourne plutôt que chercher à capitaliser, à faire fructifier cet argent pour moi seul. J'ai agrippé Lucian par le revers de son veston et je lui ai demandé ce qu'on allait devenir maintenant, ma femme, ma petite et moi. Il est resté silencieux quelques instants mais pas parce qu'il cherchait la réponse adéquate. Il visualisait peut-être Livia et Leo en se demandant ce qu'il ferait à ma place. Finalement, il m'a servi son sourire de banquier : il ne fallait pas que je m'inquiète, avec mes compétences j'allais retrouver du boulot et je pourrais rembourser peu à peu ce que je devais à mes créanciers. Je n'ai pas réfléchi, je lui ai flanqué un direct dans le menton. Ça m'a fait du bien sur le moment. Comme si un coup de poing dans les maxillaires pouvait vous remettre les idées en place.

Ils ont annoncé de grosses chutes de neige pour les deux jours à venir, ça m'évitera de sortir, d'avoir à parler à des gens. Ça m'évitera tout contact avec ceux qui ne peuvent pas s'empêcher de traverser la rue pour me faire la conversation. Ça me rappelle cet hiver de malheur, l'emménagement en catastrophe dans cette bicoque pourrie avec Livia qui refusait d'ouvrir le moindre carton. Elle ne voulait pas se projeter dans cette maison, elle disait qu'on allait retomber sur nos pieds à un moment ou à un autre et que ce n'était pas la peine de s'installer. J'avais beau lui dire que j'avais plus de dettes que de jours dans ma vie pour les régler, elle ne l'acceptait pas, elle voulait du rêve et quand le rêve s'est fracassé sur la réalité, elle ne m'a plus regardé de la même manière. Vous voyez le genre ? Du jour au lendemain votre femme vous regarde comme un raté. C'est là qu'elle a commencé à délirer. Un soir juste avant Noël, elle a décidé de partir chez les Ellis. Je lui ai demandé ce qu'elle croyait pouvoir obtenir d'eux et quand elle m'a répondu *de l'aide*, j'ai ricané. Je ne sais pas si dans ton pays les gens ont l'habitude de s'entraider mais ici ce n'est pas la même chanson ma petite. Elle est partie en me claquant la porte au nez, j'ai entendu la voiture patiner puis partir en trombe sur la route verglacée. Quand elle est revenue une heure plus tard, elle avait l'air perdue. Elle s'est enfermée dans le réduit qui nous servait de chambre et elle a pleuré toute la nuit. Je n'avais pas le souvenir de l'avoir entendue pleurer depuis qu'on était ensemble, ou alors seulement de joie. J'ai dormi sur le canapé du salon qui avait perdu un pied dans le déménagement et au petit matin j'ai été réveillé par un coup de fil. Emmy avait disparu pendant la nuit, il y avait des battues organisées pour essayer de la retrouver. Vous croyez que j'ai enfilé ma veste et que je suis parti la chercher ? Je n'ai rien fait de tout ça. Lucian ne se sentait pas concerné par ma chute, alors il n'y avait pas de raison que j'amortisse la sienne. C'est cette nuit-là que la mue a débuté. Il ne restait déjà plus rien du Seth d'avant Livia, celui qui aurait cherché et cherché encore Emmy parce que ce n'était qu'une gosse. Quand elle s'est levée, les yeux gonflés d'avoir trop pleuré, j'ai trouvé Livia moins belle. Quelque chose s'était déchiré. Nous nous étions mariés pour partager le bonheur et l'adversité, mais l'adversité, elle n'en voulait pas, surtout pas avec moi.

Le gros temps est passé et il a bien fallu que je mette le nez dehors parce que mes placards étaient vides. Une partie du toit du gymnase avait cédé sous le poids de la neige, il y avait deux personnes légèrement blessées et ça occupait les conversations. Une sacrée bande de voyeurs, voilà ce qu'ils sont tous, drapés dans leur bonne conscience, persuadés qu'ils valent mieux que leur voisin mais toujours avides d'assister à une catastrophe. J'ai acheté de la viande à la supérette, du second choix plein de flotte dont il ne resterait plus grand-chose à la cuisson, et puis des haricots, des légumes secs en vrac, ce qu'il y avait de moins cher. Pendant que je faisais la queue pour payer j'ai tendu l'oreille. Il y avait un attroupement à la caisse et tout le monde y allait de son commentaire. J'aurais pu sortir sans payer avec mes courses sous le bras, personne ne s'en serait aperçu. Ça débattait à propos de Lauren, pas à cause des élections, à cause d'un truc plus croustillant. Elle était enceinte de presque quatre mois. J'ai éclaté de rire, mais personne n'a fait attention à moi. Elle avait bien trompé son monde en faisant croire qu'elle était un peu comme un bonhomme. Être shérif et mère ça n'avait rien d'incompatible mais évidemment ce n'était pas là que résidait le problème, c'était l'absence d'un père qu'ils avaient du mal à digérer ou bien le fait qu'ils n'avaient rien vu venir alors que dans une ville pareille les gens s'imaginent qu'ils ont le contrôle sur leur vie, sur ce qu'ils mangent, sur ceux qu'ils élèvent et ceux qu'ils élisent. Un type a fait remarquer que ça réglait le problème de l'élection mais sa femme, une ancienne institutrice de Leo, lui a fait remarquer qu'elle était enceinte et non malade. Elle pouvait finir sa grossesse sans risque d'affronter le grand banditisme. *De toute façon, il ne se passe jamais rien dans cette ville*, avait-elle ajouté avant que son mari ne lui file un violent coup de coude dans les côtes. Elle s'est tournée vers moi et elle est devenue toute pâle. C'est ça que je suis pour eux : un caillou dans leur chaussure, celui qui dément la légende de la jolie bourgade où tout va toujours pour le mieux. Pour eux je suis le type sur lequel se concentrent les malheurs, sauf que c'est pas vraiment comme ça que ça se passe et s'ils voulaient bien se donner la peine de regarder autour d'eux, ils verraient que le malheur est comme l'eau qui s'infiltre dans ma charpente, il vient se glisser dans tous les espaces libres et quand la pression est trop forte, tout finit par céder.

Livia ne voulait pas rester à Mercy une fois qu'on avait chuté. Elle voulait repartir, plus précisément elle voulait qu'on reparte tous les trois en Italie. Avec quel argent ? j'avais demandé. Pour être honnête, l'argent n'était pas le seul problème. J'avais autant envie d'aller là-bas que de me pendre. Je ne connaissais rien à ce pays et je n'avais pas envie de voir à quoi ça pouvait ressembler. C'est pas pour rien qu'on parle du rêve américain et pas du rêve italien. Et puis qu'est-ce que j'aurais fait là-bas ? Je ne connaissais même pas cette langue. Tous ces arguments avaient beau être rationnels, Livia remettait tous les jours la discussion sur le tapis au lieu d'accepter notre nouvelle vie. Elle refusait de se résigner à cette existence et j'avais beau lui dire que ça ne servait à rien de résister, qu'il y avait trop d'obstacles, elle ne m'écoutait pas. Les discussions sont devenues des disputes, puis des scènes de ménage. Le peu de vaisselle qui nous restait finissait en morceaux pour calmer sa colère. Je ne l'avais jamais vue autant en rogne. Le jour, je courais à droite et à gauche pour trouver du boulot et pour qu'il y ait quelque chose dans notre assiette, et le soir je me battais contre elle. Je n'ai jamais levé la main sur elle, sauf la dernière nuit quand elle a fini par me dire qu'elle partirait sans moi si je ne voulais pas la suivre, elle partirait avec Leo parce que l'Italie c'était aussi son pays et que sa famille les accueillerait. Tiens donc, et elle était où cette famille quand il fallait payer les factures ? Et quel genre de famille c'était pour qu'elle ait fui en Amérique ? J'ai fini par lui dire qu'elle n'avait qu'à partir, mais toute seule, parce que Leo était ma fille et qu'elle resterait avec moi. C'est à ce moment précis que je l'ai giflée. Juste après qu'elle m'eut dit que je n'avais aucun droit sur la petite parce qu'elle n'était pas ma fille, je n'étais pas son père, je n'avais jamais rien compris, j'étais juste un pauvre type à la ramasse. Après, elle s'est tenu la joue rougie par le coup, subitement silencieuse, et il y avait plus de distance que jamais entre nous. J'ai sorti un sac de voyage de la penderie, j'y ai jeté tout ce qui me tombait sous la main, j'ai attrapé Livia par le bras, je l'ai traînée dehors jusqu'à la voiture. Elle se débattait, elle m'injuriait, elle me traitait de pauvre type, de raté. Je l'ai jetée sur la banquette arrière avant de prendre le volant. J'étais fiévreux, je voyais flou, j'ai conduit jusqu'à la gare routière les doigts crispés sur le volant. Il n'y avait plus qu'un bus à destination de Philadelphie. J'ai acheté un ticket et j'ai sorti Livia de la voiture de force, en lui fourrant le papier et une poignée de billets dans les mains. Tire-toi. Tire-toi d'ici. Elle m'a craché au visage, elle m'a dit que jamais elle ne partirait en laissant sa fille. Je lui ai saisi la tête à deux mains, j'ai collé mon front contre le sien. Sentir son odeur c'était comme recevoir un coup de poignard. Monte dans ce bus et si tu reviens pour chercher Leo, je jure que je te tuerai. C'est comme ça que ça s'est fait, qu'on a fait disparaître en un claquement de doigts toutes ces années de vie à deux en devenant ce que l'autre pouvait haïr le plus au monde. Quand je suis rentré, il ne restait plus que son maudit buffet qui me narguait et j'ai ressenti tellement de rage que j'ai sorti ma hache et j'ai commencé à attaquer le bois. Chaque coup faisait jaillir mes larmes. Leo est sortie de sa chambre à moitié endormie, elle m'a demandé pourquoi j'abîmais le meuble de sa mère et je me suis soudain senti vide et inutile. J'ai lâché ma hache, j'ai pris ma fille dans mes bras et je lui ai dit de ne pas s'inquiéter, qu'il ne lui arriverait jamais rien et que je veillerais toujours sur elle, jusqu'à ce que la mort nous sépare.

Quand il n'y a plus que le vide à votre table, le vide dans votre lit, le vide partout où votre regard se pose, vous le remplissez comme vous pouvez, avec des miettes, avec des cendres, avec le peu qu'on vous a laissé. Leo n'a demandé qu'une seule fois où était sa mère et j'ai répondu qu'elle était partie parce qu'elle ne voulait pas de cette vie. Leo a baissé les yeux, elle a essayé de ne pas pleurer, ma petite qui avait encore presque toutes ses dents de lait, mais les larmes ont débordé sans pitié, elles ont parcouru son visage, gouttant sur sa robe en coton. Je l'ai prise dans mes bras, je l'ai laissée pleurer en me disant que c'était la dernière fois que quelqu'un lui ferait du mal et tout s'est refermé sur nous. Comme ces gros coquillages à demi ouverts qui filtrent ce qui rentre et se referment d'un coup sec. J'ai fait de notre maison une forteresse dans laquelle rien ne pénétrait à part Emmy avant qu'elle finisse par renoncer. Pas de copines de classe, pas de famille, rien que nous deux. Plus de téléphone fixe, si quelqu'un voulait nous joindre il savait où nous trouver. Quant aux lettres de Livia, elles sont parties en fumée. Je relevais le courrier le matin, je contrôlais tout, les paquets et même l'intérieur des formulaires au cas où elle aurait cherché à y glisser un message. À la fin ce n'était plus qu'une lettre par an pour l'anniversaire de Leo. Aux timbres, je voyais bien qu'elle n'était pas repartie en Italie et je me disais que c'était bien la peine d'avoir tout gâché pour rester en Amérique. Les lettres venaient d'endroits différents sur la côte Est, des petites villes et des plus grosses aussi. Au début j'essayais de l'imaginer en train de travailler, d'envoyer balader un type qui la draguait, mais ça faisait trop mal. Les photos qu'elle glissait dans les enveloppes me déchiraient le ventre, alors petit à petit j'ai cessé de les ouvrir, je les jetais telles quelles dans le feu, comme autant de petits morceaux qui se seraient détachés d'elle. Avec le temps, il n'est resté presque aucune trace de Livia. La seule chose qui me liait à cette inconnue c'était ma petite. Finalement, je n'avais pas tout perdu, j'avais même gardé le meilleur.

Il s'est remis à neiger, plus fort encore qu'en janvier et ce matin il a fallu que j'aille dépanner Felicity. De ma fenêtre je l'avais vue s'escrimer à faire démarrer sa voiture, un petit modèle européen qui devait lui coûter sacrément cher en pièces détachées. Au moins tout n'était pas électronique dans ces vieux modèles, il y avait encore des choses que je pouvais réparer. Je suis arrivé avec ma caisse à outils, elle n'a rien dit parce qu'elle savait qu'elle ne pouvait pas se passer de mon aide même si on ne s'était pas reparlé depuis sa dernière visite. J'ai soulevé le capot, regardé ce que je pouvais faire. On était côte à côte, sans dire un mot et ça m'allait bien comme ça. Leo ne parlait pas beaucoup non plus. Avec le temps, les mots aussi s'étaient épuisés, réduits à l'essentiel. Qu'est-ce que tu veux manger. Éteins la lumière en sortant. Ne fais pas couler l'eau trop longtemps. Plus de dialogues, chacun de nous deux enfermé dans ses silences. À l'extérieur c'était une autre affaire. Je savais qu'elle parlait un peu à ses camarades et de plus en plus souvent à son professeur de français. Ça m'avait paru une drôle d'idée, apprendre le français, mais il savait y faire pour attirer les élèves, surtout les filles. Quand je croisais Emmy en ville, elle me disait qu'elle voyait moins Leo parce qu'elle passait tout son temps libre à bosser avec lui, alors un jour, sur un coup de tête, j'ai voulu aller la chercher à la fin des cours et je l'ai aperçue assise sur la pelouse à l'arrière du lycée avec Chapman et deux autres élèves, et c'était comme si je découvrais ma fille. Elle parlait sans s'arrêter, elle souriait et chaque mouvement de tête, chaque geste me renvoyait à sa mère. Le problème ce n'était pas tant qu'elle me rappelait Livia que le fait de la voir aussi vivante et animée alors qu'avec moi elle ne disait presque plus rien. Elle se contentait d'un baiser sur la joue quand elle partait en cours et d'un baiser sur mon front le soir avant de se coucher. C'étaient les seuls contacts qui nous restaient. J'aurais voulu être capable de la prendre dans mes bras, de la tenir contre ma poitrine comme quand elle était petite mais je n'avais plus le cœur à la tendresse. La voiture de Felicity a fini par démarrer, elle m'a proposé d'entrer cinq minutes pour boire un café mais j'ai refusé parce que cette histoire aussi était terminée.

Les premières années je me suis accommodé du départ de Livia tant bien que mal. J'essayais d'assurer sur tous les fronts, père et mère en même temps. Il y a eu pas mal de repas brûlés, de bains qui débordaient et d'autres loupés mais ça tenait cahin-caha parce qu'il le fallait bien. Pendant que je courais à droite à gauche, le poison qu'elle avait instillé avant de partir se répandait. Elle savait ce que ça faisait à un type de s'entendre dire qu'il n'est pas le père de son enfant, le genre de phrase méchante qu'on dit pour blesser l'autre. Je savais que ça n'était pas vrai parce que vous savez dans votre chair quand votre gosse est votre gosse. Il y a quelque chose qui se passe, une réaction chimique comme chez les animaux. Je n'ai pas repensé à cette phrase parce qu'elle venait d'une femme en colère qui voulait me blesser mais elle me trottait dans la tête, elle cheminait lentement et plus le temps passait, plus il y avait de petits morceaux qui s'agglomeraient à ce mensonge, des fragments de souvenirs, des dates, des lieux, des circonstances. Ce gars qui travaillait pour moi et lui tournait autour, ce client qui riait à son accent italien et la dévorait des yeux. Je n'étais pas jaloux mais j'aurais peut-être dû. En remontant encore le fil de l'histoire, il y avait le fait qu'elle était tombée enceinte après des mois d'échec. Les soupçons c'est comme la gangrène, ça se répand sans que vous puissiez toujours y mettre un terme. Je scrutais chaque homme qui s'attardait un peu pour bavarder avec Leo quand on allait en ville, je cherchais des ressemblances physiques et puis on rentrait à la maison, je regardais ma fille et je me disais que non, j'étais bien son père, ce menton-là, ces oreilles un peu décollées, elle les tenait de moi et de personne d'autre.

Ça marchait quelque temps jusqu'à ce qu'on croise un autre homme, le doute réapparaissait, la gangrène progressait. Vrai ou faux. Deux vérités et rien pour les départager. Et puis un soir, il y a trois ans, Leo a trouvé un vieil album au fond d'un carton jamais déballé. Elle a insisté pour qu'on s'installe et qu'on le regarde ensemble même s'il y avait des photos de sa mère. Tout ça était loin de nous, avait-elle dit, ça ne ferait plus mal. Je me suis assis à contrecœur avec une angoisse dans la poitrine et en regardant ces photos d'avant la naissance de Leo, des photos de soirées, de bars, de week-ends, des photos avec nous quatre, les Ellis et les Jenkins, j'ai compris que tout était sous mon nez. J'avais été le dernier des imbéciles. Livia et Lucian dansant ensemble, riant les yeux dans les yeux pendant que Vicky était occupée à se regarder et moi trop idiot pour voir le mal. Ça ne pouvait être que lui, ce type qui avait ruiné ma vie. Une fois Leo couchée j'ai enlevé les photos où ils n'étaient que tous les deux et je les ai brûlées. Si ces photos disparaissaient, ces moments n'existaient pas et rien ne s'était jamais produit. Tout restait de l'ordre du possible jusqu'à ce que Lauren me demande qui effectuait des dépôts tous les mois sur le compte épargne de Leo puisque ce n'était pas moi. J'ai contemplé ces feuilles de papier, versement mensuel en liquide, toujours le même montant, à partir de l'hiver 2008, juste après le départ de Livia. Tout s'emboîtait parfaitement. Qu'est-ce qu'on rachète avec de l'argent si ce n'est sa propre culpabilité ?

Il fait encore trop mauvais pour sortir, à croire que cet hiver refuse d'en finir. Je vis sur mes réserves, des conserves dont la date de péremption est parfois dépassée mais qu'est-ce qui pourrait arriver de grave à un type comme moi ? Je préfère encore manger mon corned-beef à même la boîte que me traîner en ville et entendre leurs jérémiades sur la météo. Il est là le gros temps, comme tous les ans, ce n'est pas la peine de s'en étonner. J'ai lavé ma fourchette dans l'évier, j'ai jeté un coup d'œil vers la maison de Felicity et là j'ai vu Lauren, sanglée dans son uniforme marron, avec son bonnet calé sur la tête tel un bouchon sur le goulot d'une bouteille. Elle regardait ma maison depuis le trottoir d'en face, les mains enfoncées dans les poches. Elle est restée là de longues minutes, les pieds plantés dans le sol, vacillant à peine dans le vent. J'étais immobile à ma fenêtre à l'observer. Elle m'a fait un signe de la main puis elle est allée sonner chez Felicity pour parler de Dieu sait quoi. C'est pas mes affaires mais parfois elle me fiche un peu la frousse à apparaître comme ça, au moment où on s'y attend le moins. J'ai ressenti une pointe d'angoisse, je n'avais plus de prise sur rien. Je suis allé me rasseoir dans mon fauteuil qui paraissait flotter dans l'espace libre qu'occupait le buffet. Il faisait toujours froid dans la maison, quoi que je fasse, alors je laissais des plaids et des couvertures un peu partout et Leo s'emmitouflait dedans. Jamais sans mon écharpe disait-elle en rigolant. Je me suis calé dans mon fauteuil, je n'ai même pas fait de feu. Rien ne pouvait me réchauffer le cœur. J'ai regardé la pile de courrier sur la table, factures, relances d'impayés : c'est tout ce qu'un type dans mon genre reçoit. Pas de lettres d'amour, pas de lettres d'ailleurs, juste la même demande : payez, payez encore même si ça ne sera jamais suffisant.

Quand le temps s'est enfin calmé, mon téléphone portable n'a pas arrêté de sonner. Tous les hivers c'est la même histoire, ils ont tous l'air de découvrir le poids de la neige sur les toitures, les canalisations qui ne résistent pas au gel. Quelqu'un a vu Seth ? L'appentis du magasin de bricolage s'est effondré comme un château de cartes. Le local chaufferie du lycée est inondé. Il y a eu un accrochage entre deux voitures à la sortie de la ville. Tous les hivers, ils se lamentent sur la dureté de la météo et l'été ils oublient tout. Toujours les mêmes erreurs, toujours les mêmes surprises, il y a de quoi rire franchement. Et qui ont-ils encore appelé cette année ? Le père endeuillé, parce qu'un petit peu de boulot ça soulagera sa peine. Mais qu'est-ce qu'ils connaissaient au chagrin ? Ça me donne des envies violentes, parfois j'en viens à espérer que le fleuve déborde au moment du dégel, que des torrents d'eau balaient les rues, emportant leurs corps frêles. À l'automne j'y ai presque cru mais les pluies n'ont pas été assez fortes pour laver toute cette crasse. Le père endeuillé est juste bon pour courir à droite à gauche, pour écouter leurs jérémiades, pour faire le dos rond et oublier les injonctions contradictoires des maris et des femmes. Le père endeuillé est contraint de la fermer parce qu'il ne peut pas se payer le luxe de refuser une paie, aussi petite soit-elle. Et ça, ils le savent. C'est le grand mensonge de cette ville, maquiller sous le vernis de la solidarité l'exploitation des petits, des sans-poids, de ceux qui ont tout perdu ou n'ont jamais rien eu. Ils m'ont baladé de maison en maison pour redresser une véranda de guingois, déblayer devant les garages, changer des tuyaux qui avaient gelé. C'est fantastique, vous savez tout faire, Seth. Ouais, tout sauf vous dire d'aller vous faire voir. C'est comme ça que je me suis retrouvé chez les Ellis. Même cette foutue bonne femme ne s'était pas demandé si j'avais réellement envie de travailler pour elle. Imaginez ça, Vicky me demandant de faire quelque chose pour sa Mercedes qui ne démarrait pas, à croire qu'elle ne pouvait pas se passer de sa voiture une seule journée. À croire aussi qu'elle avait oublié ce qui nous séparait. Je ne suis pas entré dans leur maison, juste dans leur garage tel le citoyen de seconde zone que je suis devenu, et au fond de la pièce, assise sur un tabouret au rebut, il y avait Emmy. Elle m'a regardé avec cet air indéchiffrable qui la fait paraître plus âgée et je me suis souvenu de notre dernière conversation. C'était une autre année, c'était une autre saison et je n'ai rien pu faire d'autre que lâcher mes outils sur le sol et partir en courant.

J'ai couru sans m'arrêter. Le froid me brûlait les oreilles, déchirait ma poitrine à chaque inspiration et mon cœur cognait comme s'il voulait s'échapper. Je ne voyais rien, ni les gens qui m'interpellaient, ni le jour qui tombait, ni les phares des voitures au milieu de la nuit qui engloutissait tout. J'ai couru hors de la ville, le long de la route principale puis des sentiers en contrebas. Tout se superposait dans ma tête : Emmy, Livia, leurs visages, celui qu'elles présentaient aux autres et celui qu'elles me réservaient. J'ai dérapé sur la neige et dévalé la pente en me raccrochant à ce que je pouvais trouver. Sans Leo je ne savais plus quel homme j'étais. Elle était ma dernière attache à ce monde, la seule chose qui me permettait de ne pas devenir fou. Les nuages se sont déchirés, dans la lumière presque phosphorescente de la lune le fleuve est apparu, pris dans la glace, mais je savais qu'en dessous ses eaux étaient noires et tumultueuses, constamment en colère. Un fleuve à mon image. Je me suis assis sur la grève. Qu'est-ce qui me retenait encore ici, qu'est-ce qui m'empêchait de partir, rejoindre mon frère, refaire ma vie, aussi bizarre cette formule soit-elle ? On ne peut pas jeter le modèle raté, le travail, la femme, les enfants, et en fabriquer un nouveau. La lune éclairait tout, j'apercevais ma cabane au loin et en face la petite île qu'on pouvait rejoindre à pied en cette saison. Je n'avais aucune raison d'y aller, elle ne représentait que des souvenirs qui taraudent, qui me tiennent éveillé toute la nuit en guettant sa voix. Leo, ma Leo, pardonneras-tu à ton père ? Cette nuit-là il n'y avait rien pour me répondre, ni le clapotis de l'eau, ni le frôlement d'un oiseau. Juste le silence et le froid qui étranglait mon cœur.

L'atmosphère s'est radoucie un peu, le ciel est redevenu bleu, un bleu tellement parfait qu'aucun mélange de peinture ne pourrait jamais lui rendre justice. Un bleu qui finira par disparaître puisque tout ce qui est beau s'abîme. Je suis resté enfermé pendant des jours, je n'ai pas répondu aux coups à la porte, ni aux appels téléphoniques. Je ne veux plus répondre à personne. J'ai dormi tout habillé sur le lit de Leo, dans sa chambre vide, j'ai cherché son odeur sur l'oreiller mais il ne restait plus rien d'elle, juste la poussière qui s'était accumulée. Quand j'ai fini par émerger, j'ai ouvert la porte de la maison, l'air vif m'a ramené à la réalité même si j'avais l'impression d'être sur le pont d'un bateau à la dérive. Juste devant moi, en haut des marches, il y avait ma boîte à outils avec un mot d'Emmy et je me suis demandé comment elle avait réussi à la traîner jusqu'ici. Je l'ai rapportée dans la maison et j'ai déplié le bout de papier qui l'accompagnait. Même son écriture était celle d'une adulte. Est-ce qu'elle avait grandi sans que personne s'en aperçoive ? C'étaient juste quelques phrases griffonnées mais elles pesaient lourd, j'en avais fait l'expérience en ce printemps où elle était venue sur le chantier où je travaillais. Je suis si facile à trouver dans une aussi petite ville. Emmy avait l'air peinée, elle entortillait machinalement le cordon de son sweat-shirt autour de son doigt, elle cherchait ses mots pour me dire quoi ? Qu'est-ce qui pouvait être si compliqué à dire que les paroles s'en trouveraient asséchées ? Finalement, le flot s'était mis à couler, des choses que je ne comprenais pas, des trucs d'adolescente qui n'avaient aucun sens pour moi. J'écoutais d'une oreille, occupé à détacher d'un mur un lambris démodé. Les éclats de bois volaient au fur et à mesure que mon pied-de-biche soulevait les lames. Pousse-toi de là Emmy, tu vas te blesser. Mais elle restait à côté de moi à raconter des trucs sans queue ni tête, des histoires de voyage, de fuite. Qui voulait fuir ? J'accélérais la cadence, tasseau après tasseau, je sentais la transpiration couler dans mon cou, tremper mon tee-shirt. Mes doigts étaient serrés sur le manche de mon outil. Partir. Fuir. Un tasseau, de la poussière. Qu'est-ce que tu me racontes. C'est quoi cette histoire qui ne rime à rien ? Emmy continuait, elle répétait la même chose inlassablement comme une goutte d'eau qui tombe toujours au même endroit. Vous prévenir, Seth, vous avertir, vous éviter du chagrin. Une gosse de dix-sept ans qui veut vous éviter d'avoir mal et dont les mots s'enfoncent pourtant tels des clous dans votre tête, un par un. Au fur et à mesure que les murs se dénudaient, mon crâne ressemblait à un champ de bataille. Emmy a fini par poser sa main sur mon épaule pour stopper mon mouvement. Il n'y avait plus rien à ôter, la pièce n'était qu'un tas de gravats, de débris amoncelés à mes pieds. J'ai contemplé le plafond, les lames qui m'attendaient et me paraissaient soudain inatteignables parce que je me sentais si vieux, si fatigué. J'ai tourné la tête vers elle, vers ses yeux de fourbe parce qu'elle deviendrait comme ses parents, une menteuse parmi les menteurs. Elle a répété une dernière fois les mêmes mots. L'été de ses dix-huit ans, Leo a l'intention de s'enfuir en Italie avec son professeur pour retrouver sa mère. Elle a tout prévu avec lui mais c'est une erreur, vous savez bien que c'est une erreur. Je l'ai regardée incrédule parler de ma Leo comme s'il s'agissait d'une autre fille. Tu délires Emmy, elle ne ferait jamais ça, ce n'est pas son genre. Et puis qu'est-ce qu'elle pourrait avoir envie de fuir ? Éclair fugace dans son regard, demi-sourire sur ses lèvres. Elle n'avait même pas besoin de le formuler : c'était à moi que Leo voulait échapper.

Wallace m'appelle toutes les semaines pour essayer de me convaincre de le rejoindre sur la côte Ouest. Il dit que plus rien ne me retient ici, que je vis dans les ruines de ma vie d'avant. Il me fait miroiter une vie plus douce, le soleil toute l'année, une maison digne de ce nom et parfois pendant une heure ou deux je me dis qu'il a raison, peut-être ai-je le droit à une seconde chance. Peut-être qu'une femme m'accepterait, me ferait une place dans sa vie sans me parler de faire des enfants parce que des enfants, je n'en veux plus. Je pourrais peut-être refermer la partie de ma vie que Livia avait abîmée, reprendre là où je m'étais arrêté, à

Daytona avec mon frère. Passer le stand devant lequel elle flânait et continuer ma route sans la voir, mais alors Leo n'aurait pas existé. Quand Wallace rappelle il me demande toujours si j'ai réfléchi. Il n'y a pas à réfléchir, la seule place que je mérite d'occuper est celle où je me trouve. Il soupire et il change de sujet même si des sujets il n'y en a pas tant que ça. Comme il préfère, par délicatesse, ne pas me parler de sa femme et de ses enfants, on parle de voitures, enfin surtout lui. Les modèles qu'on rêvait d'avoir et qu'il a parfois réussi à se payer, mais même ça, c'est déjà trop. Ça me rappelle mon garage, mon métier et ce à quoi j'en suis réduit aujourd'hui, la semelle de la banque appuyée contre ma joue, me maintenant face contre terre pour me rappeler que j'ai misé trop gros. Pour partir d'ici, il faut partir tôt avant d'être enfermé dans cette ville. Après c'est trop tard. C'était ça le petit mot d'Emmy sur ma caisse à outils. Elle m'annonçait qu'elle partait juste après la fin des cours dans une université de la côte Est parce qu'il n'y avait plus rien d'intéressant pour elle ici. À son âge, elle avait déjà fait le tour de la question. Ils avaient finalement nommé un nouveau directeur pour remplacer Lucian, sa famille l'avait gentiment écarté de la même manière qu'on se débarrasse de quelque chose qui dépasse, en l'aplanissant. Un bref coup de rasoir et le problème est réglé. J'ai imaginé Vicky seule dans sa maison avec sa moitié de mari. J'ai juste eu la sensation qu'un siècle entier s'était écoulé sans que j'en aie eu conscience.

Je ne sais plus pleurer, mais il n'y a plus grand-chose à pleurer. Mon corps est glacé. La chaleur d'une femme, ça m'a manqué au début. Le sexe, l'épuisement après avoir fait l'amour, la tête posée sur la poitrine, les cheveux qu'on caresse. Et puis même ça, ça a fini par s'effacer parce que j'étais tellement concentré sur le fait de survivre les premières années que je ne voyais plus rien autour de moi. Quand elle a eu treize ans, Leo a essayé de me convaincre de sortir, de me trouver une copine et je lui répondais en rigolant que c'était elle la femme de ma vie. *Je ne resterai pas toujours, tu sais papa ?* Ça, c'étaient des paroles auxquelles je n'accordais aucun poids parce que si nous avions traversé toutes ces épreuves ensemble, ça n'était pas pour se séparer ensuite. Elle se trouverait un petit copain ici, ils finiraient par se marier, travailler en ville parce qu'il y avait du boulot pour tout le monde, mais aucun petit ami n'est venu, personne ne m'a jamais été présenté, aucun adolescent un peu gauche n'a sonné un soir à la porte. Ça aurait dû me mettre la puce à l'oreille, j'aurais dû me rappeler qu'à l'adolescence on ne pense qu'à aimer. Toutes ces questions sans réponse, toutes ces interrogations, il aurait pu y répondre, lui qui passait du temps avec elle et lui renvoyait ses sourires. J'ai passé des heures garé en contrebas du lycée, parfois même dans sa rue en me disant qu'il fallait que je lui parle, qu'il ne pouvait pas partir avec elle. C'était un adulte et elle une gamine qui ne connaissait de la vie que les coups qu'elle avait reçus. Il devait l'éloigner de lui, ne pas lui mettre dans la tête des idées de voyage vers un pays où sa mère ne se trouvait même pas. Je l'ai guetté, je l'ai regardé passer avec ses pantalons impeccables, ses pulls en cachemire, sa désinvolture, son aisance. Tu n'as pas besoin de ça, tu peux avoir toutes celles que tu veux. Il y a suffisamment de jeunes filles dans l'univers, pourquoi la mienne, pourquoi ma Leo ? Plus je l'épiais et plus je me disais qu'il n'était pas la personne à convaincre, en admettant qu'Emmy ait dit la vérité. Elle pouvait aussi bien avoir menti, j'avais peut-être mal entendu, peut-être n'était-elle que la fille de son père, le genre d'engeance qui veut juste vous faire souffrir.

Avec le redoux, les gens sont ressortis comme des insectes de leurs cachettes. Je vois passer des groupes de jeunes qui descendent vers le fleuve avec leurs patins à glace à cheval sur leurs épaules. Ça rigole, ça se bouscule, ça me rappelle ma jeunesse, les heures passées après le lycée avec Wallace et Lloyd et d'autres encore dont j'ai oublié les prénoms. On patinait en faisant des huit autour d'une fille qu'on avait choisie au hasard, on la frôlait, on essayait de lui voler un baiser au passage. Une vraie bande de crétins. C'était une autre époque, pas de responsabilités, pas de travail sérieux, rien que le glissement des lames sur la glace, les copains, les filles. J'ai ressorti mes patins des années après pour apprendre à Leo à patiner et je ménageais un espace autour d'elle pour qu'on ne la bouscule pas. J'écartais d'une bourrade les types qui passaient trop près et trop vite. Il n'était pas question qu'un abruti lui fasse mal. Elle s'appliquait, la langue tirée, et on avançait, petite victoire après petite victoire. Éviter de tomber, arriver à se relever, glisser les patins parallèles, fléchir légèrement les jambes, ne pas se raidir, rester souple, regarder droit devant soi, sourire, tourner, faire une arabesque. Elle se débrouillait très bien. Il faut dire qu'on allait patiner dès que mes petits boulots me laissaient un peu de temps.

C'était une activité gratuite et dans ces moments-là j'étais comme les autres habitants qui patinaient. Il y avait du monde, surtout les dimanches, parce qu'il n'y avait pas grand-chose d'autre à faire en hiver. On patinait à toute allure avec Leo jusqu'à la petite île qui temporairement n'en était plus une, on s'asseyait sur un talus, l'arrière des lames fiché dans la neige et on regardait la rive en face, le bois avec ses arbres dénudés, noirs d'humidité, et en haut de la pente, si on se plaçait au bon endroit, on apercevait le toit de notre maison. De là, j'arrivais presque à l'apprécier. À croire qu'il fallait s'en éloigner pour la considérer comme un vrai foyer. Par nostalgie, j'ai voulu ressortir mes vieux patins et descendre aussi parce qu'un air de printemps flottait. Sur le petit chemin je suis tombé sur Felicity qui n'arrivait pas à remonter son plus jeune fils. J'ai proposé mon aide mais le gamin et elle m'ont jeté un regard qui m'a fait me sentir idiot. Elle a réussi à le caler sur sa hanche tandis que son aîné, à peine plus grand que le petit, pleurnichait. Elle a regardé la pente devant elle avec un soupir avant de l'attaquer et elle s'est tournée vers moi. J'avais l'impression que quelque chose butait contre ses dents et elle a fini par me lâcher que Lauren lui avait posé des questions sur mon compte. Je lui ai demandé quel genre de questions et Felicity a tassé du bout du pied un petit monticule de neige. Elle voulait savoir quel genre de père j'étais, s'il m'arrivait de me disputer avec Leo et puis si elle avait vu ou entendu quelque chose d'inhabituel la nuit de sa mort. Elle avait posé la même question aux voisins les plus proches parce que le témoignage du vieil Harnold était tombé à l'eau, il avait fini par avouer à sa femme qu'il avait tout inventé, Leo, la voiture rouge, et jusqu'à l'autocollant Texaco. Il voulait juste qu'on s'intéresse à lui et peu importait qu'il ait mis tout le monde sur une fausse piste. J'ai dit à voix haute *elle me soupçonne de quoi ? d'avoir tué ma fille ?* mais ça n'était pas adressé à Felicity, uniquement à moi. Elle m'a souri gentiment, elle m'a dit que c'était sûrement une enquête de routine, que le mieux c'était sans doute d'aller lui parler pour lever tout malentendu. Je vais faire ça, je lui ai répondu. Je vais aller parler à Lauren. J'ai tourné le dos à Felicity et à ses gosses, et je me suis remis à descendre vers le fleuve avec mes patins qui battaient sur mon épaule, comme pour me rappeler que sans Leo, ils n'avaient plus de raison d'être.

Parler, parler, parler, les gens n'ont que ce mot à la bouche. Je crois bien que le silence vaut dix fois mieux, il blesse moins que les mots. Il aurait mieux valu que je renonce à chercher. Franchement, quel besoin a-t-on de savoir ? Pourtant ça brûle, ça démange, alors on creuse, on veut des réponses, on veut être regardé bien en face au moment où la gifle arrive, même pas pour voir le coup arriver mais pour être sûr de s'en souvenir après, pour ne pas réécrire l'histoire et se dire que ça n'a jamais existé. Quand il n'a plus été possible d'attendre parce que je n'en dormais plus la nuit, j'ai fouillé sa chambre. J'ai retourné les affaires de Leo dans tous les sens et à la fin, ça ne faisait pas grand-chose. Elle n'avait rien de trop et rien à cacher il faut croire. Je me suis dit qu'elle n'avait pas de secret en fait, qu'Emmy s'était raconté des histoires. Je formais avec ma fille une paire depuis si longtemps, elle savait qu'elle pouvait tout me dire. Au fond de moi je savais que c'était faux. On ne dit pas tout à son père. Il lui restait encore une année de lycée avant ses dix-huit ans. Il serait toujours temps de voir, de réfléchir à la laisser partir, peut-être chez mon frère, un mois ou deux pour qu'elle voie du pays. Elle reviendrait, j'en étais sûr. Elle reviendrait toujours parce qu'elle n'était pas sa mère. Je me suis raisonné, j'ai trompé mon angoisse et par moments ça marchait, à d'autres plus. En mettant tous les morceaux bout à bout, Livia, Lucian, Emmy, Chapman, j'avais l'impression qu'on me présentait un portrait de Leo différent de tout ce que j'avais connu d'elle, un portrait grimaçant qui me rendait fou. Si elle n'était pas exactement comme je le croyais, alors tout était possible, même s'enfuir avec un type qui avait plus du double de son âge pour chercher la femme qui l'avait abandonnée. Ça débordait, ça cognait et rien ne me calmait. Cette nuit-là elle est bien rentrée et je n'arrive toujours pas à comprendre comment personne n'a pu l'apercevoir. Je n'arrivais pas à dormir et je m'étais installé dans le salon, assis dans le noir à essayer d'ordonner ce qui ne pouvait plus l'être. Leo a fermé doucement la porte d'entrée et elle a sursauté en voyant la braise de ma cigarette. Elle a cherché l'interrupteur mais je lui ai murmuré de ne pas allumer la lumière, ça repousserait trop la nuit. On avait tous les deux besoin de repos. Dans cette maison, on se contentait de murmurer comme si quelqu'un pouvait être réveillé par un mot plus haut que l'autre. *Tu n'arrives pas à dormir papa ?* Non, je n'y arrive plus. Je ne veux pas que l'histoire se répète. *Quelle histoire ?* a-t-elle demandé en lâchant son sac à dos à ses pieds. Je ne veux pas que tu t'en ailles. Je ne voyais pas son visage mais je savais qu'elle souriait parce qu'il se passait toujours un truc dans l'air quand elle le faisait. *Je ne pars pas, je suis ici avec toi.* Je me suis levé, je me suis approché d'elle. Elle se tenait là dans la pénombre, à attendre que son vieux père lui raconte ses fantômes. Je ne veux pas que tu partes avec ce type. Je ne veux pas que tu cherches ta mère. Je veux que rien ne change. Quand Leo a parlé, sa voix avait changé. *C'est Emmy qui t'a raconté ça ?* Ça n'a pas d'importance. Ce qui est important, c'est que je croyais qu'on ne se cacherait jamais rien. Le sang battait dans mes tempes, il aurait fallu que plus aucun mot ne soit prononcé, qu'on s'en tienne là mais Leo a murmuré que ce n'était pas vrai, qu'elle ne partirait pas avec lui en Europe. Je l'ai prise par les épaules, j'essayais de voir son visage mais la pièce était sombre. Je sentais son odeur, je l'aurais reconnue entre mille et un instant j'ai failli flancher et la croire. Mais le poison avait fait son œuvre, il était trop tard pour la confiance, pour l'amour inconditionnel. J'ai grondé, ne me mens pas, ta mère l'a suffisamment fait. Leo a essayé de se libérer de mes mains qui la serraient comme des tenailles. Je n'avais jamais été violent avec elle, pas une seule fois depuis qu'elle était née et soudain elle se trouvait contrainte par un homme qui faisait deux fois son poids. Elle a chuchoté *je ne mens pas, je ne t'ai jamais menti. Je ne suis pas comme ça*. Qui était cette étrangère qui cherchait à se dérober ? J'ai serré plus fort ses épaules si frêles et elle a tenté de se dégager. J'étais soudain devenu une menace pour elle, moi, son propre père.

C'était un accident, c'est toujours un accident quand vous ne voulez pas ce qui arrive. Dieu sait que je n'ai jamais voulu ça. Je voulais juste l'avoir à mes côtés jusqu'à mon dernier souffle, est-ce que c'était trop demander ? Leo m'a repoussé pour la première fois de sa vie, j'ai lâché ses épaules et en trébuchant sur son sac posé à ses pieds elle est partie en arrière, ni très vite ni très loin. Il suffit de pas grand-chose pour que tout déraille. Dans la pénombre, j'ai juste eu le temps de voir son visage plus pâle qu'à l'ordinaire, une expression de surprise et puis un bruit mat, son corps qui chute et le silence. Leo, tu t'es fait mal ? Leo réponds-moi. Je me souviens d'avoir eu l'impression d'être étrangement seul dans la pièce, d'y avoir toujours été seul. Peut-être son existence n'avait-elle été que le fruit de mon imagination ? Je me suis mis à quatre pattes et j'ai rampé en longeant son corps, ses jambes nues, sa robe trop légère pour le printemps, ses bras, ses épaules, le creux sous sa mâchoire et puis son visage immobile. J'ai pris sa tête entre mes mains. Leo, je suis désolé. Je ne voulais pas te bousculer, je veux juste la vérité. Ce n'est pas compliqué la vérité, non ? Tu peux me la dire, je ne me fâcherai pas, je te le promets. Aucune réponse, aucun soupir, juste sous mes doigts quelque chose de chaud qui coulait et dont l'odeur m'écœurait. Je me suis approché de son visage, le plus près possible pour entendre ce qu'elle avait à me dire mais rien. Plus un souffle, plus un son pour briser le silence, plus un mot entre ses lèvres. Rien à part ses yeux grands ouverts qui me regardent mais ne me réchauffent plus. C'est l'abîme sous mes pieds. J'ai posé ma joue contre la sienne, l'un contre l'autre comme quand elle était petite et qu'elle réclamait son baiser papillon. Plus de battements de paupières, plus de baisers, plus d'amour. En levant les yeux, le buffet devant moi me narguait, son angle usé par le temps mais encore trop dur pour un corps humain. *C'est fait pour durer ces meubles-là*, avait dit Livia. *Ça vous dure une vie.* Une vie contre un morceau de bois. Qui aurait cru qu'elle ne ferait pas le poids ?

J'entends les trilles des oiseaux. J'entends leurs chants qui se répondent. L'hiver n'est pas tout à fait terminé mais ils savent que quelque chose est en train de changer, quelque chose qui est inscrit dans leur corps, qui rythme leur existence et rend la mienne plus morne. L'air s'est radouci, la glace fond. De mon lit j'entends les gouttes qui tombent de la toiture, les plaques de neige qui craquent et glissent en paquets sur le sol. Bientôt il ne restera rien de cet hiver, tout recommencera avec la violence du désir de ce qui est neuf et nous ferons semblant de ne pas savoir que tout disparaîtra de nouveau. En ville, ils me regardent bizarrement, ils discutent, ils doutent. Toutes ces questions posées par une femme en uniforme cheminent dans leur tête. Vous croyez qu'il y en aurait seulement un pour ne pas me soupçonner, un pour leur rappeler que je suis un père qui a perdu sa fille ? Aucun. Je le vois bien à leurs mines et à la manière qu'ils ont de cesser de parler quand j'arrive, la manière dont ils me disent que finalement ils n'ont plus besoin de mes services, que les travaux peuvent attendre et ça ne me fait ni chaud ni froid en vérité. Je passe le plus clair de mon temps assis au bord du fleuve à regarder les infimes changements de la nature. L'eau est encore couverte de glace mais il n'y a plus de patineurs, la couche n'est plus assez épaisse. Ce fleuve me ressemble décidément, il intéresse les gens seulement quand il leur est utile. Lauren est venue me trouver il y a deux jours, elle s'est assise à côté de moi sur un rocher plat même si c'était un peu bas pour une femme enceinte. Elle m'a demandé ce que ma cabane contenait et je lui ai répondu : rien. C'était presque la vérité. Rien qui la regarde, rien que je puisse avoir envie de montrer à quelqu'un. Juste une vieille barque qui flotte à peine, des outils et des bidons d'huile bouffés par la rouille. *Je pourrais demander un mandat tu sais. Pour la cabane et pour la maison, juste pour vérifier deux ou trois trucs. Tu pourrais aussi me faciliter les choses et me laisser regarder ça tranquillement. Je suis sûre que tu n'as rien à cacher.* Je ne lui ai pas accordé un regard. Je n'ai pas répondu, j'ai attrapé ma veste et je suis remonté vers le bois. Je l'entendais me crier quelque chose mais rien que je parvienne à saisir. Il n'y avait dans ma tête que ce bruit qui me rendait fou, le bruit de son corps qui tombe.

J'ai passé une partie de la nuit assis à côté d'elle, à tenir sa main devenue froide en espérant que quelque chose se produise. Je n'ai jamais autant prié, psalmodiant les mots, les usant jusqu'à la corde. Fais-la revenir. Je promets que je deviendrai bon, je promets que je la laisserai aller librement, je promets que je lui raconterai tout ce qu'elle a besoin de savoir. Mais les dieux sont sourds et je ne méritais pas d'être entendu. Quand la nuit a cédé du terrain, je suis allé chercher la courtepointe que ma mère avait cousue quand elle m'attendait. J'ai enroulé ma fille dedans, au milieu des carrés de couleur choisis un par un pour son fils. Je l'ai prise dans mes bras et je suis sorti par la fenêtre de sa chambre, enjambant le rebord, veillant à ne pas cogner son corps, comme si elle pouvait encore avoir mal. Quelques pas dans ce jardin qui n'en était même pas un jusqu'aux premiers arbres, la pente douce qui devenait abrupte, la grève et cette cabane qu'un coup d'épaule aurait suffi à ouvrir. Elle ne pesait rien dans mes bras, bien moins que la barque que j'ai traînée jusqu'à l'eau et dans laquelle je l'ai allongée. Je me suis élancé sur le fleuve, ramant régulièrement jusqu'à ce que je parvienne à l'endroit qui me paraissait le plus joli avec tous ces iris sauvages qui constellaient la berge. J'ai ouvert la couverture, j'ai pris son corps et je l'ai déposé au milieu des fleurs, allongé entre la terre et l'eau pour qu'elle n'ait pas à choisir. Je ne voyais pas de meilleur endroit où la laisser parce que tout valait mieux que cette maison qui n'avait jamais rien abrité de bon. Je suis remonté dans ma barque et je suis reparti en sens inverse, en fixant ce point sur la rive, ses cheveux noirs que personne ne pourrait jamais oublier. J'ai ramé à contre-courant et la brûlure dans mes bras à chaque coup de rame me rappelait que j'étais vivant et qu'elle ne l'était plus. J'ai traîné la barque sur la grève, je l'ai remisée dans la cabane, j'ai plié la couverture en essayant de ne pas regarder le sang qui l'avait imbibée et je l'ai posée sur l'établi. J'ai refermé la porte, remis le cadenas et je suis remonté vers la maison en sachant ce qui m'attendait là-bas. Le jour pointait à travers les branches et les feuilles tendres du printemps. Avril était son mois préféré et qu'avais-je donc fait ?

Lauren est revenue avec son papier, tellement rapidement que je me suis dit que ça faisait un moment qu'elle devait y penser sans se décider à passer à l'acte. Suspecter un type qu'elle connaissait depuis toujours c'était déjà difficile, suspecter un père ça l'était encore plus. Elle a toqué à ma porte ce matin et en voyant son ventre quand je lui ai ouvert, je n'ai pas pu m'empêcher de sourire à l'idée d'un enfant à naître. Elle s'est découverte, elle a calé son chapeau sous son bras et elle m'a présenté le mandat en me parlant plus gentiment qu'aucun habitant ne l'avait fait ces dernières semaines. Je l'ai laissée entrer et deux types que je ne connaissais pas l'ont suivie avec de grosses mallettes. Il y avait aussi son adjoint, celui qui a une petite tête sur un corps de bûcheron, il est entré dans la maison presque sur la pointe des pieds, comme s'il avait peur de déranger. Il n'y avait jamais eu autant de monde dans mon salon. Ils sont partis chacun dans un coin, ils avaient l'air de savoir ce qu'ils devaient faire sans avoir besoin de se parler et j'ai pensé que ça ne leur prendrait pas longtemps pour trouver ce qu'ils cherchaient. Je suis sorti fumer une cigarette sur le pas de la porte en me disant qu'ils devaient tous être là à épier derrière leurs fenêtres, à attendre la scène qu'ils raconteraient pendant des années. Le jour où Seth Jenkins a été arrêté. Il y avait dans l'air des odeurs de gâteaux sortis du four, de terre fertile sous la neige fondue, ça m'a renvoyé à mon enfance, à ce moment tellement lointain maintenant que j'ai l'impression d'avoir cent ans. J'ai jeté un coup d'œil à l'intérieur, les types étaient tous occupés avec leurs carnets de notes, leurs prélèvements tandis qu'elle, les mains sur les hanches, observait d'un air pensif l'espace laissé vide par le meuble de Livia. À bien y penser, son gamin aura de la chance, elle le protégera mieux qu'un père. J'ai descendu les deux petites marches de la véranda et personne n'a semblé le remarquer. Je me suis rappelé que quand j'étais petit j'étais convaincu qu'on pouvait être transparent si on le voulait très fort. Il suffisait de n'avoir aucun contact visuel avec les autres et de glisser sans bruit, comme si on n'était pas vraiment là. Alors je me suis élancé, j'ai longé la façade puis le mur adjacent, j'ai marché tout droit avec les arbres en ligne de mire, je ne fuyais pas, de ma vie je jure que je n'ai jamais fui. J'ai senti les cailloux sous mes pieds, le sentier que je connaissais par cœur. Derrière moi j'ai entendu des voix portées par le vent, j'avais juste quelques minutes d'avance sur eux. Je ne pouvais pas m'arrêter, je n'avais qu'un but, rejoindre son royaume isolé au milieu du fleuve, aller où nous allions ensemble. J'ai dévalé le chemin, j'ai traversé la grève et son sol qui laissait s'échapper de jeunes touffes d'herbe entre les plaques de neige. Je l'ai entendue crier qu'il fallait que je m'arrête, mais je n'ai jamais été fait pour obéir. Je me suis engagé sur la glace en espérant qu'elle ne me suive pas parce que ce n'était pas un endroit pour une femme enceinte mais elle avait grandi ici, elle savait qu'on ne s'aventure pas à pied sur un fleuve gelé qui ne l'est plus tout à fait. Je marche aussi vite que la surface du fleuve me le permet, en essayant de faire glisser mes pieds l'un contre l'autre. Inutile d'être prudent, inutile d'avoir peur. Je dérape sur la couche de neige fondue en surface et en heurtant le sol j'entends les craquements de la glace. L'onde qui se propage, l'avertissement sonore. Sauve-toi si tu peux. Ce n'est pas ça qui m'arrêtera. Je me relève, j'avance en zigzaguant, ça doit être comique à voir. Derrière moi j'entends un coup de feu. Ils sont passés aux tirs de sommation mais personne ne me tirera dessus dans cette ville. Je ne suis plus loin de la terre ferme, je revois Leo filer à côté de moi sur ses patins pour arriver en premier, je jurerais qu'elle est là à m'attendre. J'y suis presque et mon pied droit passe au travers de la glace, ma jambe entière avalée par l'eau, la morsure du froid comme une mâchoire qui me happe. Relève-toi, elle t'attend. Mais la glace craque, la glace chante, la glace a décidé de céder à la force de l'eau et tant pis pour le bonhomme qui comptait sur elle. C'est mieux comme ça je crois.

Remerciements

Je remercie tendrement Elena pour m'avoir patiemment écoutée et conseillée au fur et à mesure que cette histoire grandissait dans ma tête, et également François, premier lecteur rigoureux mais toujours bienveillant. Votre affection et votre confiance sont les meilleurs carburants pour écrire.

Mes remerciements vont bien sûr à Nathalie Zberro pour avoir cru en Lauren, Benjamin, Emmy et Seth et pour son travail précieux sur cette histoire américaine.

Je veux adresser enfin un grand merci à Pauline Mulin, Maud Boulaud, Noémie Sauvage, Violaine Faucon et Olivier Cohen sans qui cette aventure n'aurait pas été aussi belle.

Les Éditions Points s'engagent pour la protection de l'environnement et une production française responsable

Ce livre a été imprimé en France, sur un papier certifié issu de forêts gérées durablement, chez un imprimeur labellisé Imprim'Vert, marque créée en partenariat avec l'Agence de l'eau, l'ADEME (Agence de l'environnement et de la maîtrise de l'énergie) et l'UNIIC (Union nationale des industries de l'impression et de la communication).

La marque Imprim'Vert apporte trois garanties essentielles :

- La suppression totale de l'utilisation de produits toxiques
- La sécurisation des stockages de produits et de déchets dangereux
- La collecte et le traitement de produits dangereux

RÉALISATION : NORD COMPO À VILLENEUVE-D'ASCQ
IMPRESSION : CPI FRANCE
DÉPÔT LÉGAL : AOÛT 2025. N° 154278 (3061392)
IMPRIMÉ EN FRANCE

Au cœur de la tempête en Alaska, une mère recherche désespérément son fils.

« D'une immédiate et redoutable efficacité. »

Le Monde

Éditions Points

DERNIERS TITRES PARUS

P6274. Les Romans de l'interdit. Tormento et Madame Bringas *Benito Pérez Galdós*
P6275. Le Tour d'écrou *suivi de* L'Élève, *Henry James*
P6276. Poèmes, *Arthur Rimbaud*
P6277. Marche forcée. Œuvres (1930-1944), *Miklós Radnóti*
P6278. Chants d'Innocence et d'Expérience, *William Blake*
P6281. Métropolis, *Philip Kerr*
P6282. La Grande Peur du Petit Blanc, *Frédéric Paulin*
P6283. Ouragans tropicaux, *Leonardo Padura*
P6284. La Revanche, *Arttu Tuominen*
P6285. La Situation, *Karim Miské*
P6286. Reykjavík, *Ragnar Jónasson, Katrín Jakobsdóttir*
P6287. Datas sanglantes, *Jakub Szamalek*
P6288. Six Versions – Tome 2. La Tuerie McLeod *Matt Wesolowski*
P6289. Une promesse d'aventure. Mémoires, *Donna Leon*
P6290. Le Châtiment des fidèles, *Nadine Matheson*
P6291. Seuls les enfants changent le monde, *Jean Birnbaum*
P6292. Dans l'œil du FSB, *Jean-Michel Cosnuau Antoine Izambard*
P6293. Pour un soulèvement écologique, *Camille Etienne*
P6294. La France d'après. Tableau politique *Jérôme Fourquet*
P6295. Trop et jamais assez. Comment ma famille a fabriqué l'homme le plus dangereux du monde, *Mary L. Trump*
P6296. Faites-les lire ! Pour en finir avec le crétin digital *Michel Desmurget*
P6297. Fin de règne. Où va la monarchie britannique : les derniers scandales révélés, *Omid Scobie*
P6298. Les Survivants, *Piers Paul Read*
P6299. La Mythomane du Bataclan, *Alexandre Kauffmann*
P6300. Ne réveille pas les enfants, *Ariane Chemin*
P6301. Goldman, *Ivan Jablonka*
P6302. Tout garder, *Carole Allamand*
P6303. Je te laisse dormir, *Edith Bruck*
P6304. Marilyn, ombre et lumière, *Norman Rosten*
P6305. Les Secrets d'une bonne relation, *Roger Fisher, Scott Brown*
P6306. Bélier, *André Barbault*
P6307. Taureau, *André Barbault*
P6308. Gémeaux, *André Barbault*

P6309. Cancer, *André Barbault*
P6310. Lion, *André Barbault*
P6311. Vierge, *André Barbault*
P6312. Balance, *André Barbault*
P6313. Scorpion, *André Barbault*
P6314. Sagittaire, *André Barbault*
P6315. Capricorne, *André Barbault*
P6316. Verseau, *André Barbault*
P6317. Poisson, *André Barbault*
P6319. Goodbye fatigue ! Ne plus subir sa fatigue ni celle des autres, *Léonard Anthony*
P6320. La Technique des étincelles. 80 clés pour rebondir en période de changement, *Vanessa Cahierre Nadège Fougeras*
P6321. La Géographie et quelques explorateurs. Et autres récits d'aventure, *Joseph Conrad*
P6322. Comment partir en exploration. Et autres articles (1949) *Raymond Maufrais*
P6323. Carnets d'Abyssinie, *Wilfred Thesiger*
P6324. Le Savoir de la peau, *Gérard Chaliand*
P6325. Toutes les routes possibles (Collector). Quatre du Congo, Terre farouche, Qui a bu l'eau du Nil, Raid papou *Patrice Franceschi*
P6326. Les Naufragés du *Wager*, *David Grann*
P6327. Vivre à ta lumière, *Abdellah Taïa*
P6328. Un monde plus sale que moi, *Capucine Delattre*
P6329. La Sauvagière, *Corinne Morel Darleux*
P6330. Celle qui parle aux corbeaux, *Melissa Lucashenko*
P6331. Hôtel de la folie, *David Le Bailly*
P6332. Vie et Mort de Vernon Sullivan, *Dimitri Kantcheloff*
P6333. L'Odeur des clémentines grillées, *Do-woo Lee*
P6334. Très chers amis, *Gary Shteyngart*
P6335. Le Golem, *Gustav Meyrink*
P6336. Ghost Town, *Kevin Chen*
P6337. Eunice, *Lisette Lombé*
P6338. Melody, *Martin Suter*
P6339. Qui-vive, *Valérie Zenatti*
P6340. Irene, *Manuel Vilas*
P6341. En vérité, Alice, *Tiffany Tavernier*
P6342. Un ballet de lépreux, *Leonard Cohen*
P6343. Lèvres rouges, Langue verte, *Mo Yan*
P6344. Fille de Tunis, *Olivia Elkaim*
P6345. Une sale Française, *Romain Slocombe*
P6346. Là où fleurissent les cendres, *Phan Que Mai Nguyen*
P6347. Le Fanal bleu, *Colette*
P6348. Les Aventures singulières du soldat Ivan Tchonkine *Vladimir Voïnovitch*

P6349. Mosaïque, *Edouard Maunick*
P6350. Météorites, *Aurélien Barrau*
P6351. Correspondance 1934-1944, *Hélène Berr*
Odile Neuburger
P6352. La Vie après, *Virginie Linhart*
P6353. Une pédiatre à Auschwitz, *Lucie Adelsberger*
P6354. Les Linges de la nuit, *Madeleine Riffaud*
P6355. L'Obstiné, *Raphaël Nedilko*
P6356. Technopolitique. Comment la technologie fait de nous des soldats, *Asma Mhalla*
P6357. DGSE. La Fabrique des agents secrets
Jean-Christophe Notin
P6358. Mustang. Royaume tibétain interdit
Michel Peissel
P6359. Tendi Sherpa. Plus haut que l'Everest, *Flore Dussey*
P6360. Le Grand Livre des guérisseuses, *Clara Lemonnier*
P6361. Bonjour Anxiété. Parler de santé mentale
Marco Coiffard
P6362. L'Affaire Bramard, *Davide Longo*
P6363. La Résistance des matériaux, *François Médéline*
P6364. L'Île des souvenirs, *Chrystel Duchamp*
P6365. Le Clan Snæberg, *Eva Björg Ægisdóttir*
P6366. Les Malvenus, *Audrey Brière*
P6367. Le Manoir des glaces, *Camilla Sten*
P6368. La Lame, *Frédéric Mars*
P6369. Les Parias, *Arnaldur Indridason*
P6370. Je suis le châtiment, *Giancarlo de Cataldo*
P6371. La Conjuration de Dante, *Fabrice Papillon*
P6372. Contrebandiers, *Michèle Pedinielli, Valerio Varesi*
P6373. Les Doigts coupés, *Hannelore Cayre*
P6374. Toutes ses fautes, *Andrea Mara*
P6375. Bons baisers de Tanger. Une enquête de Gabrielle Kaplan
Melvina Mestre
P6376. Au nom du père, *Ulf Kvensler*
P6377. Six versions – Tome 3. Le Disparu du Wentshire
Matt Wesolowski
P6378. Trilogie d'Aurora – Tome 2. Rouge comme la mer
Lilja Sigurdardóttir
P6379. Corps de ferme, *Agnès de Clairville*
P6380. Chiennes de garde, *Dahlia de la Cerda*
P6381. Bleu nuit, *Dima Abdallah*
P6382. L'Heure des oiseaux, *Maud Simonnot*
P6383. Le Vent du Nord dans les fougères glacées
Patrick Chamoiseau
P6384. L'Origine des larmes, *Jean-Paul Dubois*
P6385. Compléments à la théorie sexuelle et sur l'amour
Pascal Quignard

P6386. Écrire est un roman, *Irène Frain*
P6387. 48 indices sur la disparition de ma sœur
Joyce Carol Oates
P6388. Depuis toujours nous aimons les dimanches
Lydie Salvayre
P6390. L'Atelier d'écriture, *Natalie David-Weill*
P6391. Disparition inquiétante d'une femme de 56 ans
Anne Plantagenet
P6392. Le Beurre de Manako, *Asako Yuzuki*
P6393. Aliène, *Phoebe Hadjimarkos Clarke*
P6394. Hope, *Andrew Ridker*
P6395. Monique s'évade, *Édouard Louis*
P6396. Plus jamais, *Megan Nolan*
P6397. L'Île de la Française, *Metin Arditi*
P6398. Rue du passage, *Fatima Quassak*
P6399. Une sale affaire, *Virginie Linhart*
P6400. Gaza. Y a-t-il une vie avant la mort ?
Abdellatif Laâbi, Yassin Adnan
P6401. Un peu de nos vies. Poèmes et textes courts
François de Cornière
P6402. À la solde de Moscou. Politiques, journalistes, hauts fonctionnaires... Révélations sur ces Français qui espionnaient pour l'Est, *Vincent Jauvert*
P6403. La France, tu l'aimes mais tu la quittes. Enquête sur la diaspora française musulmane, *Olivier Esteves*
Alice Picard, Julien Talpin
P6404. Ils ont vaincu le pôle. Journaux d'expédition
Roald Amundsen, Robert Falcon Scott
P6405. Vis ta meilleure vie, *Camille Teste, Hadeel Ameer*
Maëlle Marchandon
P6409. Sable noir, *Cristina Cassar Scalia*
P6410. Jusqu'à la corde, *Lionel Destremau*
P6415. L'Inuite, *Mo Malø*
P6419. Aux vents des mers australes, *Katell Faria*
P6420. Comment ne pas mourir. Les aliments pour vivre plus longtemps et en meilleure santé, *Michael Greger*
Gene Stone
P6422. La Maison sur la falaise, *Chris Brookmyre*
P6426. Le Palais de l'infortune, *Donna Leon*
P6427. Le Musée des désirs, *Jonathan Kellerman*
P6428. La Stratégie du lézard, *Valerio Varesi*
P6429. Et si le corps était la clé ? 50 rituels pour réveiller sa puissance intérieure et rayonner, *Alice Vivian*
P6431. The Guilty Mother, *Diane Jeffrey*
P6432. Le Veilleur du lac, *Nicolas Leclerc*